KB099405

블레이크 씨의 특별한 심리치료법

Blake's Therapy

블레이크 씨의 특별한 심리치료법

Blake's Therapy

아리엘 도르프만 장편소설

김영미 옮김

창비

로드리고에게 고마움을 표하며

차례

규칙에 따라 경기하는 것과

규칙을 만들어내는 것을 구분해야 한다.

_죠지 쏘로스(George Soros)
『뉴욕 타임즈』(*The New York Times*)

쎄기스문도: 지금이 깨어날 때인가?

끌로딸도: 그렇네. 깨어날 때가 되었네.

_뻬드로 깔데론 데 라 바르까(Pedro Calderón De La Barca)
『인생은 꿈이다』(*Life is a Dream*)

1부

"난 그림자다," 내 안내자이자 스승이 말했다.
"나는 명령받은 대로 이 살아 있는 사람들에게
지옥을 보여주기 위해 이 구덩이에서 저 구덩이로
이끌고 다니는 존재다."

| **단떼 『신곡』, 지옥편(Inferno)** |
| 29곡(Canto), 94~96행 |

하나

그를 잘 보기 바랍니다. 그레이엄
블레이크를 느긋하게 잘 보길 바
랍니다. 사실, 앞으로 한달간
의 치료기간 동안 그를 바
라보는 일에 여러분은
싫증을 느낄 겁니다.
몇몇은 그가 여러분을 바
라보게 하는 일에 피로를 느
낄지도 모릅니다. 하지만 지금이
기회입니다. 왜냐하면 아무런 압박
도 없고, 또 여러분은 아직 우리의 새로
운 환자를 만난 적이 없으니까 말입니다. 망
설이지 말고 한가할 때 그와 시간을 보내십시오.
그에게로 뛰어드십시오. 그가 문으로 걸어와 상당한

매력을 발산하여 내가 처방한 이 고통스러운 치료가 정말 필요한 것인지를 여러분이 의심하게 되기 전에 말입니다.

여러분은 스스로 해답을 알 수 있을 것입니다. 블레이크는 망가지고 정신이 나간 병자이고 자신이 알아차릴 수 있는 것보다 훨씬 더 우리의 도움을 필요로 하고 있습니다. 우리 클리닉으로 오는 이 여행을 위해 그가 가방을 싸는 것을 그저 지켜보십시오. 증상이 보입니까? 셔츠 구김살을 펼 때 손가락들이 떨리는 모습,—오직 집게손가락만 안 움직이고 있지요—크리스마스에 연인에게 선물받은 푸른 줄과 흰 줄이 있는 넥타이를 내동댕이친 뒤 마치 그 넥타이가 뱀처럼 솟구쳐 독침이라도 놓을 것처럼 몇초 동안 그것을 노려보는 모습 말입니다. 떨림을 멈출 수 없는 손으로 그 넥타이를 다시 집어 자신감 없이 접은 뒤, 구겨지지 않도록 가방에 알맞게 집어넣지 못하는 모습을 보십시오. 그가 어떻게 하인—저 사람은 그를 도와주려고 애쓰는 헥터입니다—을 손사래치면서 물리치는지, 어떻게 화를 내며 그를 문밖으로 내쫓고 침대에 몸을 푹 파묻는지 보세요. 우리의 그레이엄은 절벽으로 굴러떨어지기라도 하는 듯이 손으로 머리를 감싸고 있습니다. 그의 손이 눈까지 더듬어 내려오더니 아주 오래전이라 언제부터인지도 모르는 여러날 동안 통 잠을 이루지 못한 눈을 마싸지하고 있습니다. 하지만 우리들은 그날들을 잊은 적이 없지요. 제 말은 그가 잠을 못 잔 날들을 다 세고 있었다는 말입니다. 그가 한두 시간밖에 잠을 이루지 못하거나 어떤 밤에는 전혀 잠을 못 잔 날이 95일임을 우리는 알고 있습니다. 새벽까지 꼬박 밤을 새우다가 수면제를 먹어보지만 그것도 몇분간만 말을 듣지요. 그러면 그는 다시 일어나, 지독하게 취한 눈을 크게 뜨고는 어둠속에서 몇시간이고 마치 이제 막 앉은 것처럼 뻣뻣하게 앉아 있습니다. 피아니스트처럼 가느다란 손가락들이 관자놀이를 문지르면서 톡톡 치지만 두통은 가라앉으려 하지 않습니다. 그 두통이 시작된 지 정확히 95일입니다. 지루한 자정의 시간들, 그의 위기, 자기 자신과 모든 것에 대한 분노. 의혹들. 끝없이 이어지는 자기회의들.

자, 우리의 미래의 환자가 헥터를 다시 불러 화낸 일을 사과하고, 그 하인이 옷과 넥타이를 조심스레 매만지도록 하는 모습, 헥터가 그에게 콘돔이 필요할지 물을 때, 그레이엄 블레이크가 아이러니하게 머리를 휙 돌리는 모습을 보세요. 저것은 예스라는 뜻일까요? 아니면 노라는 건가요? 심지어 블레이크 자신조차 어떤 대답을 했는지 모릅니다. 확실한 것은 지금 그가 하인에게 미소짓고 있는 모습입니다. 저 미소가 보입니까? 저 미소는 그의 얼굴 전체를 바꿔놓지요. 헥터가 왜 주인을 좋아하는지, 왜 주인을 행복하게 하기 위해서라면 무엇이라도 하려고 하는지, 블레이크가 여기 있는 동안 왜 우리가 그의 영향 아래 들어가지 않도록 조심해야 하는지 쉽게 이해가 됩니다.

결론은 바로 이 장면에서 나오죠.

그레이엄 블레이크는 명령하는 데 익숙한 사람입니다. 그레이엄 블레이크는 다른 사람들, 특히 자기 밑의 사람들을 학대하는 것을 싫어하지요. 그레이엄 블레이크가 가진 매력은 자신에게 꼭 이롭지만은 않습니다. 그는 저 미소로 자신의 실수를 덮어버립니다. 어린아이일 적부터 그는 자신이 저지른 모든 실수로부터, 미소를 지으면서 길을 헤쳐나왔지요. 그러므로 그레이엄 블레이크는 자기가 원하는 것을 가지는데 익숙하지만, 그 댓가를 치르려고 하지는 않습니다. 그는 아마도 세상사람들이 자신을 인식하는 방식, 다른 사람들이 하는 말에 지나치게 신경을 쓰는 것 같습니다.

그래서 시간이 좀 걸릴 것입니다. 치료 말입니다. 그의 예상보다 더 길어질 것입니다. 준말기적인 그의 고뇌를 치유하고, 미래의 의학저널이 톨게이트 씬드롬이라 명명할 상태에서 그를 자유롭게 해주는 데 꼭 필요한 극단적인 조처가 취해진 초기 치료가 끝날 무렵 내가 그를 칭찬했을 때, 입 밖에 낸 기간보다 더 길어질 것입니다.

그럼, 이 남자는 어떤 사람일까요?

그레이엄 블레이크. 43세. 여섯살 때 어머니가 돌아가셨고 열여덟살 때 아버지가 돌아가셨습니다. 자녀는 둘. 아들 하나, 딸 하나. 이혼했습니다. 행복하게 이혼했습니다. 제 말은 잘된 이혼이란 뜻이죠. 아내를 속인 적이 없고 서로 치고받은 적도 없으며 소송도 없었습니다. 귀엽고 어린 자녀들, 토머스와 조지너 앞에서 크게 다툰 적도 없습니다. 나중에 홈무비에서 따온 몇장면에서 모범적인 부모인 그레이엄 블레이크의 관대함을 볼 수 있을 것입니다. 완벽한 이혼. 그레이엄 블레이크의 짧은 인생에 일어난 대부분의 것들처럼, 완벽하고 신속한. 그에게 선택의 여지가 많았던 것은 아닙니다. 그는 생체공학자인 자기 아내, 제씨카 오웬과 동업자 관계에 있었고, 지금도 그렇습니다. 아내는 처녓적 이름을 지녔어요. 그래요. 유전자조작이 전공인, 여성 생체공학자. 여러분은 분명 그녀의 이름을 들어본 적이 있을 것입니다. 천재. 의학과 화학 양분야에 걸친 노벨상 후보. 게다가 심지어 노벨평화상도 슬쩍 집어올 수도 있지요. 그녀의 유일한 특징은 그것만이 아니죠. 이 사진을 한번 보세요. 못생긴 얼굴이 아니지요? 저 집중력, 저 높은 이마, 저 광대뼈, 그리고 풍만한 멋진 육체가 매일 아침 두시간씩 함께 작업을 합니다. 건전한 육체에 건전한 정신. 왜냐하면 그녀가 회사의 두뇌이기 때문입니다. 오, 그는 머리가 좋지만, 그녀만큼 좋지는 않습니다. 그렇다고 우리의 그레이엄 블레이크가 없어서는 안됩니다. 지금까지는. 지금까지는 그렇습니다.

그는 조직가이고, 잠재적인 고객 10억명의 꿈과 욕망을 건드릴 수 있는 동업자이자, 마케팅 전문가입니다. 그는 젊었을 때부터 다른 사람들에게 자신의 온화한 이미지를 팔아오고 있으며, 그의 제품, 그의 회사, 에너지위기 해법, 식량위기 해법, 건강위기 해법 같은, 그와 비슷하게 온화한 이미지를 팔아오고 있습니다. 하지만 실제로 그는 출발해서 번성했고, 과거라는 무거운 짐으로부터 벗어났을 따름이었습니다. 그

때, 제씨카가 그의 인생 속으로 확 들어왔고, 그들 둘 다 스탠포드 대학에서 박사후 과정을 밟던 무렵이었지요. 제씨카 오웬은 '클린 지구'(Clean Earth)에 과학적 노하우를 주입했는데, 그것이 생체다양성, 세계적 탁월성, 책임성 면에서 이 회사를 기업들의 선두주자로 만들었습니다. "우리는 아무 상처도 입히지 않고 어머니 대지를 변화시킨다." 이것이 무엇을 의미하든 그것은 주효했습니다. 동료들과 직원들이 보기에, 주효하게 한 것은 성공이었지요. 그레이엄 블레이크에게, 그리고 우리에게도.

제씨카 오웬의 경우 그녀는, 결국, 그레이엄 블레이크로 하여금 오늘의 그가 되게 만든 사람입니다. 그에게 그녀는 어머니와 같았지요. 어릴적 그가 잃었던 그 어머니 같은 존재. 그녀를 만났을 때 그레이엄 블레이크는 이곳 필라델피아에서 전통적인 화장품과 약초제품을 제조하던 누추한 공장의 소유주였습니다. 그렇습니다. 바로 이곳입니다. 신사숙녀 여러분. 우리가 그를 기다리고 있는 바로 이 도시, 헥터가 짐 꾸리는 일을 마치자마자, 그리고 그가 나타샤에게 작별을 고하자마자 향하게 될 이 도시입니다. 거기서 블레이크의 연인, 나타샤가 등장하는군요. 한달간 그녀를 떠나게 되어 그는 기분이 좋지 않습니다. 그녀의 반짝이는 눈, 젖가슴과 헤어지는 것이 싫어서지요. 비록 최근에는 젖가슴을 만지지 않았고 또 살갗에 손을 대거나 엉덩이를 애무할 수 없었지만 말이죠. 여기서 남쪽으로 2마일도 채 떨어져 있지 않은, 물론 우리 동네보다 더 못사는 곳에 부친의 옛 공장이 여전히 칙칙 소리를 내며 가동중인 도시, 필라델피아로 그 혼자 와야 한다는 우리의 요구에 그가 쉽게 동의하지 않았음을 여러분은 확신할 수 있을 것입니다. 제씨카 오웬은 그 공장에서 나온 비누, 크림 화장품, 약초 혼합제품 등에서 얻은 조그만 이윤을 이용해 블레이크의 제국을 구축했습니다. 이제 그들은 이곳 미국의 22개 지역에서 일련의 비타민제품, 약초 특효약, 흥분성 음료, 꽃에서 추출한 에쎈스, 매지컬 푸드, 마법의 영양제들, 영혼을 위한 오일, 젊어지는 알약, 성욕을 증폭시켜주는 '하고 또 하고' 보조제들, 허약한 무릎으로 조깅하는 사람들을 위한 기적의 근육약 등을 생산했습니다. 아, 그렇지요. 약초로 정상적인 시간인식을 느리게 만들면서 일은 내내 더 빨리 하게 만드는 그 에너지 알약, '타임 스트레처'도 있었지요? 우리의 그레이엄이 그 이름들을 짓고 그 제품들을 포장했으며 욕망을 규명했지요. 하지만 그 모든 것을 가능하게 한 이는 그의 아내—그의 전처—였어요. 처음엔 실험실 작업을 하고, 그런 다음 주요대학의 인류학과 소속 연구진들에게 접근한 뒤 곧이어 식물학, 삼림학, 환경학 프로그램에까지 손을 뻗친 그의 아내 말입니다. 그녀는 교수와 대학원생의 협조를 얻어 아마존, 보르네오, 잠비아 등지로부터 씨앗과 식물을 모으고, 꽃과 이파리를 조달해오게 했습니다. 그런 뒤 블레이크는 사람의 마음을 끄는 공식을 생각해내어 모든 게시판에 붙였어요. "대지가 답을 알고 있다." 제가 여러분들에게 말하지만, 블레이크를 조심하세요. 그의 상상력을 조심하세요. 그가 고안해낸 장난감들을 보세요. 구매할 때마다 덤으로 주는 플라스틱 열대우림 원숭이 가족. 어린이용 씨리얼 겉면에 붙여놓은 새 무지개, 여성환자들이 먹는 비타민 보조제에 붙은 춤추는 이구아나, 영화 파생상품, 원주민들 노래와 록 스타의 노래에 살아 있는 동물들의 목소리를 결합한 씨디제품, 학교 프로젝트와 놀이공원에 설치한 친환경 컴퓨터. 그러고 나서 그레이엄은 회사의 이사진을 설득해서 온천, 친환경 여행, '레인보우 호텔' 사업을 시작하자고 했습니다.

열대우림을 구한 회사. 타임지의 그 표지를 기억하세요? 그레이엄 블레이크는 그 호에서 인터뷰를 했었죠. 회사 대표의 사진이 실리지 않은 이유를 편집자는 블레이크가 절대 사진 찍는 것을 허락하지 않았기 때문이었다고 설명하고 있습니다. 이건 그의 겸손을 보여주는 또다른 증거지요. 만약 더이상의 증거가 필요하다면 말입니다. 아니면, 그것은 자기 이미지를 과시하지 않는 저 사람의 내부에 숨어 있는 다른 무엇일까요? 그는 그렇게 생각하지 않지요. "전 특별한 인정을 받을 자격이 없습니다." 깜짝 놀랄 정도로 솔직하게 그가 단언했습니다. "그건 생존의 문제지요. 대지에 좋은 것이 회사에 유익한 것이에요. 나무, 뿌리, 수풀이 없다면 아무것도 추출할 수 없지요. 추출물이 없으면 이 회사는 파산합니다. 그만큼 단순합니다."

그렇다면 어떻게 해서 일이 잘못되었을까요? 그의 위기가 시작된 때인 95일 전에 정확히 무슨 일이 일어났을까요? 세부적인 것은 그리 중요하지 않습니다. 여러분은 지난 세월 동안 문제를 충분히 목격해왔습니다. 번영은 더 저렴한 비용, 더 싼 인건비, 인도와 브라질로의 공격적인 아웃쏘싱을 갖춘 경쟁회사간의 살인적인 경쟁과 과잉팽창을 낳습니다. 그 뒤 급격히 감퇴하는 아시아에서의 수요, 라틴아메리카에서의 파산, 유럽 판로로부터의 수입 감소, 대출금을 지불할 유동자금의 급작스런 고갈. 그렇게 해서 블레이크의 회사는 취약한 위치에 처하게 되었고, 그때 행크 그랜저 외에는 어느 누구도 적대적인 인수합병을 감행하지 않았던 거지요. 그랜저가 더렵혀진 기업 이미지를 깨끗하게 해줄 회사를 수년간 기다려왔다는 사실을 여러분도 기억할 것입니다. 클린 지구는 그 명세서에 딱 맞은 거지요. 더이상 말하지 않겠습니다. 우리 모두 과거에 그랜저의 방법에 익숙해질 기회가 있었으니까 말입니다……

그레이엄 블레이크는 그랜저의 열성적인 손아귀에서 클린 지구를 지키기 위해 구조조정을 해야만 했고 신뢰하던 많은 사원들을 해고해야 했습니다. 그런데 너무 늦었어요. 블레이크는 이 과도한 내부 구조조정을 너무나 오랫동안 끌었기 때문에, 필라델피아의 두 사업체 중 하나를 폐쇄하여 멕시코에 재배치하라는 이사진의 단호한 요구를 피할 수가 없었습니다. 정확히 95일 전에 그 일이 생겼을 때 그가 내린 결정은 전혀 경제적으로 합당하지 않았습니다. 그는 가장 최근에 지어진 가장 이윤이 높은 하이테크 공장을 폐쇄하고, 처음부터 있어온, 기술은 진부하고 손실은 천문학적이며 안전사고가 빈발한 화장품 및 약초 공장을 유지시켰던 것이지요.

이사회로부터 너무 무르다는 비난을 받았을 때 블레이크는 이것이 훌륭한 공적관계 책략이라고 주장했습니다. 그것은 클린 지구를 원래의 충성심에 의거해서 서 있는 회사로, 회사에 부를 가져다준 근본적인 원천이었던 회사의 유래, 즉, 열대우림 공동체의 연대 윤리를 저버리지 않은 회사로 보이게 할 것이라는 심산이었지요. 실제로 회사는 그와 정반대 일을 하여 더 많은 이윤을 위해 해외로 진출하고, 회사가 절대 포용하지 않겠다고 공언한 최저의 합리화에 굴복하고 있던 바로 그 시점에 말입니다.

그가 말하지 않았던 것, 제씨카 오웬이 나중에 분명한 표현으로 그를 혹독하게 질책했던 것—여러분은 그 대화를 아무 때나 편한 시간에 테이프로 볼 수 있습니다—은 그가 스스로를 기만하고 있다는 점이었습니다. 그는 순전히 감상적인 이유로 그 오래된 공장을 구하려고 했습니다. 그 공장은 그의 과거가 있는 곳, 그녀를 만나기 전 그가 출발한 곳이었습니다. 그녀가 손대지도, 업그레이드하지도, 변화시키지도 않은 단 하나에 그가 매달리려 한다고 그녀는 말했습니다. 이런 일품의 표현이 나옵니다. "당신은 늘 알았던 임무를 미루고 있을 뿐이야. 당신의 과거를 부숴버려. 어려운 선택이지.

어른이 돼, 그레이엄. 어른이 되는 건 정말 힘든 선택이야.”

이사회에서도 그의 판단에 의문을 제기했습니다. 결국 블레이크가 그들을 사로잡아 동의하게 했지만 말입니다. “우리들은 지구에 해를 끼칠까봐 걱정을 해오고 있었지요.” 마지못해 블레이크의 편을 들었던 한 충직한 이사는 회의장을 빠져나와 자기 길을 가면서 이렇게 말했다고 합니다. “아마 지금은 주주들에게 해를 가하지 않을까 걱정해야 될 때가 아닐까 싶습니다.”

누군가는 그레이엄 블레이크가 원칙을 고수한다고 생각할지도 모릅니다(“나는 미국 경계 너머에서 환상에 불과한 이윤을 좇기 위해 여기 우리나라에서 노동자와 회사원 들의 삶이 약탈되는 것, 회사의 충성심이 부식되는 것, 클린 지구의 이미지가 훼손되는 것을 가만히 앉아 용서하지는 않겠다.”—텔레비전 화면을 잘받는 그의 저 악다문 턱, 빛나는 눈빛, 나중에 그의 사무실에서 제씨카를 마주했을 때 보인 저 위험한 미소를 보세요). 저런 입장이 그의 양심을 평온하게 하면서 바람 한점 없는 날 호숫가의 수면처럼 내버려두고, 그의 도덕성에 대한 온갖 염려들을 잠재우리라고 예측했을 수도 있습니다. 그런 일은 없었습니다. 바로 그날 밤 그의 첫 불면증이 일어났고, 그 다음날에 그는 터질 것 같은 정신상태로, 재앙으로 이어질 가능성이 충분하지만 그전에 제씨카 오웬이 막을 수 있었던 성급한 사업들을 줄줄이 계약했지요.

사례를 들어보라고요? 물론입니다.

여러분 중에 호텔 욕실로 들어가, 생태적으로 올바른 선택을 하고 있으니 수건을 바꿔달라고 하지 말고 다시 쓰라고 제안하는 표시판을 처음으로 보았던 것을 기억합니까? 그래요. 여러분이 아는 내용입니다. 몸을 말리는 동안 훌륭한 세계시민이 되라는 것이지요. 지금 모든 곳에서 채택된 그 생각의 배후를 지휘한 사람이 그레이엄 블레이크입니다. 거대한 양의 에너지와 전력을 절약하는 방법. 하지만 그—그리고 호텔의 매니저들—가 투숙객에게 결코 알려주지 않은 것은 그것이 수건을 세탁하여 제공하는 비용을 절감하는 또하나의 방법이라는 사실이었지요. 위기가 오던 첫날, 블레이크는 기자회견을 자청했습니다. 대중 앞에 나서는 것을 혐오하고, 어디에도 자기 사진이 실리는 걸 원치 않으며, 결코 모습을 드러낸 적이 없던 그 블레이크가 새로운 '투명 캠페인'을 공표하길 원했던 거지요. 지금부터 레인보우 호텔은 수건 재활용으로 얻은 이윤을 투숙객에게 되돌려주겠다는 것이었습니다. 이것은 블레이크가 겪은 고통의 한가지 사례에 불과합니다. "투명 캠페인이라고?" 제씨카가 노발대발했어요. "멍청이 캠페인이라고 부르지 그래. 그게 실체니까 말이야. 회사 자살 캠페인." 그녀는 그 계획에 퇴짜를 놓았어요.

그 다음 석달이 그런 식으로 지나갔지요. 블레이크는 예측할 수 없게 오류를 범하며 행동하고, 제씨카는 무책임한 결정들을 일일이 막는 똑같은 패턴이 계속되었습니다. 하지만 곤란을 겪고 맛이 가기 시작한 것은 단지 그의 사업적 혜안만이 아니었습니다. 그의 사적인 생활, 특히 그의 성적인 생활도 그러했습니다. 자 이 비디오를 보세요. 나타샤의 육감적인 선동에도 불구하고 발기가 일어나지 않았습니다. 다시 그는 침대에 앉아 머리를 손으로 감싸고 있습니다. 이번에는 벌거벗고 약한 모습으로, 말로 전달할 수 없는 혼란 속에 걸려들었습니다.

하지만 마침내 그는 자기 뜻을 전달했습니다. 그 뉘앙스를 놓치지 않도록 그의 말을 되풀이해보겠습니다. "당신은 내가 좋은 사람이라고 생각하오?" 또다른 그들의 불만족스런 성적 포옹이 실패로 돌아가고 며칠 밤이 지난 후 나타샤에게 이런 질문을 할 때의 저 어린 소년 같은 애처로움을 보세요.

그리고 나타샤의 중요한 대답이 나오죠. "최고예요." 그녀가 말합니다. 진심으로. 세상에서 가장 훌륭한 남자. 가장 관대한 사람. 고급 드라마죠.

"사실은 그렇지 않소." 그레이엄 블레이크가 다시 묻습니다. "좋아 보이기 때문에 좋은 게 아니에요. 내면, 깊은 내면에서 나오기 때문에 좋은 거예요."

그녀는 다시 그에게 확신을 줍니다. 클린 지구가 저 멀리 떨어진 땅의 환경보존 방식을 선구적으로 개척하는 모습, 이디오피아의 또다른 기근을 효과적으로 없애는 모습을 그녀는 충실하게 지적합니다. 그런데도 그는 도무지 아무것도 믿지 않습니다. 그녀가 그의 에고를 쓰다듬고, 그의 몸을 쓰다

듣으려 합니다. 하지만 아무 소용이 없습니다. 무엇에 대한 표시일까요? 그렇습니다. 그는 자신이 한 일에 강박되어 있는 것이 아니라, 자기가 할 수 있는 것에 강박된 것입니다. 과거가 아니라 앞으로의 미래에 놓인 윤리적 문제에 그는 사로잡혀 있습니다.

이 일련의 사진들을 보십시오. 우리의 다른 환자들에게서 보아왔던 사진들과 너무나 유사합니다. 의학도감에 언젠가 내 이름을 달고 나오길 기대하는, 그 환자들과 같은 '부도덕 씬드롬'입니다. 그레이엄 블레이크가 어떻게 나이가 들어가기 시작하는지 보십시오. 그가 갈색으로 염색하려고 하는 저 실제로 허옇게 센 머리카락들을 보십시오. 우리들의 다른 필사적인 환자들처럼, 그가 이 의사에서 저 의사로, 심리학자에서 정신치료사로, 침술사로, 동종요법을 쓰는 약초 전문가들로, 그렇듯 대책도 없는 일련의 사이비들에게로 뛰어다니는 것을 보십시오. 대책은 오직 우리들만이 이 센터에서 가지고 있는데 말입니다. 확실히 일어났으며 피할 수 없었던 다음 장면들을 보세요. 사무실에서 어떻게 일들이 악화되는지, 그가 장남 토머스를 때린 뒤 키스 세례를 퍼붓는 모습을 보세요. 오늘 아침에 그가 자기 비서인 젠킨스 양을 해고한 뒤, 곧이어 다시 고용하고, 꽃을 사주고, 봉급을 올려주고, 그녀가 가져다준 커피를 크림이 조금 많이 들었다는 이유로 방 반대편으로 던져버리는 모습을 보세요. 내가 계속할 필요가 있을까요? 우리들에게로 오기 전에 동일한 시련과 고난을 겪으며 허우적거리는 너무나 많은 CEO들과 똑같이 안된 이야기들입니다.

사실 그레이엄 블레이크는 운이 좋았습니다. 대부분의 환자들이 최초의 위기가 시작된 순간부터 우리의 존재를 알기까지 통상 10개월에서 12개월까지 걸리는데 말입니다. 물론 우리는 한동안 블레이크의 경우를 계속 모니터해왔습니다. 왜냐하면 징후가 처음 나타났고, 그가 곧 우리에게로 올 것이라는 정보가 전해졌으니까요. 블레이크는 여러분도 다 기억하고 있을 쌤 홀넥 덕분에 지름길을 택한 것입니다. 홀넥 씨는 우리 클리닉을 훌륭하게 통과해서 처음 들어왔을 때보다 20년은 더 젊어 보이고, 지나치게 염려가 많은 어머니와 냉소적인 의붓아버지가 어린시절부터 그에게 주입한 죄책감을 완전히 극복한 인물로, 우연히도 그레이엄 블레이크의 가장 절친한 벗입니다—물론 그와 그의 아내 미리엄은 나타샤와도 잘 지내고, 최후통첩을 한 제씨카 오웬도 잊지 않고 있습니다—. 그들은 모두 블레이크에게 나를 방문해야 한다는 것, 칼 톨게이트 박사가 이 말도 안되는 모든 것에서 벗어나게 해줄 것이라고 확신시켰습니다.

그리하여 우리에게 한가지 마지막 항목이 생기게 된 것입니다. 돈 말입니다.

지금부터 블레이크가 자신의 고급 아파트를 떠나기 전 몇백 달러를 말아서 지나치게 야단스럽지 않게 헥터의 호주머니에 넣어주면서도 그를 포옹하고 싶어하지 않는 모습에 주목하십시오. 불과 얼마 전에 우리가 목격했던 그 폭발적인 화에 대한 보상인 셈이지요. 그러므로 우리의 대상은 돈에 개의치 않으면서 신경을 덜 쓸 수는 없는 것처럼 보입니다. 우리가 그에게 10달러를 요구하면 그는 20달러를 줄 것입니다. 자 또다른 장면을 클릭해보겠습니다. 그레이엄 블레이크가 엘리베이터를 타고 내려가고 물론 헥터가 그의 짐을 들고 있습니다. 이걸 보세요. 내가 그에게 우리가 받을 보수를 설명하는 순간입니다. 당신은 제3자 예탁방식으로 우리에게 3백만 달러를 예치하게 됩니다. 질문이 없으시면, 비용으로 들어갈 10%를 제외하고, 치료가 끝나는 달까지, 오직 당신이 전적으로 만족스러워할 때까지 나머지 금액에 대해서는 손대지 않을 겁니다. 블레이크 씨, 당신이 당신 제품에 대해 확신하듯, 우리는 우리 제품에 대해 확신하고 있답니다. 당신은 클린 지구를 팔고 우리는 깨끗한 양심을 팔지요.

보이십니까. 3백만 달러짜리 수표에 싸인을 할 때, 그의 손목과 팔꿈치와 손가락 끝으로 조금의 의혹이나 항변도 기어들어가지 않도록 하는 그의 모습이 보이십니까. 물론 그는 내가 지켜보고 있다는 것을 알고 내 눈이 그에게 향해 있다는 것을 압니다. 심지어 내 상담실에 카메라가 작동하는 것은 아닌지 의심했을 수도 있습니다. 하지만 그는 집을 떠나 휴스턴에서 여기까지 오는 비행기를 탈 때도 지금처럼 찍히고 있다는 것을 전혀 몰랐습니다. 예를 들어 어제 저녁식사 자리도 녹화되고 있다는 것을 그는 전혀 몰랐습니다. 자 이제 빠르게 앞으로 돌려 쌤 홀넥이 메뉴에서 최고급 와인을 주문하는 순간으로 가봅시다. 샤또 라피떼죠. 350달러가량 합니다. 그레이엄이 돈을 지불하고 있습니다. 그레이엄은 웃고 있습니다. 저 미소가 보이십니까? 저 미소를 주의하십시오. 그런데 지금 그는 날카롭게 돌아보고 있고 카메라는 그의 미간이 좁혀지는 것을 포착하고 있습니다. 그의 얼굴은 쌤과 쌤의 아내 미리엄과 나타샤에게서 떨어져 있고, 그들은 그를 볼 수 없기 때문입니다. 그레이엄의 눈이 어떻게 좁아지고 어두워지는지 보십시오. 저건 인색한 게 아닙니다. 그는 저런 포도주를 몇백 병도 살 수 있습니다. 레스토랑 전체를 살 수도 있고, 심지어 이미 소유하고 있을지도 모르지요. 마음대로 비유를 들 수 있다면, 그것은 마치 저 눈 안에서 새 한마리가 창문으로 날아가 바닥으로 떨어지는 것과 같습니다. 그의 눈 안의 어머니 속에서 꽃 한송이가 시들고 있습니다. 저 순간적인 어둠, 저 빨리 사라지는 어둠은 모든 사람들에 대한 그의 선의를 다른 사람들이 이용할까봐 걱정하고 있다는 표시입니다. 나의 즉각적인 진단보다 더 깊은 차원의, 좀더 불안정한 어떤 것이 있을 수도 있습니다. 술값을 지불할 때 손가락의 민첩한 움직임, 저 성급함과 자기확신. 그가 그 순간 관심을 기대한 것은 아닙니다. 손가락을 민첩하게 움직이기 전에 그는 관심을 기대한 것입니다. 그는 심지어 자기 자신도 무엇을 원하는지 알기 전에 다른 사람들이 그것을 추측하기를 기대합니다. 즉각적인 만족. 그가 욕망을 공식화할 수 있기도 전에 일어나는 만족.

자, 그가 저 지폐들을 헥터의 주머니에 두던 바로 그 순간으로 다시 화면을 돌려봅시다. 그의 손을 보십시오. 지폐들이 주머니에 들어가기 전 그의 손이 미세하게 떨리고 있습니다. 그레이엄 블레이크 자신도 알아차리지 못하는 그 떨림의 느낌을 카메라가 포착하고 있습니다. 만약 저 돈을 가지고 있지 않다면, 만약 30년산 포도주 한병 값을 지불할 가능성을 박탈당한다면, 혹은 팁으로 몇백 달러를 줄 가능성을 박탈당한다면, 혹은 먼 여행의 댓가로 아이들에게 말 두마리를 사줄 수 없다면, 혹은 결실을 맺지 못한 채 나타샤와 함께 잔 침대 위에 걸린 프랜씨스 베이컨의 원화 없이 살아야 한다면, 그가 어떤 반응을 보일지 우리가 알 수 없음을 알려주는 떨림입니다. 자선의 날개를 수월하게 펼쳐서 선한 일을 하고 식량위기와 에너지위기를 해결하고 그 호텔에서의 수건위기에 훌륭하게 개입함으로써 자신의 주변과 자신의 내부에 있는 공허를 메울 수 있는 기회를 가지지 못한다면, 자기 자신을 세상과 아마존의 인디언 원주민들을 구하는 사람으로 생각할 수 없다면 어떤 일이 일어날까요? 여러분이 곰곰이 생각해봐야 할 문제입니다.

회의 같은 것이 나타날까요? 딜레마에 빠질까요? 도덕적인 의구심이 일어날까요?

이제 그런 질문들을 제기할 시간입니다. 그는 이 스크린 위에서 이미지로만 존재하고 있었으니까 말입니다. 일단 그가 나타나면, 즉 그가 육신을 갖춘 모습으로 저 입구를 통해 걸어와 자기가 있는 곳을 싫어하기 시작하고 우리가 제안하는 일이 부도덕한 일이니 자신은 곧 떠날 것이라고 선언한다면, 그를 위한 치료법의 소용돌이 속으로 빨려 들어간 뒤 그것의 불가피하고 명료한 결말을 보게 된다면, 그때에는 후회하거나 빠져나갈 시간이 없을 것입니다. 난 여러분 중 어느 누구도 더이상 이것을 견딜 수 없다면서 나에게 항의하지 않기를 바랍니다. 우리의 슬로건은 이런 것이니 그것을 주의깊게 읽고 기억하기 바랍니다. "환자가 그것을 견딜 수 있다면 치료사들도 견딜 수 있다." 여러분 모두 그럴 것입니다. 이해됩니까?

기억해두기만 하십시오. 이것은 모두—가장 끔찍한 모든 것들까지도—그를 위한 것이라는 사실을 말입니다. 우리는 그레이엄 블레이크 자신도 모르게 그를 구할 것입니다.

둘

록산나, 나의 록산나, 나의 록산나
는 아니지만, 내 말이 들려? 들을
수 있을 거라 생각해. 물이 흘
러내리는 네 몸을 거울 반
대편에서 맹신자 같은
그런 시선으로는 아니
지만, 바라보고 있는 내
눈을 네가 결코 알아보지 못
하고, 몰래카메라에서 몰래 설치
한 마이크에 이르기까지 그것들을 통
해서 이방 저방으로 너를 따라다니는 이
시선을 네가 결코 맞받아주지 못한다 하더
라도 말이야. 그레이엄 블레이크 같은 누군가가
여기에서 너를 바라보고 있다는 것을 네가 알 거라

고 생각해. 밤에 네가 어떻게 혼자서 옷을 벗으며, 아래에서 언제나 이불 밖으로 삐져나오는 네 발을 이불로 덮어줄 연인이 네 곁에 없는 것을 바라보고 있는 사람. 네 연인이 없는 것은 내가 그를 감옥에 가도록 만들었기 때문이야. 그건 바로 나였어. 너의 조니를 날조된 죄목으로 감옥에 넣은 나 같은 사람의 존재를 네가 알 거라고 생각해. 내 치료의 이 고약한 마지막 단계 중 어느 시점에서 넌 분명 의심해보았을 거야. 네 아파트 벽에서 안 보이는 다른편 이곳에 앉아서, 13센티도 안 떨어진 곳에 있는 너의 그 의심을 모르는 눈을 바라보면서, 네가 거울 앞에서 풍성한 검은 머리칼을 빗질하는 모습을 즐겨 바라보는 누군가가 있지 않을까 하고 의심해보았을 거야. 네가 어떻게 변기에 꾸물거리며 앉아서 네 자그마한 두 엉덩짝을 누르고 앉았는지를 즐겨 바라보고 있는 존재. 난 너의 비밀을 알아. 조니도 모르고 있거나, 몰랐던 것을 난 알지. 이것이 네가 변을 누는 방식이라는 것을 분명 조니는 절대 몰랐을 거야. 넌 소리 없이 처리해서 네 식구들이 아무리 기웃거려도 알 수 없었지, 네 망할 아버지는 그 엉덩이와 허벅지를 만지거나 그 소리를 엿들으며 네 옆에 가까이 있는 것을 즐기곤 했지. 네 아버지 귀에다가 그것을 떨어뜨려버려라. 하지만 넌 네 아버지를 막았어. 넌 날 제외한 모든 이들을 막았지. 네 변은 너무나 조용히 천천히 나와서 그 소리를 들을 수 있는 유일한 사람은 나였어. 아마 그건 날 위한 행위였는지 몰라. 나 말이야. 그 존재를 네가 생각도 못해본

이 사람은 지난 4주 동안 널 지켜보며 이곳에 있었어. 지켜보기만 한 것이 아니야. 네 존재를 만들어냈지. 그건 톨게이트 박사의 말이 아니었던가? 나의 치료법은 록산나라고. 톨게이트 박사의 말을 인용하자면 그는 네가 나의 작은 치료법이라고 했어. "그레이엄, 저기 그녀가 있소." 그가 말했어. "당신의 정신적 질병을 치유해줄 여인이오. 그녀와 그 가족들을 가지고 당신이 원하는 것을 하시오."

"하라고요? 무슨 말이오?"

내가 원했던 것 아무거나 할 수 있다고 했어. 어떤 것이나. 모든 것을 다 할 수 있다고 말이야. 너와, 너의 비열한 아버지, 굴렁쇠에 푹 빠진 네 남동생, 제정신이 아닌 네 엄마, 너의, 네게 속한 모든 사람들에 대해서 말이야. 심지어 그들을 죽여도 된다. 어떤 일도 가능하다.

"내가 그녀를 죽여도 된다는 뜻이오?"

"죽여도 됩니다." 톨게이트가 말했어.

난 화가 나서 그건 부도덕한 일이라고 말하기 시작했어, 그건—

"단지 당신이 그녀를 죽일 수 있다면 말입니다." 눈이 흡사 어떤 창문 뒤에도 있는 것처럼, 톨게이트가 안경 뒤로 눈을 번쩍이면서 날 저지했지. "그녀를 당신 손끝에 두고서도 아무런 해를 입히지 않는다면, 당신이 얼마나 진실로 윤리적인가를 스스로 확인하게 되겠지요. 보시오, 그레이엄—내가 당신을 그렇게 불러도 괜찮으시다면—"

“블레이크라 부르시오.” 차갑고 신랄하게 분개하면서 내가 말했지.

“그렇다면 블레이크. 실제로 누군가를 죽일 기회를 결코 가진 적이 없다면, 블레이크 당신이 살인자인지 아닌지 결코 알아낼 수 없지 않소, 안 그렇소?”

난 몹시 화가 났어, 록산나. 그들은 치료비로 10%를 가질 수 있었고, 저 의사는 나의 보증금 30만 달러를 자기 엉덩이에 쑤셔넣을 수 있었지. 음, 난 그런 식으로는 말하지 않았어. 난 그보다는 더 고상하고 기품이 있었으니까. 그들이 날 도청하고 있지 않을까 의심했고 도청장치에 당황스러운 것이 들어 있지 않길 원했었어. 그건 내가 어릴적부터 가지고 있던 염려였어. 그건 어머니에게서 받은 크리스마스 선물, 그렇게 되시기 전에 어머니가 아버지께 드린 마지막 선물을 아버지가 열었을 때 8밀리짜리 코닥 필름카메라, 가족의 일상생활을 기록하는 데 쓰이곤 했던 그런 류의 카메라가 있던 그때부터 시작된 염려였어. 아버지는 너무나 행복해하셨지. 내가 사진에 찍히기를 거부했을 때까지는 말이야. 그건 이유가 없는 것이었어. 그 두려움 말이야. 그것은 낮 동안 커졌고 밤에도 계속되었어. 밤에 난 너무 무서워서 잠도 못 자고 거실로 이어진 계단 아래로 기어가 가족앨범을 몰래 가져와, 장난감과 포장지와 죽었거나 죽어가고 있는 소나무 향 가운데서, 내가 나온 사진들 하나하나마다 내 얼굴을 문질러 지우기 시작했어. 때때로 그것이 날 슬프게 하기도 해. 왜냐하면 나에겐 우리 엄마와 찍은 사진이 한장도 없기 때문이야. 단 한장도 말이야. 아무도 내 사진을 가지고 있지 않아. 그 누구도. 지금 당장 난 네 거실로 걸어들어 갈 수 있지만 넌 내가 누구인지 모를 거야. 네가 다니는 공장의 주인이 나라는 것을 전혀 모를 거야.

그것이 톨게이트가 사용한 첫번째 미끼였어. 네가 내 회사와 연루되었다는 것, 즉 이런 저런 방식으로 내 회사와 연관되었다는 것 말이야. 가족의 모든 구성원들, 심지어 그중에서 가장 중요한 구성원으로 아직 그 장면에 나오지 않은 여인이 관계되어 있다고 톨게이트가 말했어. 그가 그 치료법을 설명하기 시작했을 때, 록산나 네가 저기 저 방에 없었다는 것이 이상해.

난 깨어났어. 공항에서 오는 길에 그들은 약을 주면서 날 어디로 데려가는지 보지 말아야 한다고 주장했어. 내가 몇 달 만에 가장 깊이 든 잠에서 기어나왔을 때, 칼 톨게이트 박사, 그가 조종실 한가운데 서 있었어. 그의 뒤쪽 벽에는 거대한 곤충의 눈같이 생긴 스크린들이 죄다 켜져 있었고, 손잡이들은 타고 있는 벌레들처럼 몸을 비틀고 있었어. 그 지옥 같은 이미지를 보고 내가 깜짝 놀란 듯이 보였음에 틀림없어. 그가 내게 다시 마음을 진정시키고, 샤워를 하면서 좀더 편안하게 기분전환할 시간을 주었으니까 말이야. 그런 뒤 그는 쏘니아와 쌘드라를 내게 소개했어. 나를 지키는 사람들이었지. 너를 지키는 사람이기도 하고. 록산나 넌 조금도 눈치채지 못했을 거지만. 아님 혹시 눈치챈 건가? 내가 하고 있는 일, 즉, 내가 쏘니아와 쌘드라를 시켜 너와 네 가족에게 하고 있는 것, 너와 지저분한 네 아버지에게 우리가 어떻게 장난쳐오고 있는지 네가 알고 있다는 확신을 왜 난 쫓아버릴 수 없는 걸까?

네 아버지를 그렇게 불러서 미안하군. 난 네가 그를 아주 좋아하고 있다는 걸 알아, 록산나. 하지만 난 정말로 그가 싫어. 그를 믿을 수가 없어.

“저걸 보시겠소?” 네가 아버지에게 굿나잇 키스를 하자 그의 손가락이 네 젖가슴에 머무른 뒤 아래로 내려가 배와 가슴 사이를 간질이던 며칠 전 밤, 톨게이트가 내게 말했어. “그는 그녀를 욕보이고 있는 거요, 블레이크. 전형적인 케이스죠. 그런데 아직도 그녀는 저 사람을 좋아해요. 그래서 그를 용서하거나 잊어버리지요. 아마 그녀는 그 누구에 대해서도 나쁜 마음을 품을 수 없는지도 모르오. 내 말은 그녀의 머릿속에 어떤 일이 진행되는지 아무도 모른다는 뜻이오.”

그가 권한 대로 난 쳐다보았어. 그리고 네가 아버지의 포옹에서 벗어나 그의 손아귀를 누그러뜨리고 새 같은 손으로 그의 눈을 덮어 저 멀리서 그에게 키스를 날려 보내면서, 내가 제이슨—난 제이슨을 좋아해—을 쫓아내버리기 전, 네가 그와 같이 썼던 방으로 건너가는 모습에 난 감탄했지. 지난 한달 동안 네 오빠가 얼마나 잘해오고 있었는지, 내가 주변에서 지내온 이래, 그가 얼마나 번창하고 있는지 보여주는 증거지. 난 그 방까지 널 쫓아갔어. 네가 방에 불을 끈 뒤에도 너를 계속 내 시야에 두었어. 그때 나는 쏘니아에게—아니 쌘드라였나?—명령해서 적외선으로 너를 환히 비추도록 했지. 어둠속에서 네가 리드미컬하게 숨쉬는 것을 바라볼 수 있게 말이야. 난 또 네 가슴이 천천히 올라갔다 내려갔다 하다가, 공기 속으로 급강하하는 모습을 클로즈업해서 보여달라고 명령했어. 그 공기는 잠을 청하기 싫은 내가 이쪽에서 숨쉬는 공기와는 다른 것이었지. 시간이 흘러가는 것을 의식해라. 그렇다. 시간이 흘러간다. 끝이 날 것이다. 난 순간을 음미해야 한다. 상황을 고치고 바로잡아야 한다.

그래, 네 아버지에 대해서도 그럴 거야. 그는 직장을 다시 가질 것이고, 내가 갱들을 시켜 네 엄마의 음식 가판대에서 훔친 돈도 돌려받게 할 거야. 네 애인도 감옥에서 나올 거야. 난 심지어 네가 뿌에르또리꼬로 돌아가 약초 수출 회사를 세우게 해놓을 예정이야. 넌 그것을 라띠노의 이파리라 부를 수 있겠지. 혹은 '록산나의 마법약초'라고 해도 좋을 거야. 난 마케팅을 알아. 내가 뭔가 아는 게 있다면 말이야, 록산나. 쏘니아에게 말해둔 대로, 난 깜짝 놀랄 성공을 보장할 수 있어. 전체 계획을 쏘니아에게 제시했어. 내 생각에 쏘니아는 반신반의했어. 하지만 그녀가 무슨 생각을 하든 무슨 상관일까? 쏘니아의 일은 보스의 명령에 따르는 것, 지난달 네 인생을 망가뜨릴 때 그랬듯이 내일 네 삶을 향상시키는 데 유능하게 구는 것이지.

그녀는 지금 일을 바르게 만드는 중이야. 해피엔딩을 만들고 있어. 쏘니아가 그러고 있지. 함께 있은 어젯밤 내가 너를 쳐다보고 있을 때도 말이야. 나의 록산나, 나의 것. 같이 있어본 적이 없었고, 앞으로도 같이 있지 못할 우리. 쏘니아에게 내가 그것을 확신시키지 못한다면…… 마지막 순간에 네 영역으로 원정가지 못한다면. 마지막 기회야. 내일 난 갈 거야. 난 나의 나타샤와 널 데리고 돌아올 거야. 네가 지금 수행하는 자세로 앉아 고요히 명상하는 그 침대에서 넌 천천히 사랑을 나누게 될 거야. 널 미소짓게 만드는 뭔가를 상상해봐. 널 정말로 미소짓게 만드는 법을 난 결코 모를 것 같아. 그것이 나이길 바라. 나 같은 구원자가 구하러 와서 네 문제를 해결하여 네가 그 덕에 미소지을 수 있는 모습을 추측해보길 바라.

무슨 일이든 일어날 거야. 왜냐면, 내가 일으킨 그 모든 문제들에 쏘니아가 즉각적인 해답을 마련할 수 없다면, 그렇다면, 내일 내가 처리할 것이기 때문이야. 우리 사업에 누구든 내가 원하는 사람을 고용하는 일을 그 누구도 막을 수 없어. 넌 내 영토 안에 있어. 록산나. 결국 수년 동안 넌 존재해왔어. 네게 직업이 있는 이유는 내가 네 공장은 그냥두고, 네 엄마와 네드가 일하던 다른 공장을 폐쇄했기 때문이야. 인과응보인 셈이지. 그들이 직장을 잃은 덕분에 너는 일을 계속할 수 있었던 거야.

록산나, 난 그것을 해야만 했어. 공장을 멕시코로 이전함으로써 네 가족에 풍파를 일으키고 그곳에서 일했던 네 친구를 자살하게 만든 것이 결국 나의 결정임을 알고 난 뒤에 네가 나의 이론적 근거를 이해하지 못할 거라고 확신해.

첫날, 그 의사가 처음으로 그들을 가리키면서 말했어. "이상하군요. 그토록 오랫동안 당신 밑에서 일한 사람들이 지금 또다시 당신을 위해 일하려 하다니 말이오. 이번에 그들은 아무것도 모를 거요. 그들을 보시오. 느긋하게 보시오. 그들은 지금 당신에게 일어나는 미스터리에 더 깊이 다가가도록, 그리고 정신적 건강의 길로 나아가도록 당신을 도와주고 있소."

"날 도와준다고요?"

"당신은 그들을 이용해서, 그것이 무엇이건 당신을 잠들지 못하게 하는 것을 고치게 될 거요."

"그들을 이용한다고요?"

난 아직도 내 상황을 파악하지 못했으며, 이것이 모두 무슨 일인지 알 수 없었어. 널 제외한 사람들이 죄다 그곳에 있었어. 너의 아버지, 너의 엄마, 제이슨, 네드, 그리고 마치 세상이 자기에게 빚진 것처럼, 세상이 그에게 뭔가 끔찍한 일을 한 것처럼 하루 종일 침울하게 있으면서 징징 우는 소리나 하고 다니는, 네 아버지의 그 멍청한 친구, 왼쪽 팔이 마비된 저 백치 같은 프레드. 자신들이 메뉴판에 올라와 있는지 전혀 모른 채 그들 모두 거기 있었어. 그들이 내 메뉴판에 있었어. 누구를 먹고, 누구를 남겨둬야 할지, 다음달에 뭘 할지 난 재빨리 결정하게 될 거야.

"그들을 이용하시오." 톨게이트가 다시 말했어. "그들의 신이 되시오. 천국의 씨나리오든 지옥의 씨나리오든, 당신의 마음이 욕망하는 대로 그들에게 시행하시오. 선한 것, 악한 것, 혐오스러운 것, 숭고한 것 아무거나 다. 그들을 향상시키거나 혹은 갈아 흙으로 만드시오. 당신이 원하는 데까지 한껏 하시오. 당신의 상상력이 유일한 속박이고 당신의 의지가 유일한 한계요. 그렇지 않으면……"

그는 자기 목소리가 차츰 잦아들게 만들었어. 그렇지 않으면 뭐라는 거지?

난 약 때문에 몸을 가누기 힘들었어. 삼개월 만에 처음으로 내가 빠져든 완벽하고 행복한 무의식의 시간들. 샤워는 활기를 주었으나 어쨌건 난 아직도 자고 있는 것 같은 느낌이었어. 그는 농담을 해야 했던 거야. 록산나, 난 그를 진지하게 받아들이지 않았고, 네가 들어올 때까지 그가 제안하는 것에 항의조차 하지 않았어. 그때까지 그는 차분하게 웅웅거리는 목소리로 잠시 동안 웅얼거리고 있었지. "이 집안에서 가장 중요한 사람의 저자로부터 시작합시다."

"저자라고 했소?" 내가 물었어.

"창시자인 아버지 말이오." 그가 짜증스럽게 말했어. "당신의 회복에 열쇠를 쥐고 있는, 당신이 아직 만나야 할 여인을 만든 사람이고 그녀의 일상들을 만든 사람이오. 자, 저 사람이 버드요. 그는 전역한 해군으로 그녀의 어머니, 바로 씰비아를 만났소. 씰비아는 뿌에르또리꼬에서 그를 만나서 그녀를 임신했지요—음, 당신은 그녀가 누군지 보게 될 거요. 상당히 열정적인 밤이었음에 틀림없었을 거요. 왜냐하면—음, 내가 말했듯이, 거기서 누가 나오는지 보게 될 거요. 그들의 다른 두 자녀도 꽤 멋졌소만. 저 애가 제이슨이오. 그는 야구에서 성공하고 싶어 죽을 지경이라오. 그건 당신이 어떻게 할 수 있을 거요, 블레이크. 내 말해두지만, 쏘니아는 여기서 손가락 하나만 딸깍하면 뭐든지 일어나게 할 수 있소. 아직은 아니오. 내가 과장하고 있소. 우리 환자들에게 열려 있는 가능성들 때문에 내가 흥분했소. 그건 당신이 앞으로 용서하게 될, 나의 사소한 결함들 중 하나요. 손가락 하나 딸각하는 것보다는 더 많은 것이 필요할 거요. 가끔씩 미뤄지는 것도 있을 거요. 만족이 언제나 즉각적으로 오는 것은 아닐 거요. 하지만 3백만 달러에는, 우리의 가격이 그렇게 센 것에는 이유가 있소, 블레이크. 이 도시에서 일이 일어나게 하려면 많은 돈이 필요하오. 현금으로. 현금은 아이가 빨리 최고의 위치에 오르게 하는 데 도움을 줄 수 있소. 혹은 조그만 사고를 낼 수도 있소. 그러면 우리의 제이슨은 평생 휠체어에 앉아 있어야 할 거요. 물론 일이 일단 일어나면, 우리는 그것을 되돌릴 수 없소. 내 말은 부탁을 신중하게 해야 된다는 뜻이오. 기억하시오. 어떤 일이 일단 일어나면, 되돌리는 버튼은 없소. 일들을 있던 상태대로 순진하게 되돌릴 수는 없소. 가령 누군가가 제이슨의 발을 걸어 차 앞에서 넘어지게 만든다 해도 우리는 그 결과를 예측할 수 없소. 내 말뜻은 그것이오. 당신의 치료법은 그런 것이고, 그 치유법이 그렇게 효력이 좋은 이유가 그것이오. 그건 실제 상황이오."

내가 입을 열어 그에게 만약 진심이라면, 그리고 만약 날 놀릴 작정이라면 꺼져버리라고 막 말하려던 때가 바로 그때였어. 네가 거의 영화배우처럼 멋있게 들어오던 때가 그때였지. 그건 마치 내가 모욕하려고 한다는 걸 그가 예견한 것 같았어. 그래서 기분전환을 계획해둔 것 같았어. 왜냐하면 네가 그 방에 흘러들어왔기 때문이야. 마침 때맞춘 듯 말이야. 내가 아무말 못하게 하려는 듯이. 흘러들어왔다는 말은 잘못된 말이야, 록산나. 난 알아내려고 하는 중이야. 네가 어떻게 걷는지, 몸을 그렇게 빛나게 만들기 위해 네가 뭘 하는지 말이야. 그것도 적당한 말이 아니야. 네가 하는 일이란 그저 내가 알고 있는 다른 누구보다도 아주 조금 더 오래 시간을 들이는 것이지. 마치 약간 지연된 동작의 형태 속에 살고 있는 듯이, 아니 더 잘 표현하자면, 마치 우주의 나머지 부분은 속도를 더 내고 있는데, 넌 그 우주의 미친 리듬이 널 삼키도록 허락하지 않는 듯이. 아니 어쩌면 난 이렇게 생각해보고 있는지도 몰라. 난 널 보았을 뿐이다. 물론, 네 가족의 맥락 속에서. 네 가족들은 모두 예민하고 신경이 과민한 족속들이고, 자신들의 운명에 불행해하고 있어. 내가 멀리서 석달 전에 그 공장을 폐쇄하기로 한 조처가 그들의 인생에 가한 일을 불행해하지. 하지만 넌 아니었어. 넌 모든 것을 당연하게 받아들이지. 너의 그 부드럽게 질질 끄는 발걸음.

"자, 당신의 조그만 치료법이오." 톨게이트가 말했어. "저기 그녀가 있소, 그레이엄. 생각해보시오. 그녀는 당신 공장에서 치료사로 일하고 있소. 이제 그녀는 당신을 돌봐서 현실로 돌아오게 할 거요."

현실이라. 진정한 낚싯바늘, 진정한 미끼, 진정한 유혹, 진정한 물고기, 진정한 물이었어. 그건 바로 너야. 내가 채택하여 이용하고 내 마음대로 높이 올렸다가 고꾸라뜨릴 수 있는 모든 가족들 가운데 이 가족을 톨게이트가 선택한 이유. 의사가 약속한 대로, 내 불면증을 고치고 두통을 사라지게 하며 공격성이 매순간 나로부터 빠져나와 너와 네 가족에게로 붙게 하는 것. 마치 네가 기적의 약인 것처럼.

"나아질 겁니다." 다음달 동안 내 집이 될 곳으로 날 여행 보내면서 그가 공언했었지." 당신이 규칙을 따르는 한, 그렇다는 거요. 당신은 다음달 동안 이 아파트 안에 머물러야 하오, 블레이크. 혼자서. 외출도, 방문객도 금지고, 어느 누구한테도 전화를 걸어서는 안되오. 특히 이전의 삶과 관계된 사람에게는 절대 안되오. 집에 돌아가 나타샤와 열정적인 폰섹스를 해서도 안되오. 당신이 그 순수성에 몸을 담글 수 있는 당신 아이들과도 이야기해서는 안되오. 가장 최근의 캠페인은 어떻게 되고 있는지, 더 나은 유기농 쌀을 생산할 수 있도록 태국의 농부를 돕는 최신의 획기적인 타개책에 대해 제씨카와 의논해서도 안되오. 그리고 절대로, 분명히, 매우 확고

하게, 저편으로 건너가는 것을 금하오. 친교는 안되오. 어떤 것도 원할 수 있소. 여기 쏘니아와 쌘드라가 있으니 말이오."

난 그들을 다시 한번 보았어. 그저 지금 그들이 얼마나 나찌 수용소의 보초 같은지를 보듯이 말이야. 비록 쏘니아는…… 그녀는 바싹 자른 머리와 냉혹한 눈, 내가 좋아하는 것보다 약간 더 큰 가슴에도 불구하고 매력적이었어. 록산나, 네 가슴 대신에 그녀의 가슴을 형태를 따라 더듬어보는 장면을 어찌나 상상했는지. 한편으론 내 눈이 네 몸과 할 수 있는 일을, 다른 한편으론 내 손과 긴 몸이 쏘니아와 할 수 있는 실제적인 것을 어찌나 상상했던지. 그렇게 한 것은 너 때문이야. 언젠가 그녀가 우리 편으로 오는 일이 필요할 것이라 계산했기에. 언제나 비상사태에 대비하라고 아버지는 말씀하시곤 했지. 비상사태가 닥치길 기다리지 마라. 거기에 대비해라. 우리는 심연에서 그저 몇쎈티 떨어져 있을 뿐이다.

우리 아버지와, 그의 유명한 심연. 내가 어릴적에는 그것이 일종의 괴물이라고 생각하곤 했어. 쉬익 소리를 내며 다가와서 나를 삼켜버릴 어떤 것 말이야. 어머니를 집어삼켰고, 나를 삼킬 거야. 나중에야—내가 회사를 설립하고 제씨카와 이혼하고 회사를 인수하려는 행크 그랜저와 맞붙어 싸우고 아버지의 회사를 지키기 위해 싸웠을 때—난 아버지의 말씀의 참 의미를 이해하게 되었지. 아들아, 심연에서 한 걸음만 떨어져 있을 땐 말이야, 근처 나무에 로프를 매달아 두는 것이 낫단다. 구명조끼가 있는 게 좋단다, 아들아. 쏘니아는 내 로프고 내 치료 구명조끼야. 그러기에 그렇게 엉망진창은 아니었어. 그녀는 요리를 잘하기도 했어. 쌘드라처럼 그렇게 맛있게 하는 건 아니지만. 청소를 빨리 하는 것도 아니고. "쏘니아와 쌘드라가 세탁이며 잠자리 정리며 바깥 세계로부터 필요한 것들을 모두 다 가져다주고, 당신이 명하는 것을 수행할 거요. 아니 그보다"—이 대목에서 톨게이트는 문을 순찰 돌고 있는 건장한 사내들 넷이 있는 쪽으로 고개를 끄덕였어—"이반과 그 일행이 할 거요."

이반이라. 톨게이트가 만들어낸 필명임에 틀림없어. 마치 구소련의 정치위원인 양, 그 명백한 이방인스러움으로 날 공포에 떨게 만든 우두머리에게 부여된 러시아 이름. 그는 움직이게 할 수도 뇌물을 줄 수도 말을 걸 수도 없는, 완전히 귀먹은 사람 같았어. 귀먹고 더이상 존재하지 않는 것 같은 그런 사람. B급 영화에 나오는 깡패처럼 그는 팔짱을 끼고 있었어.

"자, 그 점은 명확히 알겠지요." 톨게이트가 덧붙였어. "위반은 안된다는 것. 클리닉에서 당신을 위해 미리 선택한 이 가족의 어느 누구와도 접촉하면 실험은 끝장이오. 당신은 돈을 잃게 되고, 더 나쁘게는 치료도 잃게 되오. 여생을 불면증으로 보내게 될 거요. 이 한 영역에서 당신이 완전히 순종하지 않으면, 치료는 효력이 없을 거요. 당신이 따라야 할 유일한 규칙이오. 다른 모든 것, 다른 모든 사람은 당신이 하자는 대로 할 거요. 당신 뜻대로. 당신의 가장 하찮고 가장 미친 것 같고, 가장 사악하고 가장 미묘한 변덕에도 따를 거요. 결국 신조차도 어떤 한계를 인식하면서 어떤 규칙에 따라 살아야 하오. 빛의 속도처럼. 신이 할 수 없는 단 한가지를 안다고 해서 신이 할 수 있는 모든 것을 특별히 차버리지는 않소. 안 그렇소?"

난 그의 말을 거의 듣고 있지 않았어. 네가 들어오기 전에 그가 이 말을 했는지, 아니면 그 후인지 기억할 수도 없어. 틀림없이 그 후였을 거야. 내가 그의 말에 주목하지 않았다면, 그건 네 움직임에 완전히 몰두해 있었기 때문일 거야. 그 때문이었음에 틀림없어. 어떤 특별하고 부드러운 아우라에 의해 너에게 불이 들어온 것 같았어. 그건 어디서 왔지? 한가로울 때 넌 어찌 그렇게 즐겁게 빛나고, 끔찍한 친척들이 넘쳐나는 끔찍한 거실을 어찌 그렇게 춤추듯 지나갈 수가 있을까? 그런데 그때 갑자기 멈췄어. 넌 내 앞에서 멈췄어. 네 이미지를 내 두뇌 속으로 밀어 넣어주는 그 몰래카메라를 정면으로 보고 있는 것처럼 말이야. 넌 멈춰서 두 손을 모았고 손가락으로 네 앞의 무엇인가를 가볍게 소집하려는 듯했어. 그게 뭐였을까? 마치 무언가를, 누군가를 기억하고 있는 것처럼 아, 그렇게 가만히 두 눈을 감은 채 있었어. 그게 뭘까? 무엇일까?

"기도하고 있소." 톨게이트가 내게 말했어. 그는 그림자처럼 내 뒤에 있었어. 그는 내 생각을 가늠하는 듯했어. 아마 그는 이 재활을 준비하면서 나를 그토록 철저하게 생각했던 것 같았어. 그가 거의 무표정하게 입술을 비틀어 슬쩍 씩 웃는 모습을 네가 보았더라면. 하지만 거기에 표정은 있었어. 내가 쏘니아를 자세히 보았을 때, 그녀의 넘쳐흐르는 젖가슴의 감춰진 골에 너무 긴 1초 동안 내 시선을 고정시켰을 때, 표정이 거기 있었어. 그는 내가 곧 그 젖가슴에 푹 빠져버릴 것임을 알고 있었어. 왜냐하면 내가 너의 젖가슴을 만지고 어르지 못하기 때문에, 내 입에 네 몸의 향기를 담을 수 없기 때문에.

"그녀, 이 록산나는 믿음이 좋은가요?" 내가 물었지. 왜냐하면 넌 그런 사람으로 보이지 않았기에. 가톨릭이 원종교인 뿌에르또리꼬 사람이오. 톨게이트가 가족에 대해 뭐라고 중얼거렸어. 하지만 그건 네게 맞지 않았어. 성모 마리아를 향해 촛불을 켜고, 군침 흘리는 신부님이 있는 고해실 안에서 십자가 앞에 네가 무릎을 꿇고 있는 것을 난 상상할 수가 없었어. 내가 맞았어. 톨게이트는 그 점을 훨씬 분명하게 밝혀주었어.

"전통적인 의미에서 그런 건 아니오. 그녀의 어머니, 씰비아— 그녀는 미사에 나가고 있소. 종교적 행위죠. 씰비아는 악한 시기가 가족에게 닥쳤으니 자신들을 도와달라고 신에게 부탁했었소. 네드가 해고된 날 오후, 가족의 빈약한 재산과 그의 퇴직금을 노름으로 날렸을 때, 씰비아는 자신이 평생 모은 저축에서 남은 돈을 포장마차 사업에 퍼부었소. 그러니 그녀는 걱정이 되고 하늘로부터 도움을 청할 이유가 있는 거요. 물론 소용없지만 말이오. 그녀의 사업이 어찌될지를 결정할 사람은 블레이크, 바로 당신이오. 당신은 수백만의 고객들을 보내서 그녀가 파는 뿌에르또리꼬 길거리 음식을 산 뒤 슬그머니 팁을 주고, 잔돈은 가지라고 말하며, 잡지 『인콰이어러』에 그녀 기사가 나게 하여, 당신이 떠나기 전, 한달 안에 레스토랑을 열 계약금으로 충분한 돈을 기적적으로 밀어넣을 수 있게 할 수 있소. 그녀는 성공가도를 가고 그녀와 더불어 가족도 그렇게 되오. 아니면 당신은 씰비아를 망하게 할 수도 있소. 가령 어느날 밤 그녀가 강간당하게 하는 것.

나는 그의 암시를 무시했어. 남부끄러운 그의 플롯과 결탁하지는 않을 거였으니까. 하지만 진실을 말하자면 난 그렇게 곧장 말하진 않았어. 너 때문에. 난 좀더 알아야 했어. 일단 저 지옥의 박사로부터 자유로워지면, 나중에, 내일, 다른 어떤 날, 곧, 내가 널 돌볼 수 있을 거라고 내 안에 있는 어떤 목소리가 제안하고 있었던 것 같아. 하지만 떠나기 전 난 너에 관해 좀더 정보를 얻어야 했어.

"만약 그녀가 어머니처럼 믿음이 좋지 않다면," 내가 말했어. "도대체 지금 그녀는 무엇을 하고 있는 거요?"

톨게이트는 네가 하는 일을 설명해주었어, 록산나. 마지막 4주 동안 날 매혹시켰던 그 일을. 네가 남을 치유하는 사람이라는 사실을 말이야. 단순히 식물을 가꾸는 사람이 아니라고. 난 우리가 이런 종류의 프로그램을 실행하고 있는지 전혀 몰랐어. 비록 언젠가 제씨카가 대안의약품을 어떤 생산품 센터에서 해보자, 만약 그것을 세상 사람들에게 내다 팔 수 있으면, 우리가 전파하는 것, 그런 종류의 것들을 실행할 수도 있을 거라고 했지만 말이야. 마싸지, 자석, 약초로 만든 대부분의 약. 넌 섬에 살던 어린시절부터 그것들을 수집했었지. 나는 그렇게나 많은 날의 늦은 오후 동안, 그 모든 이파리와 차와 묘약을 걸러내면서 그것들에게, 그리고 너한테 자신의 자손들을 보내준 그 원식물들에게 스페인어로 된 노래를 불러주고 있는 널 바라보았어. 싼 후안(뿌에르또리꼬의 수도—옮긴이)에서 도착할 다음 소포를 기다리면서. 내가 방해한 소포, 그것 때문에 네가 과민해지는지, 그것 때문에 네가 나 같은 사람의 존재 가능성을 알아차리는지, 어떤 강력한 존재가 네 삶에 끼어들어 네 행복에 이르는 코드와 암호를 쥐고 있다는 것을 깨닫는지 보려고 쏘니아를 시켜 우체국에 붙잡아둔 그 소포. 하지만 네가 매일 집에 돌아와서 마치 숨겨둔 것은 아닌지 의심하는 양 네 어머니에게 파라다이스 섬에서 올 예정인 약초 소포꾸러미에 대해 물어보는 모습을 난 견딜 수 없었어. 조니의 감옥살이와 내가 네 가족에게 미리 정해둔 그 롤러코스터 같은 상황, 너무나 많이 오르락내리락하는 상황, 그것이 너무 지나쳐 네가 내 회사원을 치료하고 생산성을 유지시키는 데 쓰는 그 마법의 식물, 네가 그들에게 발라주는 연고, 너의 출생을 목격한 그 엉킨 숲에서 가져온 마시지 오일도 소용없는, 그런 것에 덧붙여, 불만이 네 어깨로 스며들어가는 것을 나는 견딜 수 없었어. 나는 네 속에 있는 그 슬픔에 항복해서 쏘니아에게 그 소포가 당장 배달되게 하라고 말했어.

당장요? 쏘니아가 눈썹을 둥글게 만들었어. 널 질투해서가 아니야. 쏘니아는 네가 정해진 구역을 넘어서 있다는 것, 그리고 자신은 구역 내부, 내 손아귀에 있다는 것을 알아. 쏘니아는 내가 너무 많은 것을 너무 빨리 기대하고 있는 것은 아닌지, 내가 도를 넘어서는 것은 아닌지 넌지시 말했어. 난 내 명령을 확인시켰지. 즉각 실행하라고. 그리고 한시간도 채 안되어 네가 그 소포를 열어 가루로 만들어진 모든 이파리의 향기를 맡았을 때, 네가 진짜 계집아이여서 모든 꽃잎을 따고, 나무 향을 맡고, 그때까지만 해도 나와 내 가족에게 속해 있던 필라델피아 공장에서 상처를 치료하는 데 네가 장차 사용하게 될 것 속에 숨을 들이쉬던 그 시절로 너를 다시 데리고 가는 그 이파리의 향기를 맡았을 때, 너의 그 아이 같은 놀라움으로 난 보상을 받았지. 그때 넌 기도하기 시작했었나? 그때가 아이일 때였었나?

너무나 많은 것들을 네게 물어보고 싶어서 너무나 많은 것을 톨게이트에게 묻지. 그는 가끔씩 대답을 해줘. 어떨 때 그는 그저 모른다는 것을 이유로 내세우지. 그녀는 기도를 언제 시작했소? "그녀는 끝없이 기도해오고 있소. 심지어 자신이 전통적인 가부장적 신을 믿지 않거나 교회에 가지 않을 때에도 먼 곳에 있는 환자들을 위해 기도할 수 있음을 그녀는 알았소." 그래, 난 네가 그들에게 마음을 집중하고, 그들이 마시는 차, 그들이 자신들의 면역체계에 투입하는 비타민을 보충하고, 너의 그 팔랑이는 손으로 이완시켜온 그 근육들을 돕는 것을 목격해왔어. 비처럼 내 등 뒤로 쏟아져 내리는 일은 결코 없을 너의 손, 내가 네 속에 확고하게 있다는 것을 확인시켜주기 위해 내 엉덩이를 움켜 쥘 일이 결코 없을 손. 며칠 뒤 톨게이트가 추측했어. "내 확신컨대, 그녀는 아주 빨리 알았소. 자신의 기도가 효력이 있어 다치고 상처입고 멍든 사람들에게 닿는다는 것을 말이오." 그들을 치유하는 것이 아니지,라고 난 널 쳐다보면서 혼잣말했어. 그들이 스스로를 낫게 할 수 있는 내부의 공간을 여는 것이지.

네가 그 손들을 한데 모아 한 팔에서 다른 팔로 에너지가 흘러갈 수 있도록 하는 모습을 처음 보았을 때 이런 작용을 자세히 알았던 것은 아니야. 정맥 혹은 신경, 혹은 에너지가 도는 데 필요한 네 내부의 강물 어느 줄기나, 그것을 따라 부풀어서 내가 거의 만질 수도 있었던 에너지, 내가 폐쇄하지 않은 그 공장에서 임금을 지불하고 건강하고 행복하게 살 수 있게 한 그 남자들과 여자들에게로 가던 에너지. 난 이런 것들을 전부 알지 못했으나 직관이 있었지. 그저 널 보기만 했어. 그러면 됐어. 올바른 것을 행하고 그들을 돌보는 것으로 충분히 내가 누구이고, 어떤 존재였으며 평생 어떻게 되려고 노력했는지 생각나게 했어. 사람들을 가지고 장난치지 않던 이 그레이엄 블레이크로 나를 돌려놓았지. 다른 사람을 더 잘되게 하고 세상을 더 좋은 곳으로 만드는 데 삶을 헌신했던 사람. 자신의 돈 80퍼센트를 홈리스, 소수민 교육, 저소득층 자녀들을 위한 댄스교습을 하는 데 쓰고, 아마존 원주민들이 스스로를 촬영할 수 있게 비디오 카메라를 기부한다는 유서를 이미 작성해놓은 사람. 석달 전에 무너져내린 그레이엄 블레이크. 난 혼자 생각했어. 아마도 이것이 치료인가보다, 아마도 이렇게 한시간만 이 클리닉을 방문해도 제2의, 제3의, 제4의 생각 같은 것 없이 누군가가 주고 용서하는 것을 볼 수 있는 것인가보다, 아마 그것이 내가 필요로 하는 모든 것인가보다, 조용히 노래를 읊고 있는 이 꽃 같은 계집아이가.

나로 하여금 그것을 하게 한 것, 내가 톨게이트를 보고 이렇게 말할 수 있게 한 것은 그 희망—내가 고통 없이 순식간에 나아서 집으로 돌아가 내 아이들과 나타샤를 만날 준비가 될 것이란 희망—이었던 것 같아. "난 떠날 거요." 그저 그랬어. "이 타락한 실험과 난 더이상 아무 관계가 없을 거요."

"그건 정상적인 반응이오." 그가 대답했어. "모든 사람이 똑같이 말하오—음, 모든 사람은 아니겠군요, 어느 한 경우, 그는……— 하지만 거의 모든 사람이 처음엔 어떤 가담도 하지 않겠다는 반응을 보이고 있소."

그의 말에 난 아무 대꾸도 하지 않고 문으로 향했지. 이반이 내 길을 막아섰어. 그는 나보다 머리 하나는 족히 더 크고, 몸무게도 백 파운드는 더 나가고 팔 근육이 록산나 네 허리 근육만큼이나 컸어.

“걱정이오.” 톨게이트의 목소리가 내 뒤에서 들려왔어. “당신이 내일까지 기다려야 할까봐 말이오.”

“왜 그렇소?”

“규정이오. 안보상의 이유지요. 난 온갖 핑계를 대며 당신에게 헛소리를 할 수 있지만 이건 진실이오, 블레이크. 당신의 뜻에도 불구하고 당신이 숙고할 기회를 가져야 한다고 클리닉은 믿고 있소. 당신의 선택에 대해 생각해볼 휴지기를.”

“그렇다면 난 납치된 거군요. 내가 인질이오?”

“그렇지 않소, 블레이크.” 톨게이트가 말했어. “인질은 그들이오. 저기 있는 저 가족. 당신의 인질.”

“그들은 모르고 있는 거요?”

“물론 모르오. 어쩌면 그들의 불운이 그거요. 아니 어쩌면 행운인지도 모르지. 필라델피아 공장을 당신이 폐쇄한 것으로 인해 타격을 입은 모든 가족들—그 숫자가 510가족에 이를 거라고 생각되오만—가운데 이 가족이 우리의 요구에 맞았고, 우리가 원하는 것을 가지고 있었던 것 말이오.”

“당신이 그들에게서 필요로 한 것이 무엇이란 말이오?”

“그러니까, 사실, 그건 블레이크 당신에게 필요한 것이오. 그들은 당신의 심리적인 프로필과 맞소. 그들 한명 한명이 당신이 스스로에 대해 좋아하는 것, 특히 두려워하거나 싫어하는 것에 호소하고 있소. 아니, 난 그게 무엇인지 말하지 않겠소. 그건 당신이 머물기로 동의하는 순간 당신이 발견해나가야 하는 것이니까. 딱 맞는 한 가족을 선택하는 것이 우리로서도 쉽지 않았다는 것만 말할 수 있소. 아시다시피 새로운 아이템을 서둘러 출시하기로 결정하기 전에 당신이 하는 것처럼, 우리도 아파트는 입수가 가능한지, 빡빡한 일정에 맞추어 감시장비를 설치하는 게 현실적인지를 고려해야만 했지만 말이오. 하지만 결국, 그 일에 결말을 짓는 것은 그녀, 록산나였소. 그녀는 자연스럽소. 딱 완벽하오. 그녀는 심지어 스페인어도 할 수 있소. 당신의 외할머니처럼. 내가 잘못 기억하는 것이 아니라면, 그라나다 출신인 당신의 외할머니 말이오."

"이 일이 내 외할머니와 어떤 관계가 있다고 당신은 말하는 거요? 난 할머니를 잘 알지도 못하오."

"내가 알기로 대여섯살 때 당신 외할머니는 당신에게 노래를 불러주었소. 기억나오? 당신 어머니가 너무나 편찮으셨을 때, 당신 외할머니가 당신을 돌보러 왔던 때를?"

"기억나지 않소."

"당신 어머니가 죽은 뒤에도?"

"기억나지 않소."

"음, 당신 외할머니는 당신 어머니가 어릴적에도 불러주었던 그 노래들을 불렀소. 그 점이 우리 선택을 결정했다고 말하는 것은 아니오. 말하자면 약간의 상승, 보너스 같은 것, 케이크 위에 장식을 한층 더 얹는 것 같은 것에 불과하오. 당신을 머물도록 유혹하는 것이오."

"그렇다면, 효력을 위해 필요한 스페인 출신의 외할머니와 자장가, 오이디푸스 컴플렉스를 가지고, 다른 누군가도 유혹할 수 있겠군요. 그러면 당신이 투자한 모든 것들을 박탈당하지 않을—당신이 끔찍이도 좋아하는 말이지요—테니까요. 세상은 순수한 사람들을 고문하는 데 열심인 사악한 사람들로 가득 찬 것이 분명하오. 당신은 행크 그랜저를 초대해서 당신의 고객으로 삼으시오. 그는 이걸 즐길 테니까 말이오. 그는 이걸 위해 6백만 달러도 지불할 거요. 하지만 난 아니오, 난 여기서 나갈 거요."

"당신은 내일 여기서 나가게 될 거요, 블레이크. 오늘은 우리의 고객이오. 만약 당신이 계약을 맺었던 나머지 시간 동안 남아 있기를 원한다면 당신은 우리의 신이 될 거요."

무엇을 하지? 가겠다고 고집 부려봤자 사람을 빻아버릴 이반의 손에 얻어터져 결국 밤 동안 머물게 되고 말겠지?

쌘드라가 내게 방을 보여주었어. 그녀는 이미 내 짐들을 다 풀어서 헥터가 집에서 하던 정확히 그 순서대로 놓아두었어. 그들은 분명히 나를 연구하여 나의 기벽과 습관, 취향과 특이한 성격을 파악하고 있었어. 날 위해 식사가 준비되어 있었어. 따뜻하게. 전채 요리로 염소치즈와 시금치를 넣어서 만든, 내가 즐겨먹는 피자가 나왔고 이어서 접시에서 부글부글 끓는 멋진 야채 스튜, 카페인이 없는 카푸치노 무스가 나왔어. 맑고 상쾌한 물에서 나오는 하얀 분수처럼 잎이 벌어진 난초도 곁들여져 왔지. 그리고 카모마일 차, 내 회사에서 만들어진, 록산나, 네가 일하던 바로 그 공장에서 보낸 것이 나왔어.

"그럼, 잘 주무실 수 있겠군요." 쌘드라가 말했어. "카페인이 없으니까요."

"잘 잘 것이오." 내가 말했어. 진심이었어. 어쨌든 이제 막 록산나, 네 존재를 흠뻑 들이마셨으니까 그럴 것이라고, 지난 삼개월간 날 가지고 놀고 나의 양심을 가지고 장난치고 악취나는 생각을 속삭여서 나를 깜짝 놀라게 만들어 늘 깨어 있게 만든 그 모든 악마들로부터 자유로워질 것이라고 정말로 생각했었어. 그래, 난 아기처럼 잘 것이고, 다음날 하우스톤으로 돌아가 내 직무와 태도도 정상적이 되고, 토머스와 어린 조지너에게 다시 한번 밝은 마음으로 키스할 거라고 난 생각했었어. 내 존재의 핵심의 보이지 않는 부분에 악의 씨앗이 자라는 것 같은 이 말도 안되는 상황을 내가 효과적으로 물리쳤다고 나는 스스로에게 말했어. 톨게이트는 다른 사람의 삶을 진짜 갈가리 찢고 난도질할 가능성을 내게 건넸고, 나는 고결하게 그의 제안에 등을 돌렸지.

하지만 잠이 오지 않았어. 난 램프를 끄고 어둠을 응시하면서 록산나, 널 생각했어. 너희 가족들이 모두 엉망진창이 된 상황에 누가 책임이 있느냐면서, 네드가 어릴적에 괜찮다고 하면서 도박을 권장했던 사람이 누구며, 미친 프레드와 그의 혐오스러운 불구의 팔을 초대해서 눌러붙게 한 사람이 누구냐면서 다투는 네 부모님의 왁자지껄한 소리, 제이슨이 여배우 같은 네 다리 안팎으로 공을 튀기고 네 주변에서 공을 드리블하고, 네드는 자기가 그 모든 돈을 말에 써버리는 비열한 짓을 하지 않았다는 듯이 마리화나를 피워무는 등 네 주변에 온갖 혼돈이 휘몰아치는데 넌 무엇을 하고 있으며, 그 불편한 기도 자세로 얼마나 견딜 수 있을지 난 궁금했어. 우리는 뿌에르또리꼬를 떠나지 말았어야 해요,라고 네 어머니가 말했지. 그러자, 누구 때문인데 그래 응? 더이상 꽃일은 못하겠다고 한 사람은 누구였는데,라고 네 아버지가 말했지. 그런데, 록산나, 너는 그 무질서 가운데서 어떻게 평온하게 있을 수가 있지? 날 흔들어대고 꼼짝달싹 못하게 뜬 눈으로 경계하게 만드는 이 생각의 바다 한가운데서 평온을 유지하는 법을 어떻게 배울 수 있을까? 난 너의 다음 움직임을 보고 싶고, 흡수하고 싶었어. 네게서 배우고 싶었어. 작별인사를 하고 싶었어.

나는 조종실로 갔지.

카메라가 자동으로 켜졌어. 그림자 밖으로 쏘니아가 모습을 드러냈어. 톨게이트와 이반과 그의 부하들은 어디에도 보이지 않았어. 하지만 그들은 날 볼 수 있었을 거야. 다른 방에 있는 누군가가 나의 모든 진동을 기계에 기록해야 했으니까. 나의 모든 떨림과 모든 틱 증상들을.

난 너를 보러 왔어.

록산나, 넌 네 방, 네 침대에 있었어. 넌 제이슨을 쫓아버렸어. 거실에 가서 자라고 그를 보냈어—소파 위의 침낭 밖으로 엿보는 그의 헝클어진 검은 머리를 다른 카메라가 비추었어—그래서 넌 혼자 있게 되었지.

"저게 누구요?"

쏘니아는 내게 조니라고 말하더군. 만약 내가 원한다면 그때 날 위해 그의 라이프 히스토리를 보여줄 수 있다고 했지. 하지만 지금 중요한 것은 그의 현재 위치였어. 록산나의 남자친구라는.

그가 너의 연인인지 물어보지는 않았어. 너는 여러번 그와 잠자리를 가졌고 오늘밤에도 다시 그러려고 한다는 것이 분명했어. 비록 넌 여느 때와 마찬가지로 서두르지 않았지만 말이야. 각각의 약초, 각각의 이파리에 해당하는 스페인어를 그에게 가르치면서, 넌 곧 내가 결코 손대지 못할 네 몸의 각 부분에 해당하는 말을 가르치게 되겠지. 물론 그는 못 참아 했지. 하지만 지금 모든 것이 준비되었을 때, 너의 질액이 좋다고 할 때에, 너희 둘 다 더할 나위 없이 미끌미끌해져 있을 때, 지시를 내리고, 너로 하여금 안으로 들어오게 할 사람이 누구인지 그는 알고 있었지.

"항상 이렇지요." 쏘니아가 말했어. "그녀는 시간을 끌어요. 그에게 시간을 끌도록 가르쳐요. 시간이 흘러가고 있어요. 공장 병동에서 환자들이 그녀에게 말해요. 왜냐하면 그녀는 결코 서두르지 않는 것처럼 보이기 때문이죠. 그녀는 환자들을 돌아보며 저런 미소를 던지지요." 마치 쏘니아가 록산나 너와 사랑에 빠진 것처럼 보였어. 탐하고 있는 조니와 자리를 바꾸기 위해서라면, 그리고 떨기나무 가루와 나무의 부드러운 껍질을 손가락으로 걸러낼 때 너의 손이 머뭇거리는 자신의 손을 인도하게 만들기 위해서라면, 그녀는 뭐라도 할 것 같았어." 그런데 록산나가 뭐라고 말하는지 알아요? 시간이 흘러가는 것이 아니에요. 시간은 항상 거기에 있어요. 흘러가고 멀리 달아나고, 너무 빨리 달리는 것은 바로 당신이에요. 마음 편히 하세요. 풀이 자라는 것과 같답니다. 시간은 아무도 우리에게서 빼앗아갈 수 없는 거예요. 바로 이게 그녀가 말하는 것이에요."

난 잠시 동안 지켜봤지. 네가 약초들을 치워담아 기계장치에 넣는 순간을 기다렸어. 조니의 눈이 널 쳐다보는 것을 보았고, 네가 침대로 다시 돌아가, 네 손가락, 아직도 박하와 작은 종려나무와 쎄인트 존 성당의 풀냄새가 섞인 네 손가락이 마치 맑은 시냇물인 양 조니의 머리카락을 통과해 떠내려가고 있는 것을 보았지. 그러자 그는 네 손가락들을 자기 입으로 가져가 마치 그것이 사탕이라도 되는 양 하나씩 빨고는 온통 젖어 있는 네 손가락들을 꺼내 자기 셔츠로 가져가 맨 윗단추에 놓고는 거기에 두었어. 그래서 네가 그 단추를 풀기 시작할 수 있도록, 그런 뒤, 네 손이 다음 단추를 향해 곧장 더 아래로 내려가는 대신, 한마리의 새같이, 산들바람같이, 늪에 떠 있는 카누의 흔적같이, 드러난 그의 짙은 가슴 표면을 스치고 지나가 목의 움푹 파인 곳까지 올라갔다가 다시 입에 올려둔 채, 너의 두 눈을 감고 있을 수 있도록. 네가 그의 턱과 그의 두꺼운 입술을 기억하고 있다는 것을 난 알았지. 그런 뒤 너의 입술은 그의 입술에 포개지고, 그리고 다시 똑같은 의식이 머리칼을 향해 다시 치러졌어. 그는 기다렸다가 너를 다시 그의 입으로 가져가려고 했고, 난 쏘니아에게 이렇게 말했어.

"그들을 멈추게 하시오."

"어떻게요?"

"내가 어찌 알겠소? 그저 멈추게만 하시오."

쏘니아는 컴퓨터 스크린으로 가서 아이콘에 대고 마우스를 클릭했어.

"블레이크 씨, 내가 받은 지시는 결정은 당신이 내린다는 것이에요. 그 모두 다. 당신의 가족에게 일어나는 일은 내가 아닌 당신의 걸작품이어야 해요."

"내게 주어진 선택권은 무엇이오? 자산이오?"

모든 것을 구매할 수 있습니다, 그녀가 말했어. 그녀는 긴 목록들을 나열하기 시작했어. 소방서, 술취한 이웃, 경찰……

"경찰들," 내가 말했어. "얼마나 빨리 여기에 올 수 있지?"

"금방 가능해요. 하지만 그들이 무엇을 해주길 바라지요? 둘 다 체포하는 것? 옆방에 있는 가족 중 하나를 괴롭혀서 그녀와 조니가 잠시 동안 멈추게 하는 것? 범인을 찾고 있다는 핑계로 방문을 두드리는 것? 마약 단속? 조니 같은 사람을 처리하기엔 가장 쉬운 방법이지요. 하지만 선두에 서야 하는 사람은 당신이랍니다, 블레이크 씨."

시간이 흘러가고 있었어. 너무나 아이러니하게도 그 생각이 내 마음에 폭발했어. 내가 서두르는 것이 네가 틀렸음을 증명하고 싶어서였다는 걸 네가 안다면, 록산나, 넌 뭐라고 할 것이냐. 시간은 다른 사람이 통제하는 것들 중 하나라는 것, 따라서 네가 돈이 없다면 시간을 통제하지 못한다는 것을 증명하고 싶어서. 내가 너로 하여금 세상에서 항상 시간을 가지게 허용하지 않을 것이기 때문에, 서둘러야 한다는 것, 재빨리 들어갔다 나오고 서둘러서 오르가즘을 향해 달려가야 한다는 것을 네가 알게 하고 싶었어. 난 네가 시간을 통솔하도록 내버려두지 않을 거였어.

"그가 체포되기를 원하오." 내가 말했어. "그들을 시켜, 경찰을 시켜 그를 마약 소지로 기록에 올리게 하고, 코카인 몇 개를 그의 주머니에 살짝 밀어넣으시오."

"이미 그렇게 되고 있어요." 쏘니아가 말했어. 그녀는 마이크에 대고 말했어. "그가 뭘 원하는지 들었지, 이반. 지금 그가 원하는 것이 그거야."

그들이 얼마나 순식간에 그것을 처리하는지 난 깜짝 놀랐어. 5분도 채 안 걸렸을 거야. 그때, 록산나 넌 그의 셔츠를 벗겼고 그는 너의 브래지어까지 다가갔지. 그의 손가락과 너의 손가락이 이미 서로 얽혀 있었어. 그런데 그때 경찰이 문을 부수고 들어갔지. 난 문이 그렇게 부서지는 것을 처음 봤어. 영화에서만 봤었지. 난폭하게 차니까 나무가 갈라져 날

아갔고 너무나 귀에 거슬리는 소리가 났어. 그런 뒤 그들은 죄다 너희들에게 몰려가 총을 과격하게 흔들면서 손으로 일을 처리했어.

"그들이 그녀를 거칠게 다뤄도 된다고 말하지 않았소." 내가 쏘니아에게 불평했어.

"구체적이어야 한답니다. 블레이크 씨. 하지만 걱정 마세요. 그들이 록산나를 체포하지는 않을 테니까요. 하지만 모든 부수적인 효과를 당신이 항상 결정할 수는 없다는 것을 이해하셔야 해요."

"당신은 이런 일을 오랫동안 해왔소?"

"저의 사적인 삶이나 과거에 대해 이야기할 권한이 제게는 없습니다, 블레이크 씨. 조니라는 이 사람이 얼마나 오랫동안 체포되어 있기를 원하십니까?"

그의 석방을 원할 때 알려주겠노라고 그녀에게 말했어. 그에게 다른 어떤 것도 해서는 안되오, 구타도 안되고, 거친 교도원도 안되오. 잘 알았소?

"그 밖에 다른 것은요?"

록산나, 난 네 눈물을 보았어. 그 눈물을 멈추게 하고 싶었어. 그 눈물이 계속 흐르게 하고 싶었어. 계속 계속. 내가 그 눈물들을 깨끗이 닦아줄 수 있도록.

"그에게 일어나는 일을 내게 알려주시오. 이봐요, 그녀가 어디로 가려고 생각하고 있지요?"

"제 생각에 그녀는 자기가 사랑하는 사람을 석방시키려고 애쓸 것입니다."

난 알았어. 한순간의 망설임도 없이. 내가 그런 일을 지시할 수 없다는 것을 알았어. 내 안에서 형태를 갖추고 몸을 펴기 시작한 그 계획을 수행하기 위해서 넌 그로부터 자유로워져야 했어. 그리하여 내가 널 시험할 수 있도록, 너를 시험하고, 아마도 나 자신을 구원할 수 있도록.

"그녀가 그를 만날 수 없도록 해주시오."

네가 옷을 입기 시작하는 것을 보았어. 네가 여전히 서두르지 않는 것을 알았지. 내가 네 삶에 폭력을 휘두르고, 너의 조니를 체포하고, 네 가족의 방문을 부수었는데도, 넌 항상 그랬듯이, 한가로운 벌처럼 인생을 떠다니고 있었어. 자, 앞으로 어떻게 될 것인지, 네가 나에게 저항할 수 있을지 우리는 보게 될 거야. 다음달의 시련들이 어떤 것을 초래할지 우리는 보게 될 거야.

"안녕히 주무세요, 블레이크 씨."

푹 잤을 뿐 아니라, 너무 많이 잤어. 열시간 동안. 내가 깨어났을 때 록산나 넌 벌써 일하러 가고 없었어. 너의 어머니도 없었고, 네 남동생도 안 보였어. 하지만 나머지 식구들, 아무짝에 소용없는 너의 오빠, 전화로 병결을 알리는 네 아버지, 팔을 덜렁거리며 트림을 하는 프레드 등 남자 식구들 넷은 하는 일 없이 빈둥거리고 있었어. 그들은 카드 테이블에 앉아 있었어. 아침 아홉시에, 카드 패를 나누고 블랙잭 놀이를 하면서 맥주를 물처럼 꿀꺽꿀꺽 마셔대고 있었어.

난 그들의 움직임을 살펴보면서 아침을 먹고, 쌘드라에게 그들의 이력을 컴퓨터에 올려달라고 했지.

"그녀는 어떻게 받아들이고 있소?"

"누구 말인가요?"

"록산나 말이오. 남자친구가 단속된 것에 그녀는 어떻게 대처하고 있소?"

"오늘 아침 그를 위해, 그리고 자기 환자들 대여섯 명을 위해 기도했어요. 아주 쾌활하게 회복되어서요. 그 아가씨는 미국적 씨스템을 신봉해요. 정의가 이뤄질 거라고 생각하지요."

"그럴까요?"

"그건 당신에게 달려 있소." 톨게이트 박사였어. 오전 치료를 위해 들른 거였지.

소파가 없었어. 그저 우리 두사람은 얼굴을 마주보며 있었어. 비록 그의 의자는 내 의자보다 편했지만 말이야. 가죽 팔걸이가 있는 멋진 회전의자였어.

"왜 이렇게 기운이 느껴지는지 모르겠소." 내가 그에게 말했어. "비참한 기분이어야 하는데. 어젯밤에 내가 한 일은 한평생 한 일 중 최악의 것이었소."

"정말 그렇소?"

"틀림없이 그렇소. 난 그런 종류의 일을 하지 않소. 절대. 그건— 그건 생각할 수도 없는 일이오."

"이제 더이상은 그렇지 않소." 톨게이트 박사가 말했어.

"당신은 그것을 생각해내 일어나게 했소. 그건 내부에 있었소. 아마 당신은 그것을 밖으로 끄집어내야 했을 거요. 그것을 열린 대기 속으로 가져와 바라봐야 했던 거죠."

"구토처럼." 내가 말했어.

"당신이 쓰고 싶은 비유가 그거라면 뭐. 아마 당신 속에는 천사도 있을 거요. 그것들도 밖으로 나올 거요. 이런 식으로 생각해봐요. 당신이 누구이며, 당신이 진정 원하는 게 무엇인지 달리 어떻게 알 수 있겠소? 기억하시오. 지금까지는 당신이 실제로 그 누구도 해롭게 한 적이 없단 말이오. 당신은 지금 당장 조니를 풀어줄 수도 있소. 우리의 행복한 커플이 바로 오늘밤 당신의 굶주린 눈앞에서 성관계를 할 수도 있단 말이오. 아니면 이 달 말까지 기다릴 수도 있고 말이오."

난 이 달 말까지 기다려왔어. 록산나, 나의 록산나. 네가 목격하고 고통받는 일을 겪어왔던 것처럼. 하지만 곧 너의 조니는 석방될 거야. 그 첫날 밤 내 숨결 아래에 있던 네게 내가 약속했던 것처럼 말이야. 난 너의 그 옅은 갈색 눈에 대고, 밤의 어두운 달빛 같은 네 피부에 대고, 그녀가 잘 되라고 이렇게 하는 거야,라고 스스로 말했지. 그래, 나 자신을 치유하기 위해서야. 하지만 나쁜 것보다는 좋은 것을 하면서 결말내겠어. 다음에 올 사람, 즉, 내가 이 치료를 포기할 경우 내 자리를 차지할 다른 누군가보다 더 좋은 결말을 내겠어. 행크 그랜저 같은 사람으로부터 널 구하고, 네 인생을 덮치는 저 사악한 사람 같은 이를 막아내는 데 나 자신을 던질 거야. 그들에게 선물 세례를 해야겠다고 나 스스로에게 약속했어. 마침내. 모두 좋은 시절을 맞이할 거야.

그 모든 것은 클리닉에서 보낸 그 첫날에 꼬박 생각했던 게임계획에 따라 행해졌어. 난 이것이 휴가라고 믿었지만 고된 일로 드러났어. 광고 캠페인을 설계하는 것과 유사했어. 마감일, 엉킴과 방향전환, 이미지의 조작 등이 말이야. 여기서는 실제 시공간에서 실제 사람들을 조작하고 배치하는 것만 다를 뿐이었어. 새 공장을 계획하고 마다가스카르에 새로운 온천을 개장하는 것과 거의 비슷했어. 흥분이 되었었지. 록산나, 난 그것을 인정하고 싶지 않았었어. 인정하시오,라고 톨게이크가 말했어. 그게 당신에게 좋을 거요. 재미있는 일이오. 그가 말했어.

"재미있다." 나 스스로에게 말했어. 의구심이 내 속에서 배회하기 시작할 때마다 난 스스로에게 그렇게 말했어. 하지만 핵심은 그 치유가 효력을 발휘하고 있다는 것, 푹 잘 잔 잠에 대해 내가 뭐라고 논쟁할 수 있을 것이냐는 것, 그리고 내가 너에게 하는 일로 조금씩 조금씩 잔인해져가고 있다는 사실이야. 편두통이 내 관자놀이 아래로 다시 기어들기 시작해서 잘 수 없었던 유일한 밤이 어젯밤이야. 나는 새벽 세시 무렵에 톨게이트를 불렀지.

"정상적인 반응이오." 그가 말했어. 그가 즐겨쓰는 말이지. "당신은 떠나려 하고 있는 거요. 최종행위를 할 준비가 되어 있는 거지요. 당신은 이 여인에게 사로잡혀 있었소. 내

일이 지나고 나면 결코 그녀를 다시 보지 못할 거요. 오늘밤은 그저 길에 뭐가 불쑥 올라와 있는 것일 뿐이오. 당신의 모험이 결국에는 얼마나 성공적이었는지 생각해보시오. 안 그렇소?"

그래. 그 모든 것은 그 첫날 록산나 네가 일터에 간 사이 내가 쏘니아의 도움을 받아 고안한 각본에 따라 진행되어왔어. 네가 공장의 내 사원들을 낫게 도와주고 있던 그 시각에, 그래서 내 사원들이 씨리얼이며 비타민이며, 특별한 차며 마법적인 이름을 가진 알약, 오일, 향료 등 우리 미국의 신경을 안정시켜줄 운명에 있던 그 모든 것을 더욱 효율적으로 생산할 수 있도록 하던 그 시간 동안, 난 너의 너무나 미국적인 가족에게 나의 열에 들뜬 상상력을 풀어놓고 있었던 거야. 내가 고안해낼 수 있는 온갖 책략과 방법을 동원해서 내 자신의 신경을 안정시킬 요량으로 말이야.

그건 꿈 같은 것이었어.

그 첫째 날 아침, 그때 난 널 손에 넣기로 결심했어. 네가 나에게 휘두르는 그 편안한 성실성을 가지고, 끈기있게 널 구석에 몰아넣고, 너로 하여금 다른 편 여기 이 그림자를, 내가 존재하고 있다는 것을 알게 만들기로 결심했어. 너의 그 갑작스런 일련의 불운이 더이상 제멋대로 일어나지 않는 지점에 네가 이르도록 도와라. 만약 네가 나의 전략의 우아함을 알아차릴 수 있고, 내가 그러듯이 네 삶의 바깥에서 삶을 성찰할 수만 있다면. 그저 너의 아름다운 엉덩이를 네가 있는 벽과 다른 편에 있는 이 방을 향해 몇피트 움직여줄 수만 있다면, 그것으로 충분할 거였어. 혹은 내가 이 벽을 넘고 이 벽을 통과해서, 네 느린 살결의 벽을 통과하여 네게 닿아, 거대한 계획이 무엇이었으며, 무엇이어왔고, 또 무엇이 될 것인지 네게 밝혀줄 수만 있다면. 그 계획은 이런 거였어. 네가 사랑하는 사람들로부터 널 고립시킴으로써 너의 진정한 내적인 힘을 시험하는 것. 너의 평정이 허물어지는지 보는 것. 네 가족에게 재앙을 비처럼 내리는 그 집요한 신에 저주를 퍼붓기까지 얼마나 걸리는지 보는 것. 네 가족의 운명 때문에 신과 전체 피조물과 심지어 꽃까지도 저주하는 네 어머니를 좋아하게 만드는 것.

난 네 가족 각각에게 내가 어떻게 할 것인지 알고 있었어. 네 아버지만 제외하고 말이야. 하지만 나머지는 명확했어. 각각의 경우를 쏘니아와 논의했을 때, 그리고 쌘드라에게 파란 스크린에 그들의 삶의 이력을 불러오도록 했을 때, 명확해졌지.

제이슨이 가장 쉬웠어. 이번 주말, 이웃 뜰에서 놀고 있는 제이슨을 정찰병 한명이 "발견"하여 그를 전문직 준비를 위한 특수 훈련캠프로 지원시켜 3주 혹은 그보다 좀더 오랫동안 캘리포니아로 보내게 될 거였어.

"그는 좀 어린데요." 쏘니아가 반대했어. "하지만 그건 우리가 바꿀 수 있어요. 적어도 한달간 당신은 집에서 그를 제거할 수 있어요. 그녀가 그를 보고 싶어할 거예요."

"그게 바로 핵심이야."

평형상태이지,라고 혼자 생각했어. 한명의 남자 형제 제이슨에게 성공의 첫 시도를 줄 작정이었어. 왜냐하면 나머지 사람들은 내 희생자들이 될 것이었으니까. 난 네드에게 직장을 줄 거야. 다음날 덤프트럭을 몰게 하는 것이 좋을 듯해. 빈둥거리면서 마리화나 담배를 피우는 홀쭉하게 마른 남자 형제에게 거대한 소리로 공기를 할퀴고, 엄청난 소음이 트럭을 흔들어대는, 그런 일을 시킨다는 생각이 맘에 들었어. 그에게 소소한 사고가 나길 바랐어. "그가 한달 동안 귀먹을 수 있도록 일을 처리할 수 있소?"

"당신은 네드가 한달간 청력을 잃기를 바라는 건가요?"

"꼭 한달만이오. 그렇게 할 수 있소?"

"보지요." 쏘니아가 말했어. "아마 한달간 눈이 멀 수도, 다리를 절 수도 있고 왼쪽 다리의 감각을 잃어버릴 수도 있어요. 그렇게 되면 수술을 정당화시킬 수 있을 거니까요. 물론 가짜 수술이에요. 언젠가 누군가가 원치 않는 남자를 제거하기 위해 그 방법을 썼었어요. 그리 나쁜 생각은 아니었어요. 귀를 멀게 하는 것보다는 쉬웠지요. 록산나가 약간 청력이 안 좋다는 것을 알고 있었나요? 그러니 그것은 가계의 유전일 수도 있어요. 만약 안쪽 귀를 건드리면 이 네드 녀석은 청력을 영원히 잃게 될걸요. 그게 당신이 원하는 것이 아니면요? 그에게 좀더 영구적일 표시, 상처를 남길까요?"

그녀가 선택한 이 대안에 난 그다지 신경쓰지 않았어.

내가 방금 그것을 생각했고, 말했던가? 신경쓰지 않았다고 말하는 것이 그레이엄 블레이크의 목소리였나?

거의 알아차리기 힘들었어. 거의. 내가 늘 내 속에 넣고 다니지만, 인정하고 싶어하지 않고 마시고 싶어하지 않는, 어쨌거나 낯익기도 한 이 소리의 비밀스러운 샘. 록산나, 네게 말하는 이 목소리는 내 안에서 기다리고 있었던 거야. 기형이고 미치광이 상태로 태어나 가족에 의해 격리돼 굶어죽게 되었으나 어둠속에서 스스로 먹고 살아남은 아이처럼. 어둠속에서 그와 동행할 사람이 아무도 없고, 자기가 나타날 것이라고 선언하는, 자신의 메아리만 있을 뿐인 그런 존재.

이제 내 목소리야. 그리고 다시 그때로 돌아갈게. 쏘니아는 판단을 내리지 않았고 지금도 그래. 갖은 수단을 동원해서 네드에게 다소 희한한 신경증적 증상—그게 무엇이든 그의 누이는 가지지 않은 것을 진단받게 만들라고 내가 말했을 때, 쏘니아는 주의깊게 듣고 있었어. 그를 방에서 내보내기만 한다면,이라고 내가 쏘니아에게 말했어. 그리고 또, 보험회사에서 그 가족에게 이 특별한 병은 의료보험에 들어가지 않는다고 선언하게 만들라고 했어. 혹은 의료보험이 이제 막 만기가 되게 고치라고 했어. 그게 훨씬 더 고통스럽지.

“당신 회사가 의료보험료를 지불하지 못한 것으로 그들이 생각하게 하고 싶은가요?”

“우리를 고발하게 하시오. 그들이 변호사 하나를 확보해서 모든 절차를 거칠 무렵, 그 한달이 끝나게 되고, 그들은 오해이자 법적 실수였다는 말을 듣게 될 거요."

"당신은 보스군요." 쏘니아가 말했어.

난 날카롭게 그녀를 쳐다보았지. 비꼬는 말 같지는 않았어. 그녀의 냉랭한 회색빛 눈에서 어떤 찬탄 같은 것이 펼쳐지는 것을 목격했어. 마치 당신이 최고입니다, 당신은 정말 사악하군요, 저는 상당히 많은 환자들이 치료받는 것을 보았지만 당신이 그들 모두를 능가합니다,라고 말하는 듯했어.

그것이 내 흥을 더 돋우었어. 다음 단계의 조처로 씰비아의 점심 포장마차를 파괴하고 물건과 돈을 훔칠 예정이었지. 하지만 기다려! 우선 사람을 구해 가짜 고객 역할을 맡겨, 씰비아의 음식에 너무 반해서 그녀의 사업이며, 점심 포장마차며 모든 것을 다 사겠고 진짜 레스토랑을 열어주겠다는 제안을 하게 만들어. 물론 공격이 일어나면 그 포장마차가 산산조각나게 되므로 그 계약은 취소되는 거였지. 그리고 그 다음날 네드의 사고가 일어나는 거야—그것은 씰비아의 상실에 훨씬 더 큰 상심을 안겨줄 것이고, 그리고—

"당신은 정말 계속 일을 추진할 생각인가요?"

"난 당신이 이 일에 중립적일 거라고 생각했는데." 내가 쏘니아에게 말했어.

"뭐든지 원하시는 것을 하세요, 블레이크 씨." 그녀가 대답했어. "제 질문은 윤리적인 것이 아니라 미학적인 거예요. 잇달아 일어나는 재앙은 지루한 한달이 되게 할 거예요. 그들에게, 그리고 당신에게, 나와 쌘드라에게 말이에요. 전 당신이 우리에게 훌륭한 볼거리를 줄 것이라고 장담해왔지요."

어쩌면 그녀는 내가 생각했던 것만큼 날 숭배하고 있었던 것은 아니었을지도. 그녀를 침대로 데려가는 것은 어쩌면 그렇게 쉬운 일이 아닐지도 몰라.

"반전이 있을 거요." 내가 약속했어. 난 그녀에게 프레드에 대한 생각을 말했어. 그에 관한 서류에 의하면, 그의 팔은 나의 옛 공장에서 차가운 크림을 병에 담는 기계 중 하나에 생긴 결함 때문에 치명적인 상해를 당했으며, 2년이 지난 아직도 회사의 보상을 기다리고 있다. 그래서 나는 그의 삶을 어느정도 편하게 해주고 싶다, 그에게 유산을 마련하자는 생각을 했었다. 하지만 그에게 진짜 유산을 물려주는 것은 아니다. 편지가 그것을 할 것인데, 그가 어떤 알지 못하는 친척, 즉 괴팍하고 비밀스러운 백만장자 친척 아주머니로부터 큰 재산을 물려받는 상속자가 될지도 모른다고 시사할 것이다. 그를 꾀어서 그곳에서 벗어나게 하는 것이다. 그리고 물론 그 가족에게 자기가 그들을 돕기 위해 돈을 가지고 올 것이라는 희망을 준다. 돌아오는데…… 말하자면 밴쿠버로부터 말이다. 그가 다른 대륙으로 가게 하겠다. 그리고 그의 시든 가지 같은 팔을 없앤다. 프레드는 밴쿠버에 도착했을 때, 자신의 "친척 아주머니"가 유서에 어느 누구도 그를 이용하지 못하게 하라는 구절을 넣었다는 말을 듣게 된다. 1년 동안 그는 지난 10년간 그와 함께 시간을 보내온 그 누구도 만날 수 없고 접촉할 수 없다. 그가 아프고 실패할 때 피난처를 제공한 가족들로부터 그를 떼어놓는다.

쏘니아는 이것을 받아적었고 아무런 논평도 하지 않았으며 내 눈을 쳐다보지도 않았어.

“그에게 보상이 돌아가도록 할 것이오. 걱정하지 마시오.”

“전 걱정하지 않아요.” 쏘니아가 말했어. “이건 나의 치료도 나의 돈도 아니니까요. 당신이 그에게 보상해주고 싶어한다면 돈이 들 거예요. 여분의 돈이. 그게 제가 받은 지시예요.”

“그에게 보상을 해줄 거요.” 내가 되풀이해서 말했어.

“록산나는 어떻게 하나요?”

“내가 손대지 않을 유일한 사람이 그녀요. 그녀가 사랑하고, 그녀를 사랑하는 사람들만 손댈 거요.”

“버드는요?”

록산나, 네 아버지에 대해서는 난 아직도 마음을 결정하지 못했어. 정확히 내가 너무나 강렬하게 그를 싫어하기 때문에, 그를 망가뜨릴 내 욕망을 보류하고 있었어. 우리 어머니께서 돌아가시기 전 내게 가르쳐주셨고, 아마 우리 아버지가 어렴풋이 퀘이커교도의 유산을 지니셨기 때문에 적극적으로 내게 장려한 어떤 관대한 정신의 영감을 받은 채로 말이야. 아버지는 언젠가 유니언 리그에 있는 아버지의 클럽으로 날 데리고 가셔서, 거대한 대리석 계단을 걸어 올라가 거리가 내다보이는 방으로 가셨어. 아버지는 창문 앞에 날 세우시더니 기다리셨다가 갑자기 “가자”고 말씀하셨어. 아버지는 모퉁이에서 배회하고 있는 거지 둘을 보신 거였어. "가 보자." 아버지가 말씀하셨어.

하나는 매혹적인 목소리를 가진, 예쁘고, 상대적으로 깨끗한 10대 소녀였어. 그 목소리란! 난 아직도 그 모퉁이에서 노래하고 있던 그녀를 기억할 수 있어. 그 옆에는 후줄근한 옷에 엉망인 모습인 남자가 있었는데 그는 정신없이 취하여 숨을 내쉴 때 싸구려 술의 시큼하고 썩은 것 같은 냄새를 풍기면서 그 옆을 급히 지나가는 여행객과 비즈니스맨을 괴롭히면서 동전을 구걸하고 있었어. "백 달러야." 우리 아버지가 지폐를 꺼내며 말씀하셨어. 그 지폐는 빳빳하고 칼칼한 새 돈이었어. "이 돈을 누구한테 주시려고요?" 내가 소녀를 가리키자 아버지는 고개를 저으셨어. "그 애는 다음 열번의 동냥을 받을 거야. 하지만 그는 하나도 받지 못할 거야. 단 하나도. 그는 우리를 무섭게 만들고, 너를 무섭게 만들지. 네가 이 지폐를 그에게 줘야 하는 이유가 바로 그거야. 그것이 진정한 자선이란다. 받을 가치가 없는 사람에게 주는 것 말이야.

하지만 내 고백하지만, 록산나, 그럴 자격도 없는 네 아버지를 돕는 유일한 이유가 이것은 아니야. 그를 한갓 평범한 경비원에서 공장의 보안책임자로 승진시키는 것이 재밌겠다고 생각했어. 왜냐하면 그것이 가정에 엄청난 긴장을 가져올 테니까 말이야. 전가족이—이곳에 없는 제이슨과 프레드만 제외하고—매우 나쁜 상황에 처하는데 네 아버지만 나날이 더 잘 풀리게 만드는 것. 하루 종일 이미 심하게 다툰, 슬픔에 젖은 네 엄마와 의기양양한 네 아버지를 항상 평온한 몸과 마음을 가진 록산나 네가 어떻게 대하는지 궁금했어. 내 신경에 거슬렸고 네 신경에도 거슬려야 했던, 그래서 네게 영향을 끼쳐야 했던 그런 싸움에 대해서 말이야. 혹시 내가 사소한 외과적 개입을 통해 그 긴장을 나날이 악화시킨다면 네게 영향을 미치게 될까? 전쟁중인 두 군대가 동일한 오성장군으로부터 은밀하게 명령을 받고 있었던 거지. 마치 어린 시절 내가 혼자서 포커놀이를 하면서 상대방이 쥔 카드패를 다 알면서도 모르는 척 속여 언제나 이겼던 것처럼. 난 항상 모든 게임에서 이겼지.

록산나, 네 아버지에게 은총을 베풀어 승진시키려는 계획은 시기상조인 것으로 드러났어. 그날 오후 네가 문을 미끄러지듯 들어오자 그가 널 마치 자기의 먹이인 양 쳐다보고는 엄마 앞에서 네 입에 키스하면서 남자형제들에게 윙크하는 것을 보자마자, 난 다시 생각하기로 했지. 하지만 당장 마음을 바꾸진 않았어. 난 네가 조심스럽게 몸을 빼서, 식사준비를 위해 가져갔던 식품들을 풀어놓으면서 그들에게 조니를 만날 수 없었으나 이 엉터리로 조작된 기소에서 승소할 수 있다고 약속한 좋은 변호사를 구했노라고 알리게 만들었지. 다행히도 네 오빠는 그 변호사 이름을 물었고, 그래서 나는 쌘드라에게 그 이름을 건네줄 수 있었지. "누군가를 시켜 저 사람에게 두둑한 기업형 탈세범죄 두 건을 제안하도록 하시오." 내가 쌘드라에게 조언했어. "그저 조니에 대한 일을 연기시키도록만 하시오."

내가 너의 변호사를 무력화하려는 그 계획을 이미 고안하고 있었다는 것을 알았다면, 아마 넌 그렇게 유쾌한 마음으로 엄마의 식사준비를 돕지는 못했을 거야. 햇빛에 탄 손으로 피망을 잘게 썰고 오이 껍질을 희고 깨끗하게 벗기고, 토마토 즙이 양상추 잎 사이에 스며들게끔 양상추를 밖에 내어놓는 너의 모습. 모든 것이 완벽했어. 어느것 하나 서두르는 게 없었지. 그러고 나서 넌 잠시 양해를 구하고, 조용히 생각하며 기도할 수 있는 구석을 발견했지.

넌 명상하고 기도하는 일을 그런 소음들, 스페인어 야유, 카리브해 음악이 난무하는 가운데서, 네 주변의 모든 것이 정신없이 돌아가는 그런 상황에서 하는 것을 더 좋아하는 것 같았고, 심지어 사랑하는 것 같았어. 네가 고요에 머무르며 조니에게 집중하고, 또, 아마 그날 동안 네가 돌보았던 초라한 남녀 하나 하나에게 집중하여 그들에게로 다가가 얼굴과 상처를 그려보면서 처방을 내리고 마싸지를 해주고 연고를 발라주고 있었을 때, 네 아버지가 뒤에서 나타나 널 흉내내기 시작했어. 과장된 부처 같은 자세를 하고 두손을 모은 채 자신의 엉덩이를 추잡하게 상하로 조금 흔들면서, 분명 자신은 믿지 않는 하늘을 향해 눈을 굴리고 있었지. 그 모든 행동은 다른 모든 사람들, 심지어 제이슨도, 씰비아도 매우 웃게 만들었지. 네 엄마는 남편에게 다가가 그와 함께 룸바를 추기까지 했어. 그들은 급기야 네 주변에서 펄쩍펄쩍 뛰어서 널 바보로 만들었어.

“그를 해고시키시오.” 내 목소리가 이렇게 말하는 걸 난 들었어. “저 새끼를 해고하시오.”

“확실해요?” 쏘니아가 물었어.

“이 녀석은 술집에 가야 하오.” 내가 말했어. “맞소? 그는 술집에 가기도 하오?” 그녀가 끄덕였어. “누군가를 시켜서 그에게 술을 마시게 하되, 그가 원하는 대로 맘껏 권하시오. 그리고 저 바보 같은 프레드도 마찬가지요. 그런 다음 술을 사는 사람이 같이 가서 회사주인인 날 모욕하고, 저 녀석이 지키기로 되어 있는 공장을 향해 돌을 던지자고 제안하게 하시오. 내 직원인 야간경비원이 그를 붙잡도록 하고.”

“평생 얼마나 많은 사람을 해고해보았소, 블레이크 씨?”

톨게이트였어. 내가 알아차리지 못하는 사이 그는 들어와 있었어. 어쩌면 네가 직장에서 돌아온 내내 여기에 있었는지도 몰라. 얼마나 오랫동안 내가 하는 일을 지켜보고 있었던 걸까?

“사람들을 해고하는 것을 좋아하지 않소.” 돌아보지 않은 채 내가 말했어. “그런 일에 나는 말할 수도 없이 신중했었소. 박사, 당신이 나에 대해 그렇게 많이 안다면 당신은 이것도 알 것이오. 난 일자리를 유지시키기 위해 내 길을 벗어난 거요. 나의 우선순위가 그것이오. 누군가를 해고하기 전에 직원의 혜택, 보너스 등을 없애는 게 더 낫다. 그것이 우리의 정책이었소. 확장하라. 성장하라. 고용하고 고용하고 또 고용하라. 한사람을 해고해야 했을 때마다 난 꼭 두사람을 고용하오. 해고는 임시적인 상황이오. 지금과 마찬가지요. 난 저 사람을 해고하고 있지만 이달 말에 그는 자기 직장으로 돌아올 거요."

"당신은 당신의 행위를 정당화할 필요가 없습니다, 블레이크 씨."

"그렇지 않소, 난—"

"아니, 그렇소. 당신은 나의 승인을 원하고 있소. 내 승인은 갖다버리시오. 확장하라,라고 당신은 말했지요. 하지만 당신은 그러지 않았소. 이 경우, 당신은 그러지 않았소, 안 그렇소? 당신은 이 가족 절반이 일하고 있던 하이테크 공장을 폐쇄했고 어쩌면 옛 공장도 폐쇄해야 할지도 모르오."

록산나, 넌 욕실로 가는 중이었어. 그래서 톨게이트와 긴 경제학 토론에 빠져들기엔 부적절한 때처럼 느껴졌어. 작은 회사를 가진 그가 사업에 대해 무엇을 안다는 말인가? 『포춘』지가 정한 500인에 들어보았던가? 2월마다 다보스 포럼에 갔었던가? 난 그의 말을 짧게 자르기로 마음먹었어.

"들어보시오, 톨게이트 씨. 난 폐쇄하려는 것이 아니오. 그건 잠정적인 것이오, 알겠소? 아시아의 위기로 수요가 감소하고 재정적 난기류가 생겼으며 우리의 전자상거래는 기대를 충족시키지 못했소. 그래서 우리는 잠시 멈추고 기다려야 했소. 하지만 곧—"

넌 옷을 벗고 있었어. 블라우스 먼저 벗은 다음 원피스를 벗고, 그리고 속옷을 네 발밑으로 내려 던져버리려고 하고 있었어—천천히, 천천히—브래지어도 벗어서 넌 처음으로 내 앞에 벌거벗은 몸을 드러냈지.

톨게이트는 내 앞으로 걸어와 자기 몸으로 네 몸을 가리고 섰었어. 그의 목소리가 강렬한 탓에 무시할 수 없어 그를 똑바로 쳐다봐야만 했고, 그래서 네가 마침내 옷을 다 벗고 샤워기 속으로 들어선 순간을 놓쳐야 했지. 그의 목소리 위로 스페인 노래 같은 것, 팔로마 같은 곡을 흥얼거리는 네 목소리를 들을 수 있었어. 그의 목소리 위로 네 어깨를 때리고 네 등 아래로 내려가 네 다리를 따라 흘러 내리던 물소리를 들을 수 있었어.

"아시아에 대해서는 듣고 싶지 않소." 톨게이트가 말했어. "혹은 과잉공급에 대해서도. 혹은 가격상승으로 공장을 더 크게 확대해야 했다는 이야기도. 혹은 이후에 물론 그때는 가격이 하락했기 때문에 그 공장들을 놀리고 있다는 것도. 국제통화기금은 지겹소. 러시아 빚. 라틴아메리카의 기적. 어쩌구 저쩌구 하는 말들. 이메일 혁신 내지 진화 내지 퇴화, 가상세계 등은 실체가 없는 개떡 같은 것이오. 당신이 당신 회사를 구하기 위해, 당신의 매혹적인 록산나를 길거리에 내동댕이치라는 명령을 내리는 날이 올 것이라는 저주를 하는 것이 아니오. 무릎에 공장을 가지고 태어나지 않은 우리 모두와 마찬가지로, 그녀는 자신이 팔 수 있는 것이면 무엇이든 팔겠지요. 혹은 생태엔지니어 천재인 여자를 만날 수도 있겠죠. 그런 것은 아무것도 중요하지 않소."

그는 내가 취했어야 하는 태도로 듣지도 않으면서 자기 옆으로 엿보려 하고 있다는 것을 알자 몸을 옮겼어. 자기 몸을 내 몸에 더 가까이 둔 거지. 마치 나머지 세상을 다 지워버리는 스크린처럼 말이야.

"여기서 중요한 단 한가지 일은 당신이 무엇을 느끼는가 하는 것, 실제의 당신과 접촉하는 일이오. 이론적인 어떤 것이 아니오. 당신의 아버지나 어머니가 당신에게 되기를 바라는 그런 것이 아니오. 당신의 감정. 당신의 욕망이 중요하오. 당신은 경제학에 대해 이야기하기를 원하오? 자, 여기 시장이 있소—저 다른 쪽 바로 저기에—그 시장은 당신이 통제할 수 있소. 여기서 블레이크 당신이 요구하면, 저 가족이 공급해주지요. 여기서 당신이 생산하면 저들이 자동적으로 소비하지요. 당신이 요리하면 저들이 먹어요. 혹시 당신이 그 이미지를 바꾸고 싶으면, 당신이 그들을 먹으시오. 그들을 음미하고, 씹고, 꿀꺽 집어삼키고, 소화시키고 똥으로 배출하시오. 당신의 사적인 욕구를 반대할 어떤 공적인 힘도 없소. 어떤 언론도, 경쟁도, 규제하는 행동단체도 없소. 당신의 성장을 저지하는 공적 이익단체의 로비도 없소. 선거자금을 가지고 달래줘야 할 의원도 없소. 당신은 저기 저 가족을 독점하고 있소. 알아듣겠소? 그들은 자신을 보호할 수 없소. 관세를 올릴 수도, 환율변동을 연기할 수도 없고, 안전사고 위험 때문에 당신을 비난할 수도 없소. 블레이크 씨, 당신 맘대로요. 당신이 무엇을 했는지, 무엇을 하지 않았는지 아무도 모를 거요. 그러므로 당신의 행위를 더이상 정당화할 필요가 없소. 그 사람은 당신이 저 문 밖에 두고 온 그레이엄 블레이크요. 그는 아마 한달 후에 당신을 기다리고 있을지도 모르오. 혹은 사라져버릴지도 모르오. 우리가 여기서 발견하게 될 것이 바로 그것이오. 하지만 그는 43년간이나 당신을 소유해왔지요. 내가 부탁하는 기간은 딱 30일이오."

이제 그는 걸어가버렸어. 그리고 네가 이제 막 샤워를 마치고 완전하게 내 눈앞에 노출되었지. 톨게이트는 네 몸을 쳐다보지 않고서도 널 향한 몸짓을 보였어. "참지 마시오, 블레이크. 뭔가가 당신 내부에서 들끓고 있는데 당신은 그것을 억누르고 있소. 그것이 당신을 괴롭혀서 당신을 쉬지 못하게 하는 거요."

넌 너무나 차분하게 마음껏 수건으로 닦고 있었어. 네 살갗, 네 발가락 하나하나에 열중해 있었지. 그때 문득 너에게 상처를 주고 얼굴을 때려 네가 훌쩍이는 소리를 듣고 싶고, 네 자율성을 중단시키고 싶은 충동이 일었어. 그리고 난 무서웠어, 록산나. 난 앞으로 미끄러져 나가도록 내가 허용하고 있는 것이 싫었어. 이런 생각들에 내가 너무나 거대하게 탐닉해 있었는데, 그것들을 그렇게 즐겼다는 것이 싫었어. 그리고—

"그래서, 저게 바로 나란 말이오?" 내가 톨게이트에게 물었어. 저 문 바깥에 남겨두고 온 것으로 여겨지는 그 옛 그레이엄 블레이크가 그에게 말했어. "이 끔찍한 것이? 사람들을 해치고자 하는 이 원초적인 욕구가? 나머지 모든 것들은 하루의 때처럼 우리가 물로 씻어버릴 수 있는 비닐 같은 것에 불과했단 말이오?"

"당신의 가장 깊은 부분은 아니라 하더라도 당신의 좀더 깊은 부분이라고 말했잖소. 계속 시도해보시오. 그러면 어쩌면 당신이 하고 있는 것 배후에 있는 어떤 것, 좀더 깊은 어떤 것, 좀더 당신의 본질에 가까운 당신을 발견하게 될 수도 있소. 그러니 시도하시오. 망설이지 말고."

난 망설이지 않았어, 록산나.

난 나의 어젠더, 나의 포위전략을 가지고 뚫고 나갔어. 마치 네가 생산고에서 물건을 사야만 하는, 주저하는 목구멍으로 생산품을 쑤셔 넣어야 하는 소비자인 것처럼. 내가, 바로 내가 그 생산품이야. 매일매일 은밀한 기침처럼 네 목 아래로 쑤셔 넣어지고 있어. 바이러스처럼 네 늘어진 갈색 목으로 삼켜져 네가 아픈지 어떤지 보고 있어. 하지만 내가 한 그 어떤 것도 너의 쾌활함을 빼앗지 못했어. 미국적 꿈, 인간의 선의, 신의 건강, 우주의 자비, 꽃들의 영광에 대한 너의 믿음을 빼앗지 못했어.

그래서 오늘 난 포기했어. 나의 패배를 인정했지. 난 거꾸로 네가 옳다는 것을 증명하려고 해. 넌 나에게 확신을 주고 날 개종시킨 사람이야. 내가 너에게 가져다준 역병과 공허와 부재 가운데서 네가 보인 그 고요하고 관대한 결단 덕분에 나는 바로 오늘 오후에 네 이야기, 톨게이트의 충고에도 불구하고 지난 한달 동안 은밀하게 언제나 나의 행위를 나 자신에게 정당화시켜온 네 이야기에 대한 다른 결말을 쏘니아에게 전달하게 되었어. 록산나, 난 너에게 이 작별 선물을 보내려고 해. 해피엔딩이라는 선물을.

네 아버지는 직장을 회복해서 승진이 돼. 제이슨은 고등학교를 우수성적으로 졸업하면 그를 계속 지원하겠다는 약속과 장학금을 농구 트레이닝 캠프에서 받고 돌아와. 경찰은 네 어머니 씰비아의 장사를 망친 범인을 찾았어. 처벌을 피하려고 엄청난 돈을 치르게 될 부자 아이들이 범인이지. 그래서 씰비아는 소박한 음식점, 진짜 음식점을 살 수 있게 되지. 프레드는 약간의 돈을 가지고 돌아올 거야. 그가 기대한 만큼 많은 돈은 아니지만 근사한 식사 몇끼를 하고, 팔이 하나인 남자에게 딱 적합한 직업인 신문가판대에서 새출발을 할 수 있게 해줄 만큼 상당한 액수의 돈이지. 그리고 내가 하우스톤에 총괄하는 역할로 돌아가면, 그 사건에 대한 그의 보상 문제를 조사할 거야. 네드의 마비 내지 불구 상태, 혹은 내가 그에게 집어넣은 온갖 가혹한 것들까지도, 모두 신비하게 없어질 거야—그게 시작되었을 때처럼 신비하게 말이야. 아마 그가 겪어온 고통은 그의 노름 중독도 낫게 할 거야.

"그리고 조니 말이오," 내가 쏘니아에게 말했어. "그를 당장 풀어주시오."

"당장요?"

"오늘. 지금. 자신의 기도가 응답되었을 때 록산나의 얼굴을 보고 싶소."

"그들이 사랑을 나누는 것을 보고 싶은가요?"

"그렇소. 내가 그것을 허용했기 때문에 그들이 사랑하는 모습을 보고 싶소."

"제가 뭘 할 수 있는지 알아보죠."

쏘니아는 몇시간 전에 내 명령을 받고 나갔어. 날이 지나갈수록 그녀는 풍만해지고 엄격함이 덜해지고 더 감각적이 되어갔어. 오늘밤, 너와 너의 조니가 사랑을 나누는 것을 본 뒤, 네가 침대 위에서 기진맥진한 후, 쏘니아를 유혹할 수 있게 된 것을 기뻐하면서 그녀에게 작별인사를 할 차례가 올 거야. 우리는 온갖 내 업적을 항상 기록하던 그 카메라들의 쉬지 않고 깜박이는 붉은빛이 미치지 않는 곳으로 나갈 거야. 우리는 그 장치를 속여서 최후의 쾌락, 조촐한 작별파티를 은밀하게 가질 거야.

그건 영리한 선택이었어. 나의 보초, 내 왕국으로 가는 열쇠를 쥐고 있으며 모든 지식을 가진 여인을 침실로 데려가는 것 말이야. 필요할 경우 이반을 속일 수 있는 유일한 사람이지. 난 항상 어떻게 그것을 할 수 있는지 알고 있었어, 록산나. 만약 우리가 실제 세계에서 만나게 된다면 네 마음 역시 뺏을 수 있을 텐데. 냉랭한 쏘니아를 봐. 난 그녀가 톨게이트보다, 그리고 톨게이트가 그녀에게 지불하는 월급보다 나에게 더 헌신하게 만들었어. 단 한달 만에. 못생긴 쌘드라와, 박사와 그의 부하의 그 방심하지 않는 눈길 아래에서 말이야. 쏘니아가 어떻게 내 명령을 수행하러 나갔는지 한번 봐.

그러나 지금. 그러나 지금 말이야. 지금, 쏘니아가 방으로 들어오고 있어. 그녀가 낙담하여 발을 질질 끌며 걸어오는 모양과 그녀의 창백한 얼굴을 보고 난 뭔가가 잘못 되었다는 것을, 뭔가 끔찍이도 잘못되었다는 것을 알아차렸어.

그녀는 뭔가를 더듬거리며 말했어. 난 알아들을 수가 없었지.

"전…… 전……"

그녀가…… 그녀가…… 뭐란 말인가?

"전 그들이 복종하게 만들 수가 없었어요."

"무슨 말이오?"

"그들 말이 당신이 너무 변덕이 심하대요. 제멋대로야,라는 것이 그들이 사용한 말이에요. 너무 오버하고 너무 지나치대요. 그래서 그들이 할 수 없다고…… 제이슨, 그래요, 프레드, 그건 문제없을 거라고, 그들은 내일쯤 돌아올 거라고 했어요. 하지만 다른 요구들은 확실치가 않대요. 당신이 요구한 대로 상황이 당장 해결될 수가 없을 거예요. 당신이 떠나기 전에 안되는 게 분명해요. 반전이 너무 급작스럽다고 그들이 말하고 있어요. 당신이 너무 많은 요구를 했다고요."

뭔가 더 있었어 록산나. 그녀가 말하지 않았던 어떤 것, 인정하고 싶지 않았던 어떤 것이.

"하지만 톨게이트는 내가 원하는 것은 뭐든지 할 수 있다고 하지 않았소, 그는 분명히 말했소—"

"톨게이트는 항상 그렇게 말해요. 환자가 망설이지 않게 하기 위해서요. 자기가 혼내준 사람들의 상황을 자신이 나중에 수월하게 개선시킬 수 있다고 스스로에게 말하면서요. 하지만 톨게이트가 항상 해방시켜주는 것은 아니에요."

"뭐라고 했소? 이건 계약 위반이고 신뢰의 위반이오. 이건— 또 뭐가 있죠? 다른 뭔가가 있소."

그러자, 록산나, 방금, 네 방에서 전화벨이 울리고 있는 바로 그때, 네가 기도를 막 떨치고 나와 울리는 전화기를 향해 옆방에서 죽어가고 있던 고양이처럼 뛰어오르던 바로 그때, 네가 수화기를 집어드는 바로 그때, 쏘니아가 내게 털어놓았어—

"그가 죽었어요." 쏘니아가 말했어. "조니 말이에요. 오늘 아침에. 그가 자살했어요. 혹은 어쩌면…… 그들은 내게 말하지 않고 비밀에 부치고 싶어했죠. 어쩌면 그들이 그를 때려서 그가…… 그들이 뭔가를 숨기려 하고 있어요. 그 소동을 어떻게 처리할까 궁리하면서요. 당신의 다른 요구들을 들어주지 않으려 하는 이유가 그 때문이라고 생각해요. 그들은 당신에게 화를 내고 있어요. 엉망진창이 된 것이 당신 때문이라고 비난하면서요."

조니가 죽었다고? 그럴 리가 없어. 그럴 리가 없어, 록산나. 난 그런 일이 일어나게 하지 않을 거야. 난— 사실일 리가 없어. 그건—

하지만 그건 사실이야. 그게 정말 사실인지 넌 당장 알게 될 거야. 록산나, 가엾은 나의 록산나. 전화가 울려서 네게 사실이라고 말하고 있어. 전화 상대방이 누구지? 조니의 엄마인가, 조니의 간수인가, 아니면 조니의 유령인가— 그는 죽었어. 너의 비명소리가 그렇게 말해주고 있어, 너의 흐느낌이 그가 죽었다고 말하고 있어. 내가 그를 죽였어. 내가 그 불쌍한 개새끼를 죽였어. 네 몸의 경련이 그것은 나의 잘못이라고 말하고 있어. 널 껴안아줄 사람이 아무도 없구나. 너의 이 외로움, 이 살인적인 슬픔, 이 공허하고 아무 위안이 없는 집을 내가 설정했어. 난 그들 모두를 다 추방해서 널 난파시키려 했어. 너 혼자 있게 해서 네가 나의 작품, 한달 동안 나의 사랑의 수고를 직면하게 만들려고 했어. 마침내 난 너에게로 건너가서, 너의 평화를 약탈하고, 너의 걸음걸이를 빠르게 만들고 튀어오르게 해서 너의 그 느린 삶의 댄스로부터 나오게 만든 거야.

이제 내 눈이 너, 나의 록산나를 쫓아 욕실까지 따라가고 있기 때문에, 넌 뱀 같은 속도에 사로잡힌 사람처럼 그곳으로 뛰어들어가, 그 모든 알약들을 흔들어대고 있어— 안돼! 그러지 마, 하지 마. 알약들이 네 손에서 흐트러져 마루로 쏟아져 내렸어. 넌 밥 달라고 안달인 돼지처럼 무릎을 꿇고 앉아 그것들을 그러모아 입으로 가져간 뒤 마치 물인 양 죽음을 들이마셔서 식도에 첨벙 떨어뜨렸어. 그 탐욕스런 수돗물은 네 몸 위로 솟구쳤지. 어찌나 난폭하게 그러는지 난 그 모습을 차마 볼 수 없을 지경이었어. 내가 버튼을 눌렀더니 카메라가 클로즈업을 위해 줌인되더니 갑자기 화면이 나가고 지지직거리며 갈라지다가 다시 돌아왔어, 넌—

"오 맙소사! 그녀가 자살을 하려고 하고 있어!"

난 쏘니아를 바라보고 있어. 쏘니아는 아무것도 하지 않고 아무말도 하지 않아. 그녀의 회색빛 눈동자, 바싹 자른 머리, 꼭 껴입은 스웨터에서 솟아오르려는 그녀의 가슴. 아무 반응이 없어.

난 그녀를 흔들어 감각을 깨우고 다급함을 깨우치려 하고 있어. "어떻게 좀 하시오." 내가 그녀에게 말해.

"그건 당신 가족이에요. 당신이 전화해요. 내가 911로 전화해주길 원하신다면 말만 하세요. 하지만 온갖 지옥이 깨어날 거예요. 우리는 조사를 받겠죠. 그들은 묻게 될 거예요. 우리가 어떻게—"

그때 난 그녀에게 원하는 것이 무엇인지 알게 되지. 내가 록산나, 네 인생을 가지고 놀아오듯, 그녀의 인생을 가지고 놀던 이유를 알게 되고, 그녀의 단단하고 냉랭한 몸에서 내가 유혹해온 그 헐떡이는 오르가즘에 그녀가 반응할 수 있기를 얼마나 기대했는지를 알게 되지. 내가 건너가는 일을 그녀가 도와주길 난 원하고 있는 거야. 이 달 내내 나의 진정한 꿈, 나의 은밀한 계획은 그거였어. 내가 건너가는 일을 도와주길 난 원하고 있는 거야. 이 달 내내 나의 진정한 꿈, 나의 은밀한 계획이 그거였어.

쏘니아가 내 말에 동의하고 있어. 이건 우리들이 모두 처벌받을 것임을 의미한다고 쏘니아는 지적하지만, 내가 알고 있듯, 그녀는 그걸 할 거야. 록산나, 내가 네 존재에 던진 이 공포의 그물을 없애고 널 구할 수 있도록, 너를 이롭게 하기 위해 그녀와 성교를 하고, 너의 온기를 생각하면서 그녀의 몸, 안과 밖을 빠져나올 때 그녀가 그렇게 할 거라고 혼잣말을 했듯이 말이야.

"이반!" 록산나 네가 욕실 바닥에 꼬꾸라져 너의 멋진 다리가 어색하게 삐뚤어지고 비틀리고 일그러지는 것을 바라보는 동안 쏘니아의 퉁명스러운 목소리가 마이크에 대고 말해. "이반, 위급 상황이다. 지금 당장 경찰서로 가주기 바란다. 사람들을 데려와. 그래, 그들 모두 다. 조니의 아버지가 그의 시신을 가져가지 못하게 해. 그래. 내가 모든 사람들에게 말해놓았다. 네가 받은 지시를 나도 안다. 그런 지시 따위는 엿먹으라고 해. 그래, 그래. 누군가를 두고 가겠다면 벤지를 두고 가. 아래층, 좋아. 다른 아파트를 지키도록."

그녀는 말을 멈추고 날 쳐다봐.

"제가 벤지를 맡겠어요." 그러고 나서 이렇게 말하지. "블레이크, 당신도 알다시피 난 직장을 잃었어요. 보복이 있을 거예요. 톨게이트는 인정사정없어요. 제 바람은 당신이—"

"맙소사, 일단 이 엉망진창인 사태를 수습한 뒤에 당신의 재정적 미래에 대해 논의합시다. 당신에게 내가 줄 거요. 날 보필한 사람들을 난 항상 돌보는 편이오."

"낮이고 밤이고 모신 이. 그가 바로 접니다. 폐하." 주인공들이 폭발의 아수라장 가운데서도 재치있게 말하는 여유를 부리는 할리우드의 액션영화에라도 나오는 것처럼, 쏘니아가 재치있게 말을 하고 있어. 하지만 내가 목격하는 일이 사실인 한 그녀는 자기가 원하는 아이러니한 말을 다 해도 돼. 그녀는 문을 열고 있어. 마술 문을 진짜 열고 있다고. 난 한 달 동안 그 문을 통과해본 적이 없었어. 상상을 하긴 했지만 우리가 가고 있는 복도를 본 적이 없었지. 항상 보초가 그곳에 있는 것이 보였는데, 지금은 쏘니아 덕분에 아무도 안보여. 그들은 가엾은 조니의 시체가 있는 경찰서로 바보 심부름을 하러 모두 서둘러 가고 있어. 난 지금은 그에 대해서 생각하고 싶지 않아. 오직 록산나 너에 대해서만 생각하고 싶어— 이 복도, 쏘니아가 버튼을 누르고 있는 엘리베이터, 아래쪽으로 휘청하는 이 엘리베이터만 생각하고 싶어. 이 모든 것이 한달 내내 내 아파트 바깥에 존재해왔어. 날 기다리면서, 날 가두어온 그 건물과 나의 미숙한 연속극 같은 계획을 그만두고 떠나는 이 순간을 기다리면서 말이야.

여기에도 경호원은 아무도 없어. 모든 것이 너무나 현저하게 순조로워. 이전에 이것을 시도했었어야 했어. 며칠 전에 내가 시도했다면, 그래서 록산나 네 손을 잡았더라면— 내가 원한 건 정말로 그것뿐이야. 살과 살을 맞대어 느끼고, 네 인생을 교란시키고, 부딪히고 접촉하는 것 말이야. 널 통과하거나 성관계를 맺을 필요도 없어. 그저 장애물을 뛰어넘기만 하면 돼— 그걸로 충분했을 거야. 난 때가 되면 조니를 석방하라고 명령을 내려서 그를 살아남게 했을 수도 있었을 거야. 그는 지금쯤 살아 있을 텐데. 그리고 너, 너도 우리 엄마처럼 거기에 누워 있지 않아도 될 텐데. 그때 우리 엄마는—

난 이걸 생각하고 싶지 않아. 난 그저, 쏘니아가 필라델피아의 이 평범한 거리에서 행인들을 헤치고 이리저리 빠져나가 모퉁이를 돌고 블록을 따라, 우리 빌딩 뒤에 있는 아파트, 한창 서로 접붙어서 사랑을 나누는 두마리의 개처럼 우리 빌딩에 딱 붙어 있는 그 아파트로 갈 때 그녀의 뒤를 따라 전속력으로 달려가고 싶을 뿐이야.

"여기예요." 쏘니아가 열쇠를 건네주면서 말해. "8-E예요."

"당신은 어쩌려구?"

그녀는 빌딩 안 컴컴해진 복도를 향해 고개를 끄덕여. 내가 상상했던 것만큼 그렇게 지친 모습은 아니야…… "덩치 큰 벤지가 저기 있어요." 쏘니아가 말해. "내가 그를 즐겁게 해줄게요. 자기의 백설공주라 부르면서 나한테 몸이 달아 있었거든요. 몰래 들어가기 전에 15초— 아니 20초만 기다려요."

나는 시키는 대로 하지. 한달 만에 처음으로 명령을 내리는 것이 아니라 명령에 따르는 거지. 록산나, 네가 내 손에 있었던 것처럼, 난 쏘니아의 손에 있는 거지.

15초 후에— 기다려줘, 록산나, 기다려, 내가 가고 있으니까—난 조심스럽게 그 빌딩 안으로 가만가만 다가가 로비를 지나 엘리베이터를 발견하지. 한쪽 편 계단이 시작되는 곳에서 쏘니아의 씰루엣과 그녀 쪽으로 몸을 기울이고 있는 한 남자의 거대한 몸을 알아볼 수 있어. 벤지는 자신의 거대한 손을 쏘니아의 가슴에 대고 입술은 자신의 백설공주의 입에 대고 있어— 그리고 난 엘리베이터로 8층으로 올라가 너에게, 8-E호로 가고 있어.

열쇠는 놀랍고 마법적이고 기적적이게도 딱 맞아서 난 안으로 들어가. 여기서부터 내가 실제로 그 방을 보고 있다는 것을 기록할 여유가 거의 없고, 요사이 몇주 동안 내가 이용해오던 그 좋은 위치에서 내 몸이 어떻게 보일지, 내 마음대로 부리던 카메라들이, 너무나도 잘 아는 이 방을 급히 가로지르는 나의 모습을, 유리 칸막이와 비디오테이프를 통해 기억된 욕실, 샤워기 바깥으로 걸어나오는 몸을 처음으로 봤던 너의 그 은밀한 성소인 이 욕실 속으로 가는 나의 모습을 어떻게 기록하고 있을지 궁금하게 여길 시간도 거의 없어.

그건 너야. 숨 쉬느라 헐떡이며 바닥에 누워 있는 실제의 너야. 지금까지 네가 실재했다는 것을 전혀 확신하지 못했다는 것을 나는 충격적으로 깨닫고 있어. 넌 톨게이트가 조제한 꿈, 그가 찍은 영화여야 했어— 넌 사실이기엔 너무나 좋았고, 내 욕망과 너무나 완벽히 맞았으며, 내가 여자에게서, 인생에게서 늘 가장 바라왔던 것, 제씨카가 내게 줄 수 없었던 것, 그리고 나타냐가 줄 수 없었던 것과 너무 가까이 있었어.

그런데 지금 넌 죽어가고 있어, 나의 록산나, 진정한 나의 사람이지. 왜냐면 난 널 만질 수 있고 널 팔로 안을 수 있으며 억지로 눈을 뜨게 할 수 있고 입을 열게 할 수 있으며 기침이 나오게 해서 어두운 동굴 속 같은 너의 위를 휘젓는 것을 내뱉고 토해내게 하고 내 입을 네 입에 대어 숨을 불어넣어, 이 욕실의 퀴퀴하고 썩은 공기 속으로 숨을 토해내게 하여 다시 숨쉬게 하고, 내가 훔친 너, 네 삶으로 되돌려놓을 수 있기 때문이야. 넌 돌아오고 있어. 지금 넌 깨어나고 있어. 메스꺼워하면서, 너의 그 사랑스러운 폐에 산소와 희망을 필사적으로 소리쳐 넣으면서 말이야. 난 너의 두 눈을 들여다보고 있어.

록산나, 네가 내 두 눈을 들여다보는 구나.

날 똑바로 보고 있구나. 우리 사이에 어떤 유리도 없고, 한쪽만 보이는 거울도, 술수도, 벽도, 카메라도 없어. 얼굴과 얼굴을 맞대고 있어. 날 깊이 들여다봐. 내 생각엔 아이를 들여다보는 어머니 같아. 그렇게 생각하지 않을 수가 없어. 잃어버렸다가 지금 찾은 아이를 들여다보는 어머니 같다고.

난 내가 좋은 사람이라는 걸 알아. 진짜 나의 참모습을 네가 보고 있다는 걸 난 알아. 다른 사람들을 가지고 장난칠 수 있고, 끔찍한 일들을 할 수 있는 사람. 하지만 나는 또한 자신이 한 일을 후회하고 받아들일 수 있는 힘과 용기를 자신 속에서 발견할 수 있고, 그 상처를 복구하면서 나머지 인생을 보낼 그런 죄인이기도 하지.

난 모든 것을 고백할 거야. 지금 바로 모든 것을 고백할 거야. 그리고 넌 날 용서할 거야.

내가 용서받을 거라고 네 눈이 말하고 있어.

셋

"아가씨, 우리가 몇가지 질문을
해도 괜찮겠소?"
"왜 안 괜찮겠어요?" 그녀
가 말한다. "자살에 대해선
이미 사람들에게 모든
걸 이야기했는걸요."
"우리들에게는 아니었
소. 아가씨. 게다가 여기 내
친구와 나는 다른 것들에 대해 묻
고 싶소."
"네, 좋아요. 우린 다른 부서에 소속되
어 있으니까요— 전문분야가 다른 거죠."
"당신 친구의 자살로 추정되는 상황과 관련해
질문을 해도 괜찮다는 거요, 아가씨? 맞소? 카메라

작동을 이제 시작할 거요……"

"자살로 추정된다고요?" 그녀가 말한다. "의심스러운 점이 있나요? 사람들이 의심한다는 말은 들어본 적이 없는데요. 경찰서에서 당신 동료들이 한 말은 그게 아니잖아요. 그때—"

"여기서 우리 동료의 말은 불가사의한 상황에서 누군가가 그렇게 죽을 때 그 어떤 것도 배제시켜서는 안된다는 뜻이오."

"그렇소. 내 동료의 말처럼, 모든 것을 명료하게 하는 것은 언제나 좋은 일이오. 당신이 괜찮다면 몇가지 질문을 더 하는 것 말이오."

"진행하세요."

"문이 안으로부터 잠겨 있었기 때문이라고 했소, 당신이 그날 그곳에 도착했을 때, 그날, 만약 내가 잘못 이해하는 게 아니라면, 당신 친구인 그녀가, 그녀가……? 그날 당신 남자친구는 당신과 같이 있지 않았지요?"

"그것에 대해서는 정말 여러번 당신들에게 말했었어요." 그녀가 말한다. "내가—"

"우리에게가 아니라 다른 누군가에게 말한 거요. 우린 아니었소. 아가씨."

"내 꼬마드르(comadre, 마음을 터놓을 수 있는 이웃 아주머니나 여자친구—옮긴이)에게 일어난 일은……" 그녀가 말한다. "그러니까, 그 애는 마음이 불편했어요. 그들이 그 애를 계속 면담해왔죠, 전문가 몇명이 말이에요. 유능한 전문가들, 스스로 합리적 전문가라 부르는 사람들이요. 그 애는 공장에서 문제를 좀 일으키고 있었거든요. 몇가지 사소한 잘못, 실수를 했어요. 당신들도 알다시피 그 애는 모든 장비에 상표 붙이는 일을 했지요. 너무나 빨리 작동해서 맞는 포장에 맞는 상표를 붙였는지 확인할 시간이 그저 몇초 밖에 안되는 그런 장비 말이에요. 공장은 '휴식을 위한 차(茶)' 씨리즈의 일부 선적을 회수해야 했어요. 그 애가 그 상표들을 '에너지 충전 차'에 붙이도록 기계에 프로그램을 깔았던 거예요."

"대단한 일같이 들리지는 않군요."

"제 느낌도 그래요." 그녀가 말한다. "그러니까 몇몇 고객들이 자기들은 푹 자려고 했는데 아침이 되도록 못 자서 흐릿한 눈을 해가지고, 항의하는 편지를 보낸 거예요. 바보 같은 사람들이 그런 편지를 쓰고 앉아 있을 시간이 있었던 거지요. 우리가 그들을 어느정도 각성시켜 거울의 자기 이미지를 직면하도록 한 것을 축하해야 하는데도 말이죠. 축복받은 밤이고 운이 좋았던 사람인데 말이에요."

"하지만 경영진들은 당신의 벗을 비난했지요……"

"맞아요." 그녀가 말한다. "그래서 그 애는 아쁘레헨씨바(aprehensiva, 걱정스러운—옮긴이)했던 거고, 면담을 하고 나왔을 때 정말로 쓰라리고, 화가 나면서 꼰 꼬라헤(con coraje, 용기가 생긴—옮긴이)를 느꼈어요. 말하자면, 그 개새끼들이 무슨 권리로 그렇게—"

"그들은 남자들이었소?"

"네, 그 애가 말했어요. 남자 둘이라고." 그녀가 말한다. "내 경우처럼 남자 하나에 여자 하나가 아니라. 그들은 나중에 날 면담했지요. 그 애의 사생활에 관한 갖은 질문을 다 하고 그 애에 대해서, 그 애가 좋아한 것, 그 애가 싫어한 것, 그 애 직업과 아무 상관도 없는 것들을 모두 녹화했지요. 그들은 심지어 그 애에게 나에 대해서도 물었어요."

"아가씨, 당신에 대해서?"

"나에 대해서요." 그녀가 말한다. "그것과 관련해서 뭐 문제점이 있나요? 내 남자친구가 이상하다고 생각했거든요. 그 애도 또한 그랬어요."

"당신 친구 에반젤리나가 말이오?"

"네" 그녀가 말한다.

"당신 친구 이름이 확실히 맞나요, 아가씨? 에반젤리나가? 왜냐하면 그녀가 다른 이름을 사용해왔다는 정보를 받았기 때문이오."

"그 애 이름은 에반젤리나예요." 그녀가 말한다.

"그녀는 다소…… 예민했지요, 당신 친구 말이오. 맞나요?"

"약간 그랬어요." 그녀가 말한다. "그렇게 되는 것이 그리 이상한 일도 아니에요. 우리 엄마도 비슷했어요. 엄마는 너무 화가 나서 그들의 질문에 하나도 대답하지 않아서 질문자들을 얼빠지게 만들었지요. 마마(mama, 엄마—옮긴이)가 그랬어요, 께 레스 임뽀르따(que les importa, 뭐가 중요하냐—옮긴이)? 그들이 무슨 상관이냐, 그들이 왜 이런 것들을 알아야 하나, 내가 꽃을 좋아하는지 좋아하지 않는지, 우리가 왜 미국에 왔는지, 딸인 네가 좋아하는 색깔이 무엇인지 말이야."

"아가씨, 당신이 좋아하는 색깔이 무엇인지 그들이 알고 싶어했었소?"

"내가 좋아하는 색깔." 그녀가 말한다. "내가 좋아하는 노래, 좋아하는 영화를 알고 싶어했어요."

"당신이 좋아하는 영화."

"그럼, 당신이 좋아하는 영화는 뭐요?"

"웃지 않겠다고 약속하세요." 그녀가 말한다. "백설공주예요. 내가 그 말을 하면 모두 다 웃지요— 하지만 난 그 영화와 '언젠가 나의 왕자님이 오실 거야'라는 노래를 좋아해요. 난 그 노래가 그저 좋아요."

"에반젤리나, 그녀의 이름이 무엇이든, 그녀로 돌아가자면, 그녀는 왜 그렇게 마음이 불편했소…… 당신이 괜찮다면?

"그 애는 그들이 자기 인생을 엉망으로 만들고 있다고 느꼈어요." 그녀가 말한다. "그래서 내가 가서, 조금만 기다려라, 마음을 편하게 먹어라, 그들은 널 도우려고 온 것이다, 그들은 네 직장을 보존할 방법을 찾기 위해 고용된 거라고 말했어요. 하지만 그 애는 들으려 하지 않았지요— 내 기분을 북돋우려 애쓰지 마라, 난 네가 모든 사람의 제일 좋은 것만는 생각하면서 그들을 북돋우려 하는 것이 진절머리나! 하스따 꾸안도(Hasta cuaándo!, 언제까지—옮긴이)! 참아, 내가 말했어요. 참아봐. 응. 우린— 우린 파업을 해야 해, 그녀가 말했어요. 그들이 이 우라질 것—미안합니다만 그 애의 말이에요. 난 이런 말을 사용하지 않지요—을 폐쇄하기 전에 파업을 해야 해. 그 애 말로는 경영진이 공장을 폐쇄하려고 한다면서, 기다려봐, 그리고 지켜봐,라고 했어요. 그 애는 성격이 급했지요. 뿌에르또리꼬 사람들은 그래요. 정치에 관심이 많지요. 난 달라요. 난 항상 사람들이 찬성하게 만들고, 사람들과 잘 지내려고 애를 쓰고 있어요. 아마도 갈등을 싫어하기 때문일 거예요. 내 친구 조지아는 내가 엄마 아버지가 하루 종일 다투는 가정에서 자랐기 때문이라고 말하지만 난 그렇게 생각하지 않아요. 난 의식을 끊어버리는 법, 아무것도 일어나지 않고 그 누구도 내게 요란하게 짖어대지 않는 것처럼 가장하는 법을 배웠어요. 그렇다고 내가 궁지에 몰리거나 싸워야 할 경우, 싸울 수 없다는 건 아니에요. 하지만 싸움은 최후의 수단이어야 해요, 내가 에반젤리나에게 말했듯이 말이에요."

"그래서 당신은 에반젤리나에게 반대했던 거군요, 아가씨?"

"그녀와 다투었나요?"

"아니에요." 그녀가 말한다. "난 그 애를 이해했어요. 에반젤리나는 과감한 어떤 것을 하길 원했어요. 왜냐하면 그 애는 통제력을 잃었다고 느꼈고, 그들이 옷을 벗기듯, 그 애로부터 그 애의 삶을 빼앗아갔다고 느꼈기 때문이에요. 사람들에게서 비밀을 뺏으면, 그건 더 나쁘지요."

"그녀에게 비밀이 있었소?"

"누구에게나 비밀은 있지요." 그녀가 말한다.

"자, 당신의 이 친구, 에반젤리나, 그게 그녀의 이름이라고 당신이 확신하는 거지요. 당신은 언제부터 그녀를 알아왔지요?"

"학교에 처음 간 날부터요."

"당신은 열살이었지요, 맞나요? 미국의 이곳에 막 도착했었던 것이? 영어는 하나도 모른 채?"

"그 애는 내 옆자리에 앉아 있었어요." 그녀가 말한다. "그 애가 스페인어를 알아서 날 도와줄 수 있었기 때문에 그들이 그 애를 내 옆에 앉힌 것 같았어요. 그 애는 날 도왔어요. 그 애는 여태껏 내 친구들 중 가장 친한 친구였죠."

"하지만 당신은 그녀에게 뭔가 잘못된 것을 알아차렸지요?"

"잘못된 것이요?" 그녀가 말한다.

"당신은 그녀가 아파 보인다고 생각했지요."

"우리 노트에 이렇게 씌어 있어요. '에반젤라나는 병들어 보였고, 난 정말로 그 애가 안됐다고 느꼈다.'"

"당신이 꽃을 훔쳐서 그 다음날 꽃 한송이를 그녀에게 가져가기로 결심했던 때가 그때지요."

"그 애만이 아니었어요." 그녀가 말한다. "에반젤리나만 그런 게 아니었어요. 그들 모두 병들고, 창백하고 불행해 보였어요. 그 학교에 있던 아이들 모두 다. 그들은 전부 격려를 필요로 하고 있는 것처럼 보였어요."

"그래서 당신은 꽃을 훔친 거군요."

"난 그것을 훔치는 거라 생각지 않았어요." 그녀가 말한다.

"빌린 거라고요, 응? 당신은 그것을 빌린 것이라 생각했군요, 맞나요?"

"그래요." 그녀가 말한다. "그날 오후 가게에서 내가 가져온 꽃 한송이마다 두송이씩 돌려줄 거라고 생각했었어요. 내가 부자가 되고 유명해지면 말이에요. 당신도 알잖아요, 아이들이 어떤지. 이봐요, 난 그저 열살이었고 집으로 왔지요, 내가 원하던— 당신들이 그릇된 인상을 가지지 않도록 내가 이것을 설명해야 하는 것이지요, 아마도."

"아마 당신은 설명해야 할 겁니다, 아가씨. 이 자살 역시 명료해 보이지 않는다 하더라도."

"다소 이야기가 길어요." 그녀가 말한다.

"우린 괜찮소."

"괜찮소, 우린 시간이 매우 많으니까. 좋으실 대로 하시오."

"여기 있는 사람들은 이해하기가 어렵지요." 그녀가 말한다. "하지만 난— 자, 봐요, 이게 보이죠. 당신은 이게 뭔지 알아요? 이건 소금통이에요. 엄마, 오빠와 함께 우리나라에서 여기로 왔을 때 난 이것을 가지고 왔어요. 그 당시 내가 사용하던 방식대로, 내가 도착했을 때 사용하겠다고 마음먹은 대로, 더이상은 그렇게 사용하지 않지만, 난 아직도 이걸 가지고 다니지요. 우리가 날아가는 곳이 큰 도시라고 사람들이 이야기해준 것 말고 미국이 어떤 곳인지 몰랐어요. 하지만 밭이 있겠지, 그래서 지름길로 집이나 학교에 갈 때 토마토를 덥석 따서 소금을 뿌려 먹을 수 있겠지, 그리고 양파도, 특히 흙에서 이제 막 고개를 내미는 어리고 푸릇한 양파도 그럴 수 있겠지 하고 생각했었어요. 당신들은 그런 것 먹어본 적이 없지요. 세볼리따스 띠에나스(cebollitas tiernas, 어린 양파—옮긴이) 같은 것 말이에요."

"먹어봤다고는 말 못하겠소, 아가씨."

"우린 도시 사람들이오. 당신이 알아볼 거라 생각하오."

"음, 그렇다면 당신들이 안됐군요." 그녀가 말한다. "실례를 무릅쓰고 말한다면 말이죠. 양파가 이 지상에 모습을 드러낸 지 며칠이 지나면, 그것은 갓 태어난 모든 것들과 똑같아요. 생명으로 가득 차 있으면서 매우 연하거든요. 전혀 없어요? 소금을 뿌려서 먹은 적이? 얼마나 맛있는데요. 하지만 필라델피아의 이곳에서는, 그랬어요— 너무 슬펐어요. 밭도 없고, 덥석 따먹을 양파도 없고, 아무데도 가는 길에 먹을 간식이 없었어요. 모든 게 상자에 담겨 있었어요. 꽃들도요. 내가 믿을 수 없었던 거예요. 꽃들이 갇힌 채 자신들의 슬픔을 조용히 소리지르고 있는 것 같았어요. 갇힌다는 것은 끔찍한 일임에 틀림없어요. 그런 것은 생각하고 싶지 않아요. 그렇게 되는 것에 대해선—"

"우린 이해하오, 아가씨. 당황해할 필요가 없소."

"당신처럼 친구를 잃은 사람이면 누구나 다……"

"그래요." 그녀가 말한다. "당신도 알다시피, 꽃들은 항상 공짜였어요. 내 인생의 첫 십년을 꽃을 모으고, 항상 색다른 꽃을 찾으려고 애쓰면서 꽃들과 함께 보냈어요. 내 생각에 내가 태어난 까딸리나에서부터 그것을 시작했던 것 같아요. 외가 때문이에요. 심지어 걸음마를 하기 전부터 난 알았어요. 외가 식구들이 우리들, 즉 우리 엄마, 오빠, 그리고 나에게 아무말도 하지 않았으며, 외조부, 이모, 외삼촌, 다른 모든 사촌들이 우리가 존재하지 않은 척했다는 걸 말이죠. 그들과 연락해보려고 노력하는 것조차 소용없는 일이라고 엄마가 말씀하셨었죠—니나(nina, 얘야—옮긴이), 우리는 우리들의 디그니다드(dignidad, 존엄성—옮긴이)를 지켜야 한단다, 가난한 사람이 지닌 유일한 부유함이지. 존엄성 말이야—하지만 난 치끼따(chiquita, 어린시절—옮긴이)일 때도 엄마의 말을 듣지 않았죠. 난 내가 무엇을 원하는지 알고 있었어요."

"그건 항상 좋은 거요, 아가씨."

"그렇소, 자신들이 원하는 것이 무엇인지 모두 다 아는 건 아니요. 당시 몇살이었다고 했소?"

"까딸리나 시절 말인가요? 아마 여섯살이었을 거예요. 그때 난 매일 아침 외조부 댁과 외삼촌, 이모가 살던 집 앞 계단에 종류가 다른 꽃 한송이를 놓아두기 시작했어요.

"그들은 당신이 그랬다는 걸 틀림없이 알았겠죠, 아가씨."

"처음엔 아니었어요." 그녀가 말한다. "난 광장에 있는 큰 목련나무 뒤에서 쳐다보곤 했는데, 외할머니가 문을 열고 아이리스 한송이나 릴리꽃 한송이, 혹은 어떨 때는 특별하게 아름다운 아마폴라꽃과, 난초를, 왜냐하면 까딸리나는 난초로 유명했기에, 보시는 걸 봤지요. 어쨌건 외할머니는 그 꽃들을 마치 오래전에 잃어버린 친구나 혹은 자신의 그림자 속에 두고 온 애기인 것처럼, 기뻐하며 집으로 들이시는 것 같았어요. 외할머니가 꽃대를 이렇게 비스듬히 자르시는 것을 상상할 수 있었죠. 식구들이 하루 종일 외할아버지와 함께 자신들의 딸에 대해 생각하면서 앉아 있는 방, 눈까 하마스(nunca jamas, 여태껏 결코—옮긴이) 내가 한번도 초대받지 못한 방이나 부엌에 내가 드린 꽃들이 놓여 있는 것을 그림으로 그릴 수도 있어요.

"당신 이모와 외삼촌은?"

"그래, 나머지 식구들은 어떠했소, 아가씨."

"마찬가지였어요." 그녀가 말한다. "그분들은 아침 일찍, 너무나도 이른 시간이어서 그들이 일어나기도 전, 그 선물을 가져온 사람을 보기도 전에 가져다놓은 꽃들을 좋아했어요. 어느날, 외할머니가 시선을 들어 바라보시다가 절 발견하시기 전까지요. 그날은 비가 왔어요. 그곳에서만 볼 수 있는 그런 비가 내렸지요. 이런 표현을 양해해준다면 필라델피아의 이곳에서 내리는 비는 그런 비에 비하면 고양이 오줌 같죠……"

"우린 더 심한 말도 들었었소, 아가씨."

"훨씬 더 심한 말이었죠."

"……아무튼 외할머니께서 산같이 큰 그 나무 뒤에 숨어서 몰래 외할머니를 훔쳐보고 있는 절 폭우 속에서 보셨죠." 그녀가 말한다. "이제 외할머니께서 나라는 것을 아시니까, 그 꽃들을 던지고 짓밟으시며 저주하시고, 내게 그 폭우보다 심한 말을 퍼 부우시겠지,라고 생각했어요. 하지만 외할머니는 그러지 않으셨어요. 날 못 본 척하시고, 그 꽃들을 가지고 다시 들어가셨어요. 난 괜찮다는 걸 알았어요. 우린 결코 말을 나누지 않을 거였어요. 난 오늘날까지 외할머니 손을 만지거나 말 한마디 나눈 적도 없었지만 그 꽃들은 나의 엠바하도레스(embajadores, 대사들—옮긴이)로 거기 있었지요. 날 대변하면서요. 그리고 우리의 존재에 대해 화를 낼 만한 이유가 있었지만 우리 외가처럼 그렇게 심하게 대하지 않았던 까딸리나 사람들, 까딸리나의 이웃들은 날 라 니나 데 라스 플로레스(la nina de las flores, 꽃처녀—옮긴이)라 부르면서 아버지와 닮았다고 말하곤 했어요. 그들은 머리를 저으면서 때로는 이라꾼도스(iracundos, 화난—옮긴이)하고, 때로는 그저 슬픈 모습으로 말하곤 했지요. 난 그들의 말뜻을 알지 못했었어요. 내가 우리 아버지와 꼭 닮은 것이 좋은 걸까, 나쁜 걸까? 하고요. 난 아버지를 본 적이 없었었거든요."

"당신 아버지를 본 적이 없다고 했소?"

"사진으로도 본 적이 없어요." 그녀가 말한다. "제가 아는 건 어머니가 날 낳으시던 바로 그날 밤 어둠속에 까딸리나를 떠나셨다는 것, 누군가가 아버지를 죽이기 전에 우리 마을을 빠져나가셨다는 것뿐이에요."

"누군가가 그를 죽이려 했다는 거요?"

"난 그렇게 들었어요." 그녀가 말한다. "아버지가 미국에서 우리를 기다리고 계신다고 했었죠. 언젠가 우리가 아버지와 만날 거라는 사실을 난 알았었어요. 하지만 그곳이 밭에서 따먹을 양파나 그저 그렇게 꺾어볼 꽃들이라곤 없는 곳일 거라곤 생각해보지 않았었죠. 내가 힘들어졌던 게 그때였어요. 항상 꽃이로구나. 그들이 그날 날 학교에서 집으로 보냈을 때 어머니가 말씀하셨지요. 그리고 둘째 날 난 그곳에 갔죠. 다음날 우리 부모님은 정학에 대해 논의하기 위해 학교에 오셔야만 했어요. 이상한 것은 아버지보다 어머니가 더 나에게 화를 내셨다는 것이에요. 운명이야, 어머니가 말씀하셨죠. 꽃의 저주야, 어머니가 하신 말씀이에요. 네 아버지 탓이다."

"그 꽃들, 그 전날 오후 수백 송이의 꽃을 훔친 사람이, 내가 바로 이해하는 거라면, 당신이었는데, 어떻게 그것이 당신 아버지 잘못일 수 있소? 만약 당신 아버지가—?"

"전 그 꽃들을 빌렸어요." 그녀가 말한다. "그 가게들, 12개 다른 가게에서 빌린 거예요."

"그래서 당신은 그것이 잘못이라는 걸 알았고, 당신이 잡히지 않을 거라고 확신했던 거군요."

"당신들이 이해하지 못할 거라고 내가 말했지요." 그녀가 말한다. "봐요— 이건 내가 이사했을 때 까딸리나를 떠난 후에도, 그곳에서 줄곧 했던 일이에요. 난 꽃을 갖다주고 올 가족이 더이상 없었지만 그래도 여전히 새벽에 꽃을 계속 모았어요. 그래서 학교에 일찍 도착해서 한사람 한사람의 책상에, 남자애, 여자애, 선생님 책상에 꽃을 두고 올 수가 있었죠. 그리하여 그들은 다시 나를 라 니나 데 라스 플로레스라 불렀어요. 까딸리나 사람들이 부르곤 했던 이름을 반복하고 있음을 그들이 알 도리가 없었지만 말이에요. 그래서 난 필라델피아의 이곳에서 똑같은 일을 하고 싶었지요. 하지만 난 한번 그렇게 할 수 있었을 뿐이에요. 왜냐하면 우리 선생님이 그날 아침 내가 어디서 그 모든 꽃들을 가져오는지, 그 꽃값을 어떻게 지불하는지 등등을 물으셨기 때문이었어요. 당시 난 영어를 거의 말할 수 없었지만 선생님이 기분이 좋지 않다는 사실을 알 수 있었어요. 다행히도 에반젤리나가 날 통역해주었어요. 그 앤 내 옆자리에 앉았거든요. 내가 그 애에게 줬던 꽃이 그 애 머리에서 삐져나와 너무나 예뻐 보였었죠."

"그녀가 죽었을 때 그녀 머리에 꽃이 있었소?"

"무슨 뜻이죠?" 그녀가 말한다.

"꽃 말이오. 여기 내 동료는 당신이 그녀를 발견했을 때 그녀 머리에 꽃이 있었느냐는 거요."

"꽃이요?" 그녀가 말한다. "내가 기억하기로는 아니에요. 난 그날, 그 애의 그런 일 전에— 그 애가 자살하기 전, 난 그 애와 같이 오후를 보냈어요. 처음에 그 앤 미장원에 갔었어요. 그래서 내가 그 애를 발견했을 때 그 애는 예뻤어요."

"그녀는 당신일 거라는 것을 알았소, 아가씨."

"알았다고 생각해요." 그녀가 말한다. "그 애는 내가 그 애에게 사주었던 푸른 원피스를 입고 있었어요. 그래서 난 확신해요. 그 애는 거기에, 자기 침대 위에, 이불을 구기지 않으려고 이불 위에 아주 평화롭게 누워 있었어요. 그 앤 그런 애예요."

"당신은 그녀가 그러리라고는 전혀 의심하지 않았던……."

"전혀요." 그녀가 말한다. "물론 에반젤리나는 화가 나 있었어요. 왜냐하면 그 모든 수출품과 질문과 약속에도 불구하고, 그들이 공장을 폐쇄했기 때문이었죠. 그 공장은 첨단기술 공장이었어요. 우리는 우리 공장—내가 치료사로 일하던 곳—이 문을 닫을 거라고 생각했었어요. 왜냐하면 훨씬 더 오래된 것이었으니까요. 하지만, 당신들도 알다시피, 우리 엄마와 오빠 역시 일자리를 잃었지만, 에반젤리나가 한 것 같은 일은 하지 않았어요."

"당신 오빠는 빚을 진 것 같소, 아가씨."

"노름빚인 듯하오. 아가씨"

"누구도 완벽한 사람은 없지요." 그녀가 말한다. "오빠는 그런 사람이 아니에요. 누구도 마찬가지예요. 분명 저도 그래요. 전 에반젤리나를 말리지 못했죠. 알았어야만 했는데— 그 전날 밤 난 그 애에게 저의 유명한 마싸지를 하나 해주었죠. 하지만 내 손가락은 그 애가 계획하고 있는 것에 대한 기미를 전혀 알려주지 않았어요. 전혀 말이에요. "나 어때, 꽃처녀?" 그 애가 물었어요—그 애는 날 그렇게 불렀지요. 다른 모든 사람이 날 부른 대로요. 난 그 애에게 백만 달러처럼 보인다고 말했어요. "백만 달러라구." 그녀가 말했어요. "좋지." 그런 뒤 그 애는 내게 작별인사를 하고 집으로 가 뿌에르또리꼬의 엄마에게 편지 한통을 쓰고 그날 밤 자살했지요."

"당신이 그녀에게 그 알약들을 준 것은 아니오, 아가씨?"

"당신은 치료사로서 분명히 그런 알약들을 접할 수 있었으니까 말이오. 우린 당신에게 비난을 하고 있는 것이 아니오. 우리는 알고 싶은 거요. 혹시……"

"내가 왜 그 애에게 그런 알약들을 주겠어요?" 그녀가 말한다. "그 앤 나의 가장 절친한 벗인데."

"우리가 절친한 벗들을 위해 하는 것이 바로 그런 종류의 일이오, 아가씨. 우리는 그들을 도와주길 원하잖소, 맞소?"

"전 그런 일은 결코 하지 않아요." 그녀가 말한다.

"당신은 결코 자살을 하지 않는다, 이것이 당신이 뜻하는 말이오, 아가씨? 왜냐하면, 우리가 착각하는 게 아니라면, 과거에 당신도 그런 종류의 일로 문제가 있었기 때문이오."

"에반젤리나는 절망적이었어요." 그녀가 말한다. "그 앤 사람들이 절망적일 때 하는 일을 한 거예요. 우리는 바로 벼랑 끝에서 춤추면서 인생을 살지요. 우린 근처에 벼랑이 없는 것처럼 춤을 춰요. 비록 우리의 어떤 부분은 우리가 끔찍하게 큰 위험을 무릅쓰고 있다는 것, 만약 나쁜 일이 하나만 더 우리에게 일어나면, 발판을 잃어버리게 되고, 미끄러져 그 끄트머리에서 떨어질 것을 알지만 말이에요. 아무도 응답하지 않는 단 하나의 기도도 그렇게 만들 수 있어요. 하나만 발을 잘못 디뎌도. 그 애의 경우엔 그 면담이 그랬어요. 적어도 난 그렇게 생각해요. 만약 그들이 그 모든 질문들을 던지지 않고 해고했더라면 내 생각에 그 애는 괜찮게 꾸려갔을 거예요. 하지만 그들은 그 애에게 굴욕감을 주었고, 그것이 그녀를 그렇게 만들었죠."

"당신은 에반젤리나가 겁에 질렸다는 것, 자기가 누군가에 의해 관찰당하고 있다고 생각했다는 것을 알았었소?"

"경찰이 내게 그것을 말해주었어요." 그녀가 말한다. "알았었어요."

"그런데도 당신은 여전히 당신의 친구의 죽음에 아무 의혹도 가지지 않았소?"

"이봐요." 그녀가 말한다. "에반젤리나는 우울해했어요. 문이 안에서 잠겨 있었고, 또— 게다가, 누가 그녀를 죽이고 싶어하겠어요? 제 말은, 뭔가 끔찍한 일이 일어나려고 하는지 어떤지 보기 위해 늘 어깨 너머로 바라보는 그런 삶이 어떤 거죠? 자, 제가 말씀드리자면, 저 역시 때때로 누군가가 늘 날 따라다니고 있음을 느껴요. 많은 여자들이 그렇게 느끼지요."

"그가 누구인지 당신은 알고 있소, 아가씨?"

"당신 남자친구와 그것에 대해 이야기를 나눈 적이 있소?"

"조니하고 말이에요? 그녀가 말한다. "물론 아니죠. 전 그 사람이 누군지 몰라요. 그런 건 신경 안 써요. 내가 어떻게 알겠어요? 혹은 조니라고 그걸 알까요? 어떤 사람이 왜 내게 관심을 가지겠어요?"

"그래서 당신은 위험에 빠져 있음을 못 느끼고 있군요, 아가씨?"

"위험에 빠져 있다고요?" 그녀가 말한다. "무슨 뜻이죠?"

"위험에 빠져 있다고 했소, 아가씨."

"여기 내 동료가 하는 말은, 에반젤리나에게 일어났듯이 어떤 일이 당신에게도 일어날 수 있다고 느낀 적이 있느냐는 뜻이오."

"위험이요?" 그녀가 말한다. "왜 내가 위험에 빠져 있다고 느껴야 하죠? 누가 나에게 무슨 짓을 하려고 하겠어요? 힘든 것을 감수하게 할 만큼 내가 누군가의 흥미를 끌 이유가 뭐겠어요?"

"우리도 모르오, 아가씨. 아마 당신이 그 질문에 대한 답을 알고 있을 거라고 우린 생각했었소."

2부

그 순간까지, 내 영혼은 신에게서 상실되었고,

탐욕에 완전히 내맡겨졌다.

내 죄가 그러한 것이었고, 내 벌이 그러한 것이었다.

| **단떼 『신곡』, 지옥편(Inferno)** |
| 19곡(Canto), 115~17행 |

넷

……바로 그때였습니다. 내가 들
어가기로 결정한 때가 말입니다.
물론 나는 내 휴대용 비디오를
통해 전체 일을 모니터하고
있었지요. 옆방에서 블
레이크를 주목하면서,
그의 얼굴이 계몽의 첫 단
계를 이수했음을 보여주기를
기다렸어요. 난 그가 록산나에게
고백하고 후회하며 자신이 어떻게 그
것을 보상해줄 것이며, 어떻게 책임에 직
면할 준비가 되었는지를 말하기 시작하는 것
을 들었습니다…… 상황이 충분히 전개되었죠.
다시 말해 그에게 축하하고, 나 자신을 드러내야 할

때가 되었던 거죠.

"축하하오." 내가 침실로 들어서며 말했습니다.

그는 록산나를 침대로 끌고 가 담요로 싼 뒤 그녀를 돌보고 있었지요. 그는 깜짝 놀라 올려다보았어요. 미친 사람 같았죠. 그런 일은 항상 일어납니다. 당신들도 아시겠지만, 환자들은 그리 독창적이지 않아요. 그들은 언제나 똑같은 식으로 반응합니다. 실제로 그들이 미치광이인 것처럼 보입니다.

"블레이크 씨, 축하하오." 한달 동안 처음으로 그를 그저 블레이크라고 부르지 않고, '씨'(Mr.)라는 말을 강조하면서 다시 말했어요. "당신의 치료는 성공적이었소. 당신은 치유되었소. 당신은 더이상 당신의 도덕성에 대해 꺼림칙하게 느낄 필요가 없소, 내 생각엔 그렇소."

그는 나를 심하게, 그리고 사납게 공격했지요. 내가 그대로 옮기자면, 치유된다는 것이 무슨 의미를 가지느냐는 것이었죠. 그리고 만약 그 댓가가 이 사람들의 고통, 저 결백한 남자의 죽음과 저 가엾은 자살자의 망쳐진 인생이라면, 어떤 의미가 있느냐면서 심한 회의를 드러냈어요. 그는 날 감옥에 넣고 싶어했지요. 그것은 자기도 역시 처벌받아야 한다는 것, 우리 모두 이 끔찍한 범죄에 댓가를 치러야 한다는 것을 의미했지만 말이지요.

전 그를 향해 웃었습니다, 바로 그 말이 그가 치유된 증거라고 말했지요. 진짜로 정상이었습니다. "당신은 그들을 더 걱정하는군요." 내가 말했습니다. "당신 자신을 걱정하는 것보다 더 많이.” 다른 환자들은, 당신도 알다시피, 그렇게 명예롭게 비용을 치르지 않았다고 그에게 설명했습니다. 그들은 다른 사람들과 씨름하기보다는 자신들을 괴롭히는 내부의 악마들에게 굴복했습니다. 그들은 자신들의 꿈의 여인, 혹은 꿈의 남자가 죽고 자살하고, 강간당하고, 고문당하는 것을 바라보았지 그들을 구하려고 다른 방으로 넘어가지 않았고, 모든 것들을 잃을 위험을 무릅쓰지 않았으며, 고백하지도 않았습니다. 그들은 완전한 환상에 빠져 그곳에서 빈둥거리면서 시간을 끌고, 죽어가는 입술을 더 가까이 보려고 클릭하며, 심장박동을 멈추는 것, 고통의 비명소리를 바라보았습니다. 그들 역시 치유되었습니다. 치료는 언제나 성공입니다. 왜냐하면 치료의 목적이 환자들로 하여금 자신들이 실제로 누구인지 이해하게 하고 그것에 따라 행동하게 하는 것이기 때문이죠,라고 블레이크에게 난 말했습니다. “그리고 당신이 발견한 것은,” 블레이크에게 말했습니다. “당신은 많은 부적절한 일을 했을지 모르나 그럼에도 불구하고, 당신은 좋은 사람이라는 거요. 당신은 당신 몫의 케이크를 가졌소, 블레이크 씨. 이제 당신은 그것을 먹을 수도 있소.”

“케이크라니요? 도대체 무슨 말을 하는 거요? 부적절한 일들?” 그는 마구 소리치기 시작했습니다. 그의 로샤흐 검사(Rorschach, 태도, 동기, 포부수준, 갈등, 정서적 표현, 공상적 활동, 상상력, 독창성 등 성격과 관련된 측면에 대한 단서뿐만 아니라 지적인 통제력, 지각의 명료성, 현실접촉 및 자아강도 등을 알려주는 검사—옮긴이)가

예견했듯이, 이 계시를 잘 받아들이려 하지 않았습니다. "부적절하다고요? 그녀는 죽을 수도 있었소, 조니처럼 말이오."

난 아무말도 하지 않았습니다. 기다렸어요. 그가 돌파구를 경험하고, 스스로 계시에 다가가는 것이 더 나았습니다. 나는 그가 자기 길을 가도록 도와주기 위해 약간 더 미소를 지었습니다. 소용이 없었습니다. 그래서 나는 조금 더 말을 해서 그를 그쪽으로 몰아갔습니다.

"당신은 사업가요, 블레이크 씨. 누군가를 실제로 죽게 만드는 데 얼마나 돈이 들 거라고 생각하오? 순전히 비용효율적인 면에서 생각해보시오. 혹은 자본금 위험요소에 의거해서 생각해보시오. 당신은 그렇게 쉽게 채무불이행에 빠질 수 있는 국가, 미래계획, 일종의 헤지펀드에 투자를 하겠소?"

난 그가 열을 내며 생각하는 것을 볼 수 있었습니다. 그가 문득 어떤 생각을 떠올리고 모든 것이 분명히 이해되는 것을 볼 수 있었죠.

"바라던 효과를 획득할 수 있는 비용이 덜 드는 방법이 있지 않겠소? 그렇지 않겠소?"

난 그에게 시간을 주었습니다.

"그녀는……" 그는 말하기 시작했으나 말을 중단했습니다.

"그녀는……" 나는 그를 부추겼습니다.

"그녀는— 그녀는…… 배우로군요." 그는 그 말을 주섬주섬 내뱉으며, 더듬거렸습니다. 하지만 그 다음 말은 그러지 않았죠. "맙소사," 담요로 싸인 채, 거짓 구토와 침으로 온통 뒤범벅된 침대 위, 거기에 있는 그녀에게로 다가가 그가 말했습니다. "당신은 배우로군요. 그들—그들 모두 다. 그들도 다 배우였군요, 그들은 항상 그래왔군요—"

"다시 한번 축하하오." 내가 그에게 말했습니다. 기억하시겠지만 우리가 환자들의 부서진 자존감을 구축해야 할 때, 환자들의 에고에 약간 비위를 맞춰줘야 할 순간이 있습니다. "당신은 윤리적이기만 한 것이 아니오, 블레이크 씨." "당신은 또한 극히 인식능력이 있소. 우리 고객들 대부분은, 심지어 다른 쪽으로 건너갈 위험을 무릅쓸 정도로 용기와 품위를 가진 몇몇 소수의 사람들도, 이것이 그들을 위한 특별한 무대장치였다는 것을 그들에게 말해줄 때까지는 깨닫지 못하오. 비록 공연의 질은 흔히 각본의 질에 달려 있지만 말이오— 그리고, 블레이크 씨, 당신의 각본이 최고였소. 당신은 할리우드 영화감독이 돼야 했었는데."

난 손을 흔들었습니다. 여러분들도 아는 그 제스처지요. 그러자 모든 등장인물들이 한꺼번에 침실로 들어왔습니다. 먼저, 이를 씩 드러내며 조니가 들어왔습니다. 그는 한달 치의 월급을 받았는데 겨우 25분 동안 유혹과 전희의 장면을 연기하면서 나머지는 블레이크가 갑자기 그의 소환을 요구하는 경우만 기다리면 되었기 때문에 아마 웃었던 것 같습니다. 그리고 다른 누구보다도 정말 최고였던 쏘니아가 있었습니다. 우리는 그녀의 봉급을 인상해야 할 것입니다. 아니면 그녀를 동업자, 어쨌건 후순위 동업자로 삼을 겁니다. 필수불가결한 일입니다. 그 다음에 더할 나위 없이 신나게 지낸 버드가 왔습니다. 비록 그는 연기가 지나쳐서 연습 때 그의 즉흥연기를 연출자가 일부 약화하려 애썼지만 말입니다. 하지만 버드는 자신을 철두철미 불쾌한 인물로 만들었고, 블레이크를 자극하여 자신을 비난하게 만들고, 자제를 잃게 했습니다. 그 역시 다른 모든 사람들처럼 보너스를 받을 것입니다. 프레드, 제이슨, 씰비아, 네드, 그리고 모든 엑스트라들, 이반과 빅 벤지, 경찰관, 조명 디자이너, 소도구 담당자들, 메이크업 아티스트들, 또…… 음, 우리가 하던 것으로 영화를 찍어도 될 만큼이나 많은 사람들이 그 침실에 가득 있어요. 블레이크의 눈이 되었던 카메라만 빼고 말이지요. 그리고 록산나, 이제 절을 하고 있네요—정말 화려한 공연이었어요.

우리 모두 박수를 치기 시작했고, 그레이엄 블레이크도 웃으면서 같이 합류했어요. 그는 자신의 유익을 위해, 자신의 선함을 증명하기 위해 지휘를 해왔고, 고마워했죠. 내가 여러분들에게 드리고 갈 이 비디오테이프에서 우리의 환자가, 우리의 예상대로, 내면의 어둠을 그의 눈 뒤에, 그의 박수 뒤에 가리려는 것을 보시면 재미있을 것입니다.

우리 모두 터벅터벅 통제실로 걸어갔는데, 그곳에서는 쌘드라가 축하와 작별을 겸한 파티를 준비하고 있었습니다.

블레이크는 매우 고상했습니다. 모든 사람을 껴안아주었죠. 록산나를 특히 더 길게 안았지요. 물론—뭐라고 해야 할지?—머뭇거린다는 암시를 주면서요. 록산나는 그 미세한 주저와 수줍움을 눈치챘음에 틀림없습니다. "힘들지 않았나요?" 그녀가 물었습니다. 그가 대답했습니다. "물론 괜찮았습니다." 하지만 그가 고마움을 전하기 위해 몸을 돌려 나를 그의 팔에 껴안았을 때, 전 알 수 있었습니다. 그는 내가 의무의 일부로, 그 상품을 시험해보지 않았을까 궁금해하고 있었다는 것을 말입니다. 난 그가 그 생각을 하고 있다는 것을 알 수 있었습니다. 나중에 우리 둘만 남게 되면 그가 그 질문을 할 것이라는 걸 전 알았습니다. 마침내 그가 그 질문을 불쑥 던졌을 때, 그의 무신경이 절 깜짝 놀라게 했습니다. 더이상 자신의 혀를 길들이거나 자신의 질투심을 숨길 노력 같은 것은 전혀 할 필요를 느끼지 못했다는 사실 말입니다.

"당신은 그녀를 망가뜨리나요? 록산나를? 그녀의 진짜 이름이 무엇이든 말이죠. 그것 역시 거래의 일부인가요, 상품을 전시하기 전에 먼저 시험해보는 것 말이요, 톨게이트?"

전 그때 대답을 했습니다, 제 말은 나중에 하우스톤에서 있은 우리의 후속조치 기간에 대답했단 뜻입니다. 저는 평상시에 제가 그렇게 하듯, 그건 당신이 알 바 아니라고 대답했고, 그런 식의 행동은 저의 개인적인 윤리와 상충할 것이라는 점을 시사했습니다. 고도에너지 집약적인 치유는 담당자에게 어떤 흠결이 없어야 성공한다는 저의 견해를 그는 이해하는 듯이 보였습니다. 설령 담당자에게 흠결이 있더라도, 결국 치료가 일어나고 있는 동안에, 그 누구도 상처를 받거나 학대당하지 않으며, 그 누구도 다른 사람에게서 쾌락이나 권력을 추출하기 위해 지배력을 사용하지 않는다는 것을 전 알고 있습니다. 그것은 그가 실제 삶으로 돌아갔을 때, 극도의 책임감을 행사하면서 그가 존재하는 방식이 될 것입니다.

"당신은 세상을 깜짝 놀래키며 복귀할 거요, 블레이크 씨. 당신은 당신의 강박을 구현했고, 그 강박들이 최종적인 도덕적 결정에 영향을 끼치지 않는다는 것을 알았소. 당신은 당신의 직업이 요구하는 어려운 선택과 타협하게 되었소. 아마 당신은 약간의 고통을 끼치게 될 것이오. 하지만 모든 사람의 최상의 이익을 염두에 두고 그 일은 행해질 것이오. 비상시에, 상황이 험악해져 당신이 몇몇 불가피한 고통을 끼쳐야 할 때, 당신은 더욱 큰 이익, 모든 사람의 최상의 이익을 위해 노력할 것이라는 믿음을 줄 수 있음을 스스로 증명해 보였소."

그가 그것을 어떻게 받아들였는지 알고 싶으십니까?

제 추측이 너무나 잘 맞았습니다. 그가 절 믿었다고 해두겠습니다. 지금은 말입니다.

한가지 더 흥미로운 전개가 있었습니다.

우리들의 그 마지막 기간이 끝나기 전, 그가 전체적인 만족감을 표현하며 나머지 3백만 달러가 3자 예탁에서 풀려나 우리 계좌로 송금되는 길을 닦은 바로 직후에, 제게 물었습니다.

"우리 어머니에 대해서는 어떻게 알았소?"

"당신의 어머니?"

그는 멈칫멈칫 시간을 끌며 설명했습니다. 마치 그 경험의 깊이를 이제 막 알게 되어 그 깊이를 올바르게 측정하여 숨겨진 의미를 찾으려는 것처럼 말입니다. 분명히 그는 치료의 절정의 순간에 접근했습니다. 록산나가 그녀의 주특기가 된, 승낙과 찬탄의 시선으로 그를 듬뿍 감싸고 있었던 때였지요. 그런데 그는 자신의 어머니가 죽어가고 있었을 때의 기억을 우연히 떠올리게 되었습니다. 그는 멈추었습니다. 아마 내가 끼어들기를 기다리거나 혹은 어쩌면 자신의 감정적 동요를 말로 표현하기 위해 그저 애쓰고 있었는지도 모릅니다.

"날 치료해주신 데 대해 뭐라 감사해야 할지 모르겠군요." 그가 말했습니다. "난 자살했다고 생각했소. 우리 어머니 말이오. 그동안 계속 난 어머니가 자살했다고 믿어왔소. 내가 어머니 옆에 앉아서 어머니가 그렇게 하는 것을 지켜보면서도, 어머니를 멈추기 위해 아무것도 하지 못했다고 믿었었소. 심지어 나 자신에게도, 심지어 나 자신에게도 말할 수가 없었소. 때때로 떠오르곤 했소, 죄책감이, 그……"

다시 그가 말을 멈췄습니다. 이번에는 내가 그를 도왔습니다.

"그 치료는 당신을 도와 깨닫게 해주었던 것이오……"

"그것이 거짓 기억이라는 것을 말이오. 록산나가 실제로 자살하는 것을 보자—음, 그건 내게 진짜처럼 여겨졌소—난 우리 어머니가 그처럼 죽지 않았다는 것을 깨닫게 된 것이오. 마음속에서 난 보았소— 난 우리 어머니가 평화롭게 돌아가신 것을 기억했소. 그 치료 덕분에 이제 내가 비난받을 사람이 아니란 것을 알게 된 거요."

"당신은 비난받을 사람이 아니었소." 내가 동의했습니다. "당신 말이 맞소. 당신은 아마 당신이 살아남은 것을 상쇄하기 위해, 당신 어머니를 구하지 못한 것 때문에 당신 스스로를 벌주기 위해, 당신 어머니가 자살했다는 상처의 기억을 만들어낸 것이오. 그러고는 그것에 대해, 그리고 다른 것들, 너무나 많은 다른 것들에 대해 죄의식을 계속 느꼈던 것이오."

"내가 이해할 수 없는 건," 블레이크가 다시 시간을 끌며 말했습니다. "당신이 우리 어머니에 대해, 그리고 어머니의 죽음에 대한 내 느낌을 어떻게 알게 되었나 하는 거요. 내 말은, 그 때문에 당신이 마지막에 자살을 계획했던 것이 아니오, 안 그렇소? 록산나는 이 달 내내 그 마지막 장면을 기대해왔다고 내게 말했소. 자신의 기가 막힌 솜씨라고 록산나가 말했소. 그래서 당신이 알다시피, 그녀는 그것이 오고 있다는 것을 알았소. 이전에 내가 내 이야기의 각본을 어떻게 짰든지간에, 내 이야기가 어디서 끝나는지를 말이오. 단지— 당신은 어떻게 알았소? 내가 필요로 했던 것이 그것이오?"

전 그에게 우리들의 치료 대부분은 그런 종류의 과장, 즉 결말에 극적으로 무대에 올려지는 자살 혹은 환자를 시험할 다른 형태의 극단적 폭력으로 끝난다고 말했습니다. 난 프로이트 이론을 그다지 믿지 않으며, 가설연기를 통한 나 자신의 치료, 톨게이트 씬드롬의 필연적 결과를 더 선호한다고 말했습니다. 그의 사례에서는 운 좋게 들어맞은 추측과 운 좋게 일어난 우연이 있었던 겁니다.

전 그가 확신을 얻었다고 생각지는 않습니다. 그는 날 거의 전능한 사람으로 보고 있습니다. 마음을 읽는 사람. 꿈속에 들어오는 사람. 아직 다가올 것을 생각하면, 그렇게 생각하는 것이 그에게 나쁜 것은 아닙니다.

당신이 지금, 당신의 눈으로 하고 있는 그 왕성한 질문에 대해서—록산나에 대해, 그리고 그녀와 나의 관계를 두고 그레이엄 블레이크가 노골적으로 했던 질문에 대해, 당시 난 그에게 대답하지 않았고, 지금 여러분들께도 분명히 답변하지 않을 것입니다.

여러분들 자신이 충분히 운이 좋아 우리의 치료를 경험한 후에, 이 사업, 즉 말하자면 새롭게 시작한 사업에 자금을 공급할 정도로 충분히 좋으실 때에, 난 우리 관계의 특별한 규칙과 한계를 정했다고 믿고 있습니다. 이윤이 상당할 것이라고 제가 여러분들께 약속했던 말을 기억하시겠지요. 실제로 이윤이 상당한 상태입니다. 미래에 대해 말하자면, 이 나라에서만 억만장자가 4백만명이고, 이들을 향해 이윤을 올리는 동시에 더욱더 윤리적으로 보이라는 압력이 전보다 훨씬 거세져가는 상황에서, 수많은 정신질환이 생길 것입니다. 그리하여 우리의 수입이 건전하게 성장할 것으로 예상됩니다.

하지만 우리의 첫 모임에서 명확해졌습니다—그리고 우리는 그 문제를 이어지는 행사들에서 자세히 다루었습니다—지금까지 여러분들에게 허락되었고, 그리하여, 그렇게 말씀드릴 수 있을지 모르지만, 여러분들께서 아주 속속들이 맛보았던 환자들의 비밀파일, 테이프, 의사록에 대한 무제한의 접근이 저의 사적인 생활이나, 우리 직원과 연기자들의 사적 관계의 세부적인 부분들까지 확장되지는 않는다는 점 말입니다. 전 경계 밖에 존재하고 있으며 계속 그렇게 있을 작정입니다. 결국, 말하자면 삶에서 중요한 것은 모두 다음과 같은 선택으로 귀결되고 있습니다. 우리가 미생물을 관찰하는 눈이 될 것인가, 아니면 우리가 어떤 우월한 눈에 의해 관찰되는 미생물이 될 운명에 처할 것인가?

그의 치료가 다음 단계로 접어들면 우리의 친구, 그레이엄 블레이크가 직면하게 될 선택입니다.

여러분들에게 계속 보고하겠습니다.

테이프를 즐기십시오. 그리고 다 보시고 나면 제게 다시 돌려주시기 바랍니다.

다섯

난 그들을 바라보고 있어. 왜냐하
면 난 더이상 록산나, 나의 것이
아닌 록산나, 심지어 록산나도
아닌 너를 볼 수가 없기 때
문에. 이런 식으로 내 머
리 안에서 네게 이야
기하는 것이 미친 짓이란
걸 알아. 하지만 존재하지 않
는 사람이고, 나에게 판단을 내리
지 않을 사람이고, 나로 하여금……
자유라고 할까, 지금 내가 하고 있는 것,
지금 내게 일어나고 있는 일을 자유라고 부
를 수 있을까마는 거기를 향한 이 길을 떠나게
만든 사람을 향해서가 아니라면, 달리 누구에게 내

비밀들을 털어놓을 수 있겠어?

나에 대해서 다시 한번 생각해본 적이 있어? 지금 그레이엄 블레이크에 대해 생각하고 있어? 나처럼 망가진 또다른 경영자를 위해 네가 어디선가 똑같은 역할 내지 다른 역할을 하며 그로 하여금 그 자신을 직면하도록 유혹하고 있는 바로 이 순간에 말이야. 거실을 가로지르고, 그의 스크린을 가로질러 느린 동작으로 왈츠를 추면서 그의 심한 불면증을 없애버릴 때, 내가 너의 생각 속에 있어? 그건 똑같은 인물인 거야? 아니면 다른 나라 출신의 다른 가족을 가졌으되, 언제나 너인, 그 미끄러지듯 움직이는 스텝, 그 고요히 꽃같이 사뿐사뿐한 걸음으로 떠다니는 또다른 인물이야?

혹은 아마도 그것은 오직 나를 위한 것이었는지도, 나를 구하기 위해서만 이루어진 연기였을지도 모르지. 난 네가 다른 남자를 위해 그런 몸짓들을 반복하고 있지 않음을 내 스스로 확신시키려 하고 있어. 그 몸짓들은 그레이엄 블레이크를 위해서만 고안된 것이고, 다른 누구도 거기에 접근할 수 없을 것이라 희망하면서. 하지만 그러고 나서 난 생각하지, 아니야, 그것이 실제 너의 모습이라면, 즉 네가 나에게 보여준 쾌활하고 신비하고 마법 같은 록산나의 이미지가 하나의 연기가 아니라 너의 진정한 자아를 비춘 거울이라면 훨씬 더 좋겠다고 말이야. 내가 이 말을 하는 대상이 그런 사람이길 바라. 결국, 넌 나를 치유했어— 너의 유일한 관객이자 고독한 환자이며 저 먼 곳에 있는 너의 찬미자에게 어떤 일이 일어났는지 궁금하지 않아? 톨게이트에게 나에 관해 물어보지 않았으며, 내 주위의 모든 사람들이 내가 나아졌다고 생각한다는 소식을 그에게서 전해 듣고 기뻐하지 않았다고는 말하지 말아줘.

그래 난 양호해. 그래. 내 주변에서 날 관찰하고 축하해준 사람들, 그들 역시 틀렸으며, 그들은 내가 실제로 어떤 일을 겪고 있는지 조금도 눈치채지 못하고 있다는 점만 제외하면 말이야. 오, 난 잠도 잘 자. 내가 사람들에게 "환상적인 온천"이었다고 말한 곳에서 보낸 한달간의 휴가에서 에너지를 터질 듯 충전하고 돌아왔어. 난 회사가 고안해낸 가장 멋진 캠페인, 좌파, 우파, 중도파 모두로부터 환호를 받은 "가슴으로 구조조정하기" 캠페인을 시작할 수 있었어. 내 책상 위에 쌓여 있던 그 모든 힘든 결정들을 손가락의 떨림이나 관자놀이의 두통 없이 처리했음은 말할 것도 없고. 그리고 마찬가지로 중요한 것은, 네가 나타샤에게 보낸 이 야만적이면서 부드러운 연인을 나타샤가 너무 기뻐했다는 거야. 그래, 네가 그녀에게 이 선물을 보냈고 그녀, 나타샤는 깜짝 놀랐었어. 내 모습에. 내가 얼마나 현명하고 자제심이 있으며 사려깊고…… 또…… 뭐가 있을까? 내가 "돌봄, 공감, 경쟁으로 글로벌 기업의 새로운 이미지를 만드는 데 항구적인 기여"를 했다고 해서 세계경영인협회에 의해 최고경영자상을 받을 수 있는 최고의 영광을 안았다고 아마 톨게이트가 네게 이야기했을 거야. 만약 널 다시 만난다면, 며칠 전 밤, 수단의 굶

주리는 아이들에게 2백만 달러를 보내기 위해 한사람당 2천 달러를 받고 모신 천명의 하객들을 향해 연설했던 그날 밤의 신문기사를 보여줄 수 있을 텐데, 그들이 얼마나 나를 축하해주었는지, 나의 최근의 성취를 얼마나 칭찬했는지 말할 수 있을 텐데. 당신은 이보다 더 잘할 수는 없습니다, 그들이 내 등을 두드리며 말했어. 그건 사실이야. 내게는 모든 것이 상승기세에 있었어. 그런 뒤 그들 중 하나는 내가 우리 클린 지구에서 가장 현명한 사람이라고 덧붙였어. 다른 사람들로부터 맞소,라는 합창이 울려퍼졌지. 당신의 건강과 에너지를 우리도 가졌으면 좋겠소,라는 소리였지. 하지만 그들은 몰라. 내가 그들을 믿지 않으며, 그들을 관찰하고 있으며, 그 관찰을 멈출 수 없다는 사실을 그들은 몰라. 난 그들 모두를, 내 벗으로 가장한 적들을 비정상적으로 관찰하고 있어. 그래, 비정상적으로.

난 이런 느낌을 가지기 싫어. 마음속으로 네게 이런 말을 중얼거리는 그레이엄 블레이크가 싫어. 하지만 난 그를 죽이지 않겠어. 내가 이 세월 동안 그랬듯이, 내 내면에서 네게 말하고 있는 그가 여기 없는 척하지 않겠어.

나의 것이 아닌 록산나여, 난 내가 그, 즉, 내가 형성되었던 모습과 함께 공존해야 한다는 것을 돌아온 첫날 밤에 깨달았어. 나타샤는 침대 위에서 우리들의 그 체육시합 같은 것 때문에 지쳐 곯아떨어져 있었고, 난 그녀 옆에 손을 잡고 누워 그녀의 금발을 쓰다듬은 뒤 침대에 앉아, 내게 너무나 가까운 동시에 너무나 멀리 떨어져 있는 그녀를 살펴보았지. 그 꿈들을 난 결코 알지 못할 거였어. 그 육체를 난 결코 완전히 소유하지 못할 거였지. 그러면 다른 무엇이 새로운 걸까?

록산나. 나의 것이 되지 않을 것이나 한때 나의 것이라고 생각했던 사람. 새로운 것은 이런 거야. 난 일어나서 내 서재로 갔어. 서랍을 열고 그것을 꺼낼 때까지도 내가 뭘 찾으려고 하는지도 몰랐어. 난 헥터가 그것을 놓아두는 곳을 알았지. 거기에 그것이 있었어. 캠코더가. 내가 갈망한 것이 바로 그거였어. 난 우리의 침실로, 문지방으로 되돌아가, 나타샤가 깨어나더라도 직접 보지 못하는 곳에다가 그녀를 향해 캠코더를 고정시켜놓았지. 한동안 난 녹화버튼을 누르지 않고, 그저 줌인 했다가 줌아웃 하곤 했어. 마치 캠코더 렌즈를 가지고 그녀와 그짓을 하듯이. 네가 굼뜬 동작으로 가르쳐준 그 은밀한 태도로 그녀의 몸을 따라가면서 시간을 끌었지. 그러다가 그때, 오직 그때 녹화버튼을 눌러 그녀를 인공적인 기억 속에 기록하고, 잠자는 야생동물 같은 그녀를 확보해두었지. 한시간이 흐른 그때, 오직 그때 난 비디오를 옆방으로 가져가 홈비디오 기기 속에 집어넣어, 나와 너의 그 가짜 욕실을 분리했던, 한쪽 면만 있던 거울만큼 큰 크기로 여기 나의 하우스톤 가옥에 설치된 스크린에 대고 되감기를 해서 나타샤가 잠자는 것, 네가 필라델피아 시절에 하던 식으로 밤을 들이마셨다가 내뱉는 것을 지켜보았어. 그리고 난 내가 원한 것을 너에게 할 수 있었을 때의 그 모험의 경이로움으로 되돌아갔어. 내가 원하는 것 무엇이나 이제 나타샤에게 할 수 있다는 것을 오, 너무나 서서히 깨달았어. 내가 만약 그녀를 죽인다 해도, 죽였다 해도 아무도 모를 것이었어. 난 권력이 있고, 돈이 있고, 상상력이 있어. 난 플롯을 짤 수 있고 결코 수행되지 않을, 하지만 수행될 수는 있는 씨나리오를 내 머릿속에 만들 수 있어. 만약 내가 누군가를 해치고 싶은 욕망이 있다면 수행될 수도 있는 그런 씨나리오. 내가 그것에 대해 생각하지 않는 것은 아니야. 네 눈동자가 나의 가장 깊숙한 부분을 바라다보았어. 그건 사실이었어. 사실이어야 했어. 연기였을 수가 없어. 날 조사하고 있는 이는 너였어. 난 너의 그 모성적인 눈에서 나 자신을 보았어. 넌 날 보았고 날 나 자신에게 돌려보냈지. "당신이 무엇을 하건, 그건 최상을 위한 거예요." 넌 내게 말했어. "결국, 당신이 만들었던 재앙에 대해 당신은 기꺼이 비난을 감수할 거예요." 너의 눈이 그렇게 말하고 있었어. "선한 사람만이 그것을 할 수 있었을 거예요." 네 눈이 그렇게 말할 때 네가 옳다고 생각해, 록산나.

그렇다면, 내게 무엇이 잘못이냐고? 잘못은, 내가 잠자고 싶을 경우, 내가 쉬고 싶을 경우…… 치러야 하는 댓가가 있다는 것, 모든 것에 댓가를 치러야 한다는 것이야, 록산나라는 이름도 없는, 나의 록산나여. 난 나를 위협하는 은밀한 세계를 은밀하게 녹화해야 해. 내 몸이 내 손에 원하는 것이 바로 그거야. 우리가 같이 보낸 달의 최종 결과가 그거야. 넌 내 스스로의 도덕성을 향한 의혹들을 치유해주었어— 하지만 지금 난 이전에 걱정하고 집착에 빠지면서 소비했던 시간을 다른 종류의 활동으로 채우고 있어. 지금 난 이미지들을 집어삼키면서, 내 주변 사람들이 하고 있는 일, 그들이 하고 있는 모든 일을 내가 어떻게 목격할 수 있는지를 생각하면서 하루를 보내.

그 첫날 밤 난 잘 잤어. 그리 많이 자진 않았지만 푹 잤지. 그리고 그 바로 다음날 난 나타샤보다 먼저 일찍 일어났는데 마음의 평화를 가지기 위해 해야 할 일이 무엇인지 절대적으로 명확해졌어. 아침식사 전에 나는 스윗 스파이즈 회사로 전화를 걸어 적절한 가격에 내 아파트에 몰래카메라를 설치하도록 했어. 그런 뒤 난 헥터를 내보내 정오에 도시 다른 편에 있는 아이들에게 선물을 배달하게 시키고, 하녀에게 하루 휴가를 주었으며, 한낮에 사무실로 급히 돌아와 각 방마다 몰래카메라 써비스를 설치하도록 감독했지. 그때 필라델피아에서 록산나, 너와 내가 함께 있을 때와 꼭 마찬가지로 말이야. 단 지금은 내가 실제로 통제하는 위치에 있다는 것, 존재하지 않고, 내 말을 들을 수 없는 한 여인에게 이 플롯을 속삭이는 유일한 사람이 나라는 것만 다르지. 아무도 못 들어오는, 심지어 헥터도 들어올 수 없는 내 개인용 욕실에는 버튼과 스위치를 조작하는 나 외엔 아무도 없어. 그래서 나는 한가할 때 나타샤를 관찰할 수 있고, 하인들과, 집을 방문할 때의 내 아이들을 관찰할 수 있어. 나 자신을 관찰할 수 있어.

어느날 밤에는 비디오들을 안 보려고 해봤어. 록산나, 난 그렇게 해봤어. 그러자 두통이 내 두개골로 미끄러져 되돌아왔으며, 날 쉬게 내버려두지 않는 비열한 생각들과 짜증이 마음에 생겨났어. 얼굴들을 계속, 계속 때리고 싶은 욕망이 일었어. 그래서 얼른 보았더니 금세 괜찮아졌어. 마약같이.

내 아파트뿐 아니라 다른 모든 곳에도 있어. 난 탐정들을 고용해서 녹화하고 기록하게 만들었어. 제씨카를 따라다녀라. 혹은 운동장에 놀고 있는 내 아들을 따라다녀라. 그리고 그 장면에 내가 들어가지. 그날 밤 그레이엄 블레이크는 운동장에서 자기 아들과 놀고 있는 그레이엄 블레이크를 보게 돼. 나의 가장 절친한 벗, 쌤 헬넥. 나를 생명치료쎈터로 인도해준 사람. 난 그가 자신의 아내와 함께 보내는 가장 사적인 순간, 그들이 했던 말다툼, 섹스 없이 잠드는 그들의 밤을 망치는, 서로간에 주고받는 모욕들을 녹화했어. 난 그들이 잊어버린 것들을 알고 있어.

기억은 망각의 기술입니다,라고 톨게이트 박사가 말했어. 하지만 난 아니야. 내 카메라도 내 인공위성도 아니야. 나의 친구들과 동업자들이 자기 자신인 순간들을 내가 계속 반복해서 보다가 마침내 내가 그것들을 외우고, 그것을 모두 밝혀주는 순간, 그들이 살아가기 위해 이미 지워버린 경험의 감춰진 내장을 겉으로 드러내는 순간에 맞춰놓을 수 있기 때문이야. 그러면 내가 무엇을 하는지 알아, 록산나? 그럴 때 난 그들과 함께 식사를 하지. 난 쌤과 미리엄을 조작할 지식을 사용하고, 그들이 피하려고 하는 한가지 주제로 대화를 몰아가서 그들이 어색해하는 것을 바라봐. 난 원기를 회복해주는 잠을 잔 후 이튿날 깨어나 활기로 충만한 상태에서 세상의 꼭대기로 갈 준비가 되어 있는 거야. 난 사무실로 가지. 사무실에도 난 비디오 보안씨스템을 설치해놓았어. 모든 회사원들의 모든 교대며 빈둥거림이며 얼버무림이 쉽게 들어오지. 난 내 공장과 빌딩의 홀에 염탐꾼을 고용해서 순찰하게 했어. 그들이 방송을 위해 정보를 모으는 기자들인 척 꾸미고서 말이야. 내게는 수백개, 수천개의 테이프가 있어. 내가 볼 수 있는 것보다 더 많은 양이지. 모든 이메일이 핵심어를 찾기 위해 검색되고 추적되고 밑줄 표시가 되고 있어.

이 거대한 스파이 프로젝트를 건강상의 이유로 난 시작했어. 혹은 처음에 내 스스로 그렇게 말했어. 이건 내 치유의 이행기적 연장일 뿐이야, 자기가 사랑하는 사람들과 자기가 같이 일하는 사람들에게 결코 이런 일을 하지 않을 예전의 그레이엄 블레이크에게 난 이렇게 중얼거렸어. 그런데 세계의 최고경영자인 새로운 그레이엄 블레이크는 다른 철학을 가지고 있어. 사람을 영구적으로 해치지 않는 한, 당신이 하는 일, 당신이 스스로를 즐기는 방식이 무슨 문제인가. 좋은 사람은 궁극적으로 해를 가할 수가 없다. 너와 톨게이트 박사에게서 배운 거지. 시작버튼을 누를 때 카메라의 눈과 유리 칸막이를 통해 널 바라보는 전율로 나를 다시 홱 잡아당기는 그 순간의 쾌락을 부인하지 않을 거야.

물론, 넌 나에게 삶의 새로운 속도를 가지게 훈련시켰어. 서두르는 법 없이 사물들이 표면에 떠오르게 하는 힘든 접근이었지. 어떤 것을 진정으로 발견하는 유일한 방법이었어. 기다리세요, 넌 그렇게 말하곤 했지. 그러므로 나의 강박이 쾌락의 첫 황홀감을 넘어 좀더 본질적인 어떤 것에 근거하고 있다는 것, 나의 어떤 영역이, 내가 그것을 직면할 준비가 되어 있을 때까지 풀어놓고 싶어하지 않는다는 예감을 발견하는 데 시간이 걸렸다는 것은 놀랄 일이 아니지. 내가 주변 사람들을 녹화한 것은 생존하기 위한 유일한 방법이기 때문이야. 록산나, 넌 이해할 거야. 한달 동안 네 예쁜 엉덩이, 너의 가슴 사이의 골, 샤워하는 안까지 카메라를 달고 살았던 너. 그들이 나에게 하길 원하는 게 바로 그거야. 분명해. 네가 실재의 인물이 아니었다는 것, 넌 실재하는 사람일 수가 없다는 것을 뭔가가 나에게 중얼거리는 것 같아— 그와 똑같은 뭔가가 내게 경고를 주고 있어.

그들이 날 가지려고 나갔어.

그들은 아직 조처를 취하진 않았어. 난 내 사무실을 정돈하고 내 아파트를 살폈어. 그들은 내가 자신감과 나른함과 느슨한 상태에 빠져 경호원을 그만 쓰기를 기다리고 있었음에 틀림없어. 그런 다음에 자신들의 카메라를 설치하겠지. 날 포착하기 위해서 말이야. 내가 널 조사했던 식으로 날 조사하겠지.

그들은 누구일까?

내가 알아내고자 하는 것이 그거야. 왜냐하면 내가 한걸음 더 앞서 나가 그들을 관찰하고 있다는 것을 그들은 모르기 때문에. 그들은 내가 좋아하는 순간이 있다는 걸 몰라. 나한테서 숨겨져 있는 비밀들을 그들로부터 짜낼 수 있게 될 때까지 내가 보고 또 보는 순간들.

그들 모두는 왜 그렇게 나를 생명치료클리닉으로 보내려고 안달이었을까? 내가 떠나 있던 동안, 록산나 너와 네 가족과 더불어 날 치유하고 있던 그 달에 무슨 일이 일어났지?

여기 그들의 진짜 의도를 보여주는 순간이 있어.

첫번째 순간. 난 힐튼에서 세계최고경영자 상을 받고 있지. 내가 군중에게 하는 것을 봐봐. 우리가 사업을 할 것이라고 한 사람에게 약속하고, 클럽의 차기 회원과의 수상한 계약을 연기하고, 그에게, 아마도, 나중에 전화하세요, 같은 말을 하고, 세계적 차원에서 경쟁과 공감은 양립 불가능한 것이 아니라 서로 보완적이라는 내 기도를 늘 옹호하지. 저기 제씨카가—내 아내이자 동업자. 전 아내이자, 현재의 동업자라고 해야겠지—내게 와서 키스를 해주고 있어. 한동안 내게 키스를 해주지 않았지. 실수야, 저 키스는. 사과 향이 나는 립스틱이었어. 사과와 더불어 또다른 향, 즉 사향 냄새 나는 떡갈나무 향이 한번 휙 풍겼어.

"우리는 언제 같이 있게 될까요, 당신과 나 말이에요."

마치 우리가 매일 직장에서 만나지 않는 것처럼. 지난주에

같이 식사를 하지 않은 것처럼. 이번 일요일에 아이들과 같이 소풍을 가지 않을 것처럼.

"언제 우리 같이 있게 될 거죠?"

그녀는 진심이야. 진심이고 싶은 거지. 하지만 난 훈련을 받았어. 네가 날 훈련시켰지. 심지어 그때에도 록산나가 아니었던, 록산나. 그때 날 바보로 만들었으나 지금은 날 바보로 만들지 못할 너. 제씨카 역시 날 바보로 만들 수 없듯이. 제씨카는 연기를 하고 있는 거야. 그런 척하는 거지. 나의 전처. 위장하고 마스크를 쓰고, 더빙하고 있는 거지. 내가 그녀의 진심을 구매할 수 있도록 술취한 척하는 거야. 필요하면 내일 자기 말을 부인할 수 있도록.

"보고 싶어요." 너무나 낮게 말해서 그 말을 알아들을 수도 없어. 사과 향을 풍기는 저 붉게 익은 입술.

나타샤가 날 구해줬지—그녀 역시 일종의 게임을 하고 있어. 비록 그들이 그녀에게 비용을 준다고 생각하고 있지는 않지만. 난 저 테이프들을 조사해봤어. 그녀가 숨기고 있는 것은 무엇이지? 그녀에게 빚이 있나? 돈을 원하나? 혹은 내가 공평하지 않나? 백설공주 쏘니아가 공언했듯이, 내가 나쁜 후속편의 진통을 겪고 있는 건가? 그럴지도 모르지. 아마 내가 나타샤를 사랑하듯 그녀도 날 사랑하는지도. 내가 그녀를 사랑한다고, 아니 적어도 그녀를 좋아한다고 내가 말했던가? 그녀는 노리개야. 몇시간이고 자고 있는 어떤 사람을 바라보면 넌 알 수 있어. 알게 되고 말지. 저 암여우 같은 제씨카의 손아귀에서 날 풀려나게 해준 것에 대해 난 그녀에게 빚지고 있어. 만약 내 전처가 이 사업의 제1 동업자가 아니라면, 난—

우리는 리무진에 올라탔어. 거기에 누가 있다고 생각해?

저 비디오를 봐. 내가 켜볼게.

저 사람은 행크 그랜저야. 아마 행크 그랜저를 넌 알겠지? 아마도 고객으로 아는 거겠지? 혹은 다른 어떤 것으로? 네가 날 바라보았듯이 그를 보았어? 그가 주인이라도 된 것처럼, 나의 리무진에 앉아 있어. 마치 그가 곧 차주인이 될 것인 양. 그만 좀 따분하게 굴라고, 그랜저. 내가 팔지 않을 것이라고 말하지 않았나?

"자네는 사업을 망치고 있네." 그랜저가 속삭였어. 중요한 건 그가 추잡하게 가까이 와서 그의 숨결이 내 입에 스며들었다는 거야. "필라델피아의 그 위태위태한 공장을 업그레이드하는 방법을 연구하라고 지시했더군. 그러지 말게."

난 어느것도 부인하지 않을 거야. 난 그의 지루한 논평을 듣지도 않고 있어—물론 난 그 공장을 업그레이드시키고 싶어. 그곳은 록산나, 네가 일하는 곳이야. 네가 일하고자 했던 곳. 아침에 가는 척하고, 저녁에 노동자들을 위해 기도하고 있는 척하고, 밤에 그 먼지를 씻어내는 척했던 곳. 우리 아버지가 세운 공장. 난 그 공장을 구하려고 해. 왜냐하면 그 공장은 우리 아버지와 너와 내게 속해 있기 때문에. 존재하지 않는 너의 가족들과, 존재하고 있으며, 공장의 요동치는 박동을 필요로 하고 그들의 건강, 미국의 건강, 그리고 나의 건강을 위해 씨리얼과 차와 화장용 크림을 생산해야 하는 그 가족들에게 그 공장이 속해 있기 때문에. 그 공장은 나의 과거이고 우리의 공통의 유산이기 때문에 구했어. 그 복도를 따라 걸어갔던 것이며 누군가가 내 손을 잡아서 쳐다보니 우리 엄마였던 것을 난 아직도 기억할 수 있어. 그래서 난 그곳에서 그 기억들을 없애고 아파트나 상가로 변화시켜 낯선 사람들로 가득 채우는 일 같은 것은 안할 거야.

그것은 내가 어릴 때 생각했던 것은 아니야. 그건 나타샤, 록산나 너보다 더 성행위를 잘하지만, 너같이 매력적이지는 않고 너같이 그렇게 훌륭한 여배우도 아니고 너처럼 천천히 걷지 않고 기도할 수도 없지만 결코 물리지 않는 사랑스러운 나타샤가 우리의 침대에서 잠들어 있는 늦은 밤시간에 내가 그 테이프를 보고, 그랜저에게 덤벼들면서 지금 생각하고 있는 거야. 나를 위해 기도하고 있었던 거야, 록산나? 너의 기도가 날 치유해준 거야? 교황도 기도를 통해 날 치유할 순 없었을 거야. 교황에게는 그렇게 귀여운 엉덩이가 없지. 하지만 그건 그랜저가 숨을 확 불면서 접근했을 때 생각한 것이 아니야. 그의 입술에선 사과 사향 오일의 아주 희미한 흔적이 있었어. 그의 입술에 제씨카의 암시와 힌트가 느껴졌어. 그는 언제 그녀에게 키스했나? 언제 그녀가 그의 입술에 다가갈 만큼 그렇게 가까이 가서 그의 귀가 아니라 그의 입에 대고 말을 풀어놓았을까? 언제였나? 세계최고경영자 시상식에 그녀가 나타나기 전에 그들은 같이 그짓을 했을까? 그가 너무 평판이 안 좋아서 사람들이 힐튼의 연회장으로 그를 들여보내주지 않았기 때문에, 그가 나의 리무진에서 날 기다리고 있기 전에? 아니면 이 모든 것들을 내가 만들어내고 있는 건가? 모든 것에 스며들어 있고, 심지어 그녀의 기억으로 내 미래에도 영향을 주는 제씨카의 흔적이 내 콧속으로 휘감겨 들어오고 있는 건가? 내가 편집증인가? 너와 톨게이트와 함께 보낸 한달, 그 삼각관계가 내게 한 일이 그것인가?

"자네는 회사를 출혈시켜 죽이고 있네. 사업적으로 이치에 맞지 않네." 그랜저가 내가 가는 방향으로 말을 날려 보냈어. 마치 제씨카의 향기를 내쪽으로 후 불기라도 하는 듯이. "지금 회사를 내게 팔게. 자네의 배당을, 자네의 스톡옵션을 세 배로 쳐주겠네. 그리고 자네를 부사장으로 있게 하겠네. 아니면 자네는 파산을 맞길 원하나? 자네의 감상적인 고질라 머니 핏(Gozdilla money pit, 유지를 위해 엄청난 돈이 들어가는 사업—옮긴이)이 자네를 아래로 끌어내릴 때를?"

난 한마디도 하지 않지. 내면의 무언가, 무언가가—그건 록산나 너야. 너의 보호를 속삭이고 있는 거지—내게 한번만 더 기다리라고 말하고 있어. 그랜저는 내가 찾던 단서를 주려 하고 있어. 그를 방어해내고 그의 마스크를 벗겨버릴 날에 내가 필요로 한 것을 주려 하고 있어.

그는 그것을 내게 주고 있어. 자기가 하는 일을 모르지만 그는 그것을 내게 주고 있어.

"안된 일이야." 그랜저가 말해. "자넨 자네가 어떤 사람인지 아나? 킹콩의 희생자들 중 한명이나 마찬가지야—맹목적이고 어리석으며, 곧 파멸하려고 하지. 감상적인 고질라 머니 핏에 의해 파멸당하는 거지."

난 그를 발로 차서 리무진에서 내쫓아버렸어, 록산나. 말 그대로 내 발을 그의 엉덩이에 대고 밀쳐서 인도로 기어나가도록 했어. 넌 날 자랑스럽게 여겼을 거야—너, 혹은 적어도 네가 그런 척해서 믿게 만든 노동계층의 여자. 우리 자신을 돕고자 한다면, 다른 사람을 도와야 한다고 생각했던, 그 가짜 여자. 신념을 가지기 위해 내가 필요로 한 여자였기 때문에, 톨게이트가 만들어내고 각본을 쓴 여자. 아니 어쩌면 네가 그녀였을 거야. 어쩌면 넌 이미 스페인어를 알고 있었을 거야. 항상 진짜였어. 톨게이트가 그 역할을 위해 널 선택한 이유가 바로 그거야.

하지만 내가 좋아하는 비디오테이프들을 통해 난 우리의 작은 여행으로부터 벗어나고 있어. 또다른 진실의 순간이지. 그 증거로 다음 장면은 하우스톤 시, 클린 지구 본사의 여성 화장실이야. 저기에 한무리의 비서들, 소변 보고 화장하고 깔깔 웃는 그들이 있어. 내가 찬미하는 건 다름아닌 그 잡담이야. 누가 누구를 망쳤다는 내용뿐만이 아니야. 물론 난 내 실장이 병아리 부리만한 크기의 성기를 가졌으며 그것을 거의 세우지도 못한다는 걸 발견해도 괜찮지만 말이지. 제씨카 오웬에게 비밀스러운 구애자가 있으며 아무도 그의 정체를 모른다는 것도 있어. 훨씬 더 재미있는 것은 그들이 회사의 장래를 걱정한다는 것이야. 사장이 필라델피아 공장을 없애는 대신에 업그레이드하려 한다는 말이 나왔어. 회사가 어려움에 처해 있으며, 자신들이 동의하지 않는 어떤 사람에 의해 합병되고 소유되고 넘어갈 거라는 말도 있었어. 미식품의약국(FDA)의 승인을 기다리는 대안식품 기술 분야의 우리의 놀라운 신발명에 지저분한 손을 대고 싶어하는 어떤 사람이 그런다는 거지. 우리의 신발명품은 더 많이 먹을수록, 더 많이 꿀꺽꿀꺽 마시고 게걸스럽게 먹을수록 살이 빠지게 만드는 다이어트 알약이야. 사실 지금 난 그 알약 이름을 고블러(gobbler, 게걸스럽게 먹는 사람—옮긴이)라고 부르기로 했어. 그 이름이 최종 이름이 될지는 확신할 수 없지만 말이야.

지금 내가 대안식품에 놀라워하고 있는 건 아니야. 내 마음속에 더 중요한 것이 떠올라. 난 그들이 무엇을 하는지 알고 있어. 그렇다고 생각해. 록산나 네가 날 인도해 진실과 가짜를 말하는 법을 가르치고 보여줬어. 내가 보기에 그들의 대화는 시연처럼 여겨져. 그들은 너처럼 시연을 잘하지는 못하고 있어. "그가 그 바보 같은 공장을 구하려고 계속 애쓸 거라고 넌 생각해?" 같은 대사가 나오고, 그러고 나서 축축한 밤의 붉은 조명 같은 반응이 나오지. "멍청한 것 이상이지. 그 공장은 감상적인 고질라 머니 핏이야." 그랜저가 했던 말이야. 그랜저가 그들에게 각본을 써주었나? 내가 이 여자들을 녹화하고 이 여자들의 말을 듣고 있다는 것을 그가 알고, 일이 통제를 벗어날까봐 두려워하나? 아니면 그가 내 스파이질의 구체적인 것은 모르고 있고, 그건 아무 상관이 없는 건가. 왜냐하면 그가 쓴 말들—감상적인, 고질라, 머니 핏, 멍청한, 멍청한—이 복도와 작은 사무실과 클린 지구의 온라인 대화방에 어쨌건 떼지어다니면서 내 귀와 다른 사람들의 귀에 들려올 것이기 때문이지. 에워싸기 전략이지. 내 속에서 들려오는 이성의 작은 목소리는 아마 다른 방식이 있을 것이고, 그랜저는 이런 여자들로부터 그런 말을 우연히 듣게 된 것이며, 아마 그 말들은 입에서 입으로 소문으로 전해진 것임을 상기시키고 있지만 말이야.

내가 훑어보면서 자세히 보고 싶은 세번째와 마지막 순간은 이것이야. 쌤 핼넥과의 식사시간. 도시가 내다보이는 쌤의 테라스에서 최신 꼬냑을 마시며 담배를 피우고 있지. 난 이미 사업에서 그에게 갖은 술수를 부렸었기에 오늘밤은 편하게 보내려고 하면서, 날 이끌어 톨게이트의 품과 록산나너의 모범적인 댄스와 빛으로 인도해준 것에 고마움을 표했지. 그를 봐. 담배를 길게 들이마시는 모습을. "내게도 좋은 세상을 보여줬지." 한숨을 쉬며 쌤이 말했어. "그들이 여자들도 받았으면 좋겠어. 그러면 당장 미리엄을 보낼 텐데. 그들은 미리엄을 정말로 진정시켜줄 거야. 이보게, 내 자네니까 말이지만 그녀의 월경전 징후 때문에 미치겠어." 하지만 중요한 것은 지금 순간이야. 이제 나와. "그들이 왜 여자들을 안 받는지 자네 아는가? 그 이유를 알아? 그가 여자를 증오

하기 때문일세."

"톨게이트가?" 난 깜짝 놀라 쌤에게 물었지. 그런 척이 아니라 진짜 놀랐어. 왜냐하면 톨게이트는 더 온화한 쎅스, 눈으로 록산나 네 허벅지 아래 위를 훑어보는 방식을 좋아했거든— 그 누구도 내게 말할 수 없을 거야. 훌륭한 의사는 남성호르몬이 많은 쎅시한 사람이 아니라고 말이야.

"아니." 앞쪽으로 몸을 내밀며 쌤이 말하지. 그의 입술에선 사과 향이 나지 않아. 그는 내 전처와 붙어먹은 적이 없는 거지. 자기 부인과 쎅스하는 것만으로도 충분히 힘들어해왔으니까. 내 리모컨으로 그의 침실 장면을 켜볼 때, 목격한 것을 우리가 믿는다면 말이야. 그는 가엾은 미리엄에게 써비스를 해주기도 전에 곯아떨어지고 있어. 미리엄이 그렇게 분개하는 암컷이 된 것도 놀라운 일은 아니야. "아니" 쌤이 다시 말해. "더 거물인 대표. 소유주. 법인 생명치료쎈터에 자금을 대는 사람이 그래."

"그가 누군데?" 내가 묻는다.

"넌 좋아하지 않을 텐데."

"벌써 안 좋아하고 있어"

"내 친구가 그러는데 그랜저래. 그렇게 보이지 않는데 말이야. 동료 인간들의 고통을 완화시켜줄 뭔가에 돈을 투자하는 그랜저를 상상할 수가 없어. 하지만 그건 소문에 불과해. 비록 왜 여자들이 안 받아들여지는지는 해명이 되지만 말이지—"

"자네가 날 추천했을 때 이 사실을 알고 있었어?"

그랜저가 미쳤다고 생각하느냐고 그가 말해. 물론 아니야. 그는 나의 주된 라이벌, 그 파렴치한 개자식이 소유한 기관에 나를 넘겨주지 않을 거야. 그런데 쌤은 내가 아는 한 진실을 말하고 있거든. 그가 너보다, 나의 차가운 쏘니아보다 더 나은 배우가 아니라면 말이야. 쏘니아는 그 오르가즘마저도 가짜로 연기했나? 자기가 나에게 푹 빠져 있다고 생각하게 만들어 내 용기를 북돋우기 위해 ? 아니면 심지어 고객을 가지고 놀고 있는 동안에도 스스로에게 탐닉하고 쾌감을 얻을 수 있도록 하는 게 그녀의 지침이었나? 록산나, 만약 내가 널 데려올 방법을 찾을 경우 네가 내 침대 안으로 들어오도록 하는 게 네 지침이었어? 아니면 난 언제나 출입이 금지되었던 것인가? 최종적으로 그 지침들을 결정하는 사람이 누구지? 톨게이트의 그림자 뒤에 있는 그림자가 누구야? 그 사람이 진짜 그랜저 맞은 거야? 내 유죄를 밝히기 위해, 그가 제씨카와 만든 계획을 내가 수행하게 만들려고 이 모든 일이 조직된 거야? 이 모든 것은 여러 카메라를 설치하고 여러 조종실을 두고, 한쪽만 보이는 수많은 거울들을 설치하여, 억지로 쇠지렛대로 열어야 하는 관에 박힌 못처럼 내가 세부사항들을 캐내려고 애쓰면서 이 비디오들을 검색하고 있을 때 벽의 다른 편에서 누군가로 하여금 날 관찰하게 만든 음모의 첫 단계에 지나지 않는 거야? 저기에 냉혹한 그레이엄 블레이크가 있어 날 파멸시킬 순간을 기다리고 있는 거야?

록산나, 네가 답을 가지고 있어. 내가 널 다시 볼 수만 있다면, 너의 그 연기를 바라볼 수 있다면…… 난 이것에 능숙해졌을 텐데. 톨게이트가 우리에게 소개한 그 순간, 말하자면, 네가 날 속이기 시작하고 내가 내 눈이 보고 있는 것을 믿기 시작한 순간을 기억해. 사소한 치료입니다, 톨게이트가 말했어. 그리고 네 얼굴에 인식의 순간이 스치고 지나갔지, 아니면 그것이 두려움이었나? 두려웠던 거야? 그건 누군가가 다른 쪽에서 지켜보고 있다는 인식 이상의 것이었어. 다른 무언가에 대한 두려움이었어. 내가 네게 접근할 수 있다면, 그 순간을 애무할 수 있다면, 진짜 일어나고 있는 것을 뽑아낼 수 있다면. 그것을 우리가 같이 보낸 마지막 순간과 비교해봐. 내가 이미지 속으로 들어갔기 때문에 스크린을 통해 볼 수 없고 반복해서 볼 수 없던, 카메라들에 의해 자동적으로 녹화되기만 했던 너의 어떤 한 이미지. 난 보고 있었던 것이 아니라 보여지고 있었지. 그건 네 비밀이 밝혀지던 순간이고, 내가 구원자로서의 역할을 연기하던 방으로 톨게이트가 들어선 순간이야.

만약, 되돌아가서, 내가 지금 알고 있는 것을 아는 상태에서 스크린 상의 네 눈동자를 다시 볼 수 있다면, 네 눈동자는 내게 무슨 말을 할까? 네 눈동자는 조심하라고 경고할까, 그리고 난 네가 위협받고 있다고 추론하게 될까? 두려움의 암시가 있을까, 그 암시는 록산나라고 하는 가짜 여자에게만 속하는 두려움의 씨뮬레이션일까. 아니면 겁을 먹고 있는 진짜 너, 자신 때문이 아니라 나 때문에 두려워하는 진짜 너인가. 아니면 아직 완전히 펼쳐지지 않은 더 큰 드라마에서 그저 한 장면에 참여했다는 것을 자신의 연기 배후에서 알고 있는 여배우인가? 누군가가 내 인생의 각본을 계속 쓰고 있을 것이며, 지금 수년째 각본을 써오고 있다는 것을 깨달으라고? 최후의 연민이 반짝 하고 너에게서 부드럽게 빛을 발했을까, 록산나여. 가엾은 사람, 불쌍한 그레이엄이라고 말하면서 말이야. 왜냐하면 넌 이것이 단지 시작이라는 걸 알았으니까.

네가 희생자인 록산나에서 다른 누군가, 즉, 줄곧 날 우롱하고 있었음을 밝히는 의기양양한 여인으로 변신한 그 최후의 순간에 네게 접근할 수 있다면, 그저 그럴 수만 있다면……

난 시도했었어. 다달이 열리는, 가장 최근의 추후치료 시간에 톨게이트에게 물었었어. 사실은 어제였어. 그에게 난 건강하다고 말했지. 요즘의 이 관음증적 증세, 톨게이트의 머리와 내 머릿속에서가 아니면 존재하지 않는 한 여인에 대한 갈망에 대해선 한마디도 하지 않았어. 존재하지 않는 록산나여, 넌 거기에 있어. 의사와 나 사이의 중간에 정지된 채, 우리들 사이의 간통의 공간에 매달려 있는, 보이지 않는 너의 육체를 통해 그와 나와 관련되어 있는 거야.

난 태연한 척하면서 그에게 테이프 복사본 하나를 구해줄 수 있는지 물었어. 최종회 테이프라고 그에게 말했어. 내가 록산나를 구하고, 록산나가 날 구하고, 내가 록산나에게 고백하기 시작하던 테이프. 그리고 그녀가 내 삶에 걸어들어온 첫 테이프도 필요하다고 했어.

"왜 그것을 원하시죠?"

"전 감상적인 놈이라서요."

좋은 이유는 아니었어. "ㅆ"으로 시작하는 말이 내 속에서 진창이 되고 있었어. 그랜저가 날 감염시킨 '쎈티멘탈'(sentimental)이란 말이었지. 톨게이트는 자신의 "ㅆ"자 단어, 즉 "씨큐리티"(security)라는 말로 날 꾸짖었지. 그럴 수 없소. 씨큐리티(보안)상의 이유요. 모든 것을 분쇄했소. 모든 증거 말이오. 만약 유출되면, 클리닉의 치료법에 대한 증거가 유통되면, 더이상 치료도 없고 경영도 안되는 거요. "그건 마치 당신네의 특별한 허브 크림, 그 유명한 꽃 에센스의 공식을 물어보는 것과 같소." 그가 말했어. "필라델피아 공장에서 출시되는 것들 말이오. 당신이 폐쇄하지 않겠다고 공언한 그 공장." 그는 말을 멈췄어, 록산나. "그러고 보니 내가 당신에게 묻고 싶었던 질문이 생각나는군요. 클린 지구 본사가 그 옛 공장을 폐쇄하면 당신은 그것에 어떻게 대처할 것인가요? 제 말은 당신 아버지가 당신에게 믿고 넘겨준 것임을 고려할 때 말이오."

"언제 이런 일이 일어날 것이라고 생각하지요?"

"음, 이번 달이오."

난 화를 냈어, 록산나. 그러지 말았어야 했는데. 네가 꾸짖곤 했지. 내가 지배하는 위치에 있을 때, 내가 다른 누군가의 손에 놀아나지 않을 때, 난 화를 낼 수 있을 뿐이라고 네가 말하곤 했지. 하지만 내가 가는 모든 곳에서, 내가 지키겠다고 공언한 그 옛 공장에 대해 의견을 표하지 않는 사람은 없는 것 같아.

난 그에게 그건 터무니없는 거짓말이라고 말했어. "록산나를 길거리에 내동댕이칠 수 없소." 난 톨게이트에게 말을 뱉어냈지. 그게 내가 그에게 말한 내용이야. 내가 그렇게 말했다고 맹세해.

"그레이엄, 그녀는 존재하지 않소." 톨게이트 박사가 온화하게 충고했어. "당신은 그녀를 길에 내동댕이칠 수 없소."

"다른 사람들이라는 뜻이오. 그녀 같은 사람들을 말한 거요. 그들을 길거리에 팽개친다는 뜻이지요."

"당신은 뭘 할 작정이오?" 톨게이트가 주장했어. "많은 다른 사람들. 이 잡지는 당신의 계획이 그들이라 말하고 있소."

그는 나에게 세계화, 인권, NAFTA, 근절, 구조조정, 세계무역기구에 대한 지적이고 이해할 수 없는 말들이 가득한, 선정적이고 좌파적인 허접한 잡지를 보여줬어—거기엔 클린 지구의 최초 공장이 폐쇄에 임박했다는 기사도 있었어. 멕시코의 몬뜨레이로 이전할 예정이라는 기사였어. 혹은 방콕이었나? 아니면 나이로비? 그 잡지에 의하면, 감상적인 동업자인 제씨카 오웬이 없다면, 그 일은 이미 일어났을 거라고 했어. 클린 지구 배후의 두뇌 역할을 하는 여인으로 CEO 그레이엄 블레이크의 전처인 그녀는 그 공장을 폐쇄하라는 압력에 굴복하기를 거부하고, 그 공장에서는 아직도 놀라운 생산품이 생산되고 있다면서, 그 회사의 모토인 "가슴으로 구조조정하라"를 진지하게 여기며, 그곳은 소위 마음이 넓은 사람의 지옥이라고 했다는 거야.

다음날 나는 제씨카를 만났어. 내가 만났다는 걸 넌 믿을 수 있겠지. 난 아버지 공장을 열어두려는 내 계획을 사보타주했다고 그녀를 노골적으로 비난했어.

"사보타주라고요? 말이 거창해요. 난 그 공장을 열어두겠다는 당신의 그 백치 같은 결정을 옹호하느라, 실험실에 있지도 못하고 그 날들을 다 소비했어요."

"그건 사보타주요. 증거를 원하오? 난 석달 전에 업그레이드 연구를 부탁했었소."

"소위 그 휴가에서 돌아왔을 때 말이에요?"

"석달 전이었소. 그런데 아직 준비도 안되었고, 해결책도 없소."

제씨카는 쾌락 속에서 감고 뜨는 것을 내가 보았던 그런 눈으로 날 바라보았어. 섹스를 통해 내가 기꺼이 태워버릴 수 있는 그 눈, 그녀가 내게 주고 내가 그녀에게 주었던 그 쾌락에 대한 기억을 지워버리고 싶은 그 눈. 그녀는 내가 무슨 생각을 하는지 알고 얼굴이 창백해졌어.

"그레이엄." 그녀가 말했어. "도대체 당신은 무슨 생각을 하는 거예요? 당신이 요청한 연구는 아직 준비가 안됐어요.

왜냐하면 좋은 해결책이 없다, 그 돈 잡아먹는 머니 핏을 폐쇄해야 한다,라고 써놓으면, 당신이 계속 그것을 되돌려 보내고 있으니까요. 상황이 점점 더 악화되고 있어요. 당신 아버지가 아끼던 그 공장에 파업이 계획되고 있다는 정보를 입수했어요. 안 좋은 홍보가 팬들에게 알려지기 전에 이 곤경에서 빠져나갈 길을 찾아야 해요. 돈을 써서 구할 수 있는 공장 다섯을 업그레이드하세요. 우리의 가장 최신의 발명에 집중해요."

내가 누그러졌다고 그녀가 생각하길 원했어. 난 기꺼이 그런 척할 거였어.

"시간을 좀 주시오." 내가 그녀에게 말했어. "쉽지 않소. 당신도 알잖소, 나의 아버지, 어머니가 관련된 문제요."

그녀 역시 긴장을 풀고 다소 후회하면서, 내 입술에 얼른 입맞춤을 해주었어. 사과 향은 없었어. 그랜저의 냄새도 없었고.

내가 미쳐가는 걸까, 록산나? 내가 지금 그렇게 되고 있는 것처럼, 내가 변덕스럽고 제멋대로인 사람인가? 그리고 그건 사실이야? 네가 파업을 준비하고 있다는 것이? 너. 내 말은 네가 일하는 척했던 그 공장의 노동자들 말이야. 어떤 것을 계획하고 있는 거야? 널 구하려는 내 계획을 망치려고 하는 거야?

제씨카가 실험실과 자신의 획기적 신발명품으로 돌아가자마자—아마 고블러는 그리 좋은 이름이 아닌 것 같아. 너무 유아적이고 이기적이야, 파라다이스 알약은 어떨까? 니르바나 영양소는?—난 내 직원들을 불러들이고, 그들을 향해 톨게이트가 말한 기사를 흔들어 보이며, 이 문제에 대해 언론에 더이상 어떤 정보라도 흘리면, 내 평생 처음으로, 기꺼이, 그리고 열정적으로, 직원을 해고할 것이라고 말했어. 열정(gusto). 스페인 단어. 록산나, 너 지금 샤워기 밖으로 나오면서 스페인어로 노래를 하고 있는 거야? 내 시상식 만찬에서 내 등을 두드려주었던 사람들 중 하나인, 나의 라이벌의 시야를 톨게이트가 가리고 있는 동안 말이야.

넌 어디에 있니?

그러고 나서 난 내 책상에 앉아 필라델피아 공장의 관리인인 폴 쎄인트 마틴에게 주문한 최신 테이프들을 검토하기 시작했어. 그곳에서 지금 일어나고 있는 일, 내게 감춰져 있던 일의 징후들을 살펴보려고 탐색하고 있지. 아버지가 날 데리고 그 복도를 따라 걷고 그 기계들을 지나가던 일, 길을 돌아서 꽃 구역을 통과하시던 것, 이국땅에서 나던 그 축축한 냄새들을 기억하면서 말이야. 아버진 한사람 한사람의 이름을 아셨지, 딸인지 아들인지도. 그들은 우리를 부자로 만들어주고, 우리 식탁에 음식을 놓아주는 사람들이라는 것을 항상 기억해라, 그레이엄. 우리는 그들을 위해 자금을 거는 거야. 그들은 우리를 위해 근육과 건강과 기억을 거는 거란다. 그걸 잊지 말거라, 아들아.

어머니가 내 다른 손을 잡았지.

난 "카페테리아"라고 명명된 테이프의 한부분을 보려고 되감기를 하고 있어. 오래된 카페테리아. 땅콩버터와 젤리가 들어간 샌드위치를 처음 맛본 곳. 왜냐하면 그런 속되고 미국적인 어떤 먹을거리도 어머니가 원치 않으셨기에. 그때 난 다섯살이었고 지금 난 내 머릿속에서 이 스크린에 대고 마구 휘갈겨 쓰고 있어. 어떤 테이프에도 나와 있지 않은 것. 순수하고 놀라운 기억. 불순물이 섞이지 않은 과거. 계산대에 앉은 나이든 할머니가 나에게 공짜 샌드위치를 하나 더 줄 수 있는지를 놓고 내 옆에 앉은 노동자와 내기하는 모습. 나는 테이블에 앉아 있는 남자에게 윙크하는 한편 그 할머니에게 관절염을 고쳐주겠다고 약속하면서 할머니 목 뒤와 등에 튀어나온 부분을 마싸지하여 할머니를 사로잡아 샌드위치를 하나 더 얻어내고 있어. 돈을 안 내고. 벌써부터 공짜로 뭔가를 파는 것을 배우고 있어, 록산나. 벌써 내 직업을 배우고 있는 거야.

저기야, 저 테이블, 저 누추하고 희미한 형광등 빛, 아버지가 분위기를 생생하게 하기 위해 걸어놓은 초원 그림, 그곳은 업그레이드되고 현대화되고 매끈해져야 하지—하지만 난 있는 그대로, 지금 그대로 낡은 상태가 좋아. 마치 과거가 거기서 날 기다리고 있는 것 같아. 젤리와 땅콩버터를 넣어 만든 샌드위치의 첫맛이 거기서 날 기다리고 있는 것 같아. 사실 날 기다리고 있는 건 한무리의 여성 노동자들이야. 커피 마시는 휴식시간이지. 그들은 파업에 대해 말하고 있지 않아. 경영권 인수. 섹스. 남편. 자식. 인도에서 자스민꽃 선적이 지연되는 것. 낙태. 연속극 줄거리의 최신 반전에 대해 말하고 있지. 난 테이프를 앞으로 돌리려고 하는 중이야.

난 테이프를 앞으로 돌리려 하고 있어.

지금 뭐라 뭐라 수다떨고 있는 여자 하나가 카페테리아에 대고 불러. 로즈라는 이름의 누군가를 부르고 있어. 로즈! 하고 그녀가 말해. 여기야, 어이, 꽃처녀 하고 말해. 그러면서 그 사람을 향해 같이 커피를 마시자고 손짓하고 있어. 그러자 로즈가 카메라 시선이 닿는 곳으로 걸어와. 천천히, 오, 너무나 천천히 카메라 영역으로 걸어오고 있어.

네가 아니야, 록산나. 네가 전혀 아니야. 네 머릿결, 네 엉덩이, 영화배우 같은 성격이 그녀에겐 없어. 그런데 로즈는 치료사복을 입고 조용히 걸어오다가 멈춰. 멈춰서는 위를 쳐다보고 있어. 그녀는 날 위해 지금 이것을 기록하고 있는, 몇 주 전에 날 위해 이걸 녹화했던 몰래카메라를 똑바로 보고 있어. 로즈는 렌즈를 빤히 쳐다보는데, 그건 똑같은 미소, 똑같은 표정이야. 필라델피아 아파트의 내 조종실로 돌아가 네가 내 인생으로 도착하는 것을 보고 있어. 로즈는 더 다부진 체구에, 덜 예쁘고, 숱이 적은 갈색 머리와 더 새까만 피부, 샐쭉한 기색이 덜한 빛을 드러내는데, 지금 너처럼, 그리고 과거의 너처럼 명랑하고, 어떤 비밀을 향해 미소짓고 있어. 물론 그건 우연이야. 그렇고 그런 것 중 하나지……

하지만 난 그녀를 떨칠 수가 없어, 록산나. 필라델피아의 그 로즈, 실제 공장에서 일하는 실제 치료사에 대한 기억을 떨칠 수가 없어.

그것 때문에 내 저녁이 망쳐졌어. 나타샤가 날 위해 준비한 놀라움을 그것이 망쳐. 나타샤는 내가 그녀에게 사다준 흑갈색 가발—재미와 놀이를 위한 거라고 내가 말했었고, 그녀는 그걸 가지고 놀았었지—을 쓰고 있어. 그리고 내가 오늘 입어달라고 고집을 피운 원피스를 차려입고 있어. 록산나, 너를 처음 본 날 밤 네가 입었던 그 푸른 원피스를 입고 있으니 너랑 똑같아. 사랑을 나눌 준비가 되어 있는 나타샤는 날 유혹해서 내 손가락을 그녀 블라우스 단추에 갖다놓기 전에 입으로 촉촉하게 적시고 있는데, 그날 밤 너와 조니가 하던 것을 자신도 모르게 흉내내고 있는 거야. 그때 너희 둘은 날 자극했어. 그래서 난 그걸 중단해야 했지. 너희 둘은 자신들을 위해서가 아니라 날 위해서 옷을 벗고 있었던 거야. 그런데 지금 카메라 속에 내가 찍히고 있어. 다른 카메라가 돌아가고 있는 동안 나와 나타샤가 진짜로 서로의 옷을 벗기고 있어. 록산나, 네가 내 마음속에 집어넣은 것에도 불구하고, 참지 못하고, 시간을 전혀 끌지 않고, 지금 그녀 속에 들어가 있는 건 나야. 난 이 유혹의 비디오를 보고 싶어해. 내 자신이 사랑을 나누는 장면을 되감아 보고 싶어하지. 그래서 난 나타샤가 나의 부적절한 욕망에 낯설게 소비된 채, 확연한 만족을 느끼며 곯아떨어지자마자 그곳을 빠져나와. 내 욕실로 살그머니 들어가 테이프를 되감아. 어둑어둑한 속에 우리가 나와. 우리는 록산나와 조니, 즉, 너와 너의 가짜 조니일 수 있고, 너와 나, 즉 록산나와 그레이엄일 수도 있어. 내가 너의 검은 머리칼을 헝클어뜨리고, 그날 밤 네가 입었던 그 원피스를 네 어깨까지 벗기고, 네가 조니와 결코 하지 못한 그 푸르른 사랑을 나눌 수 있는 것처럼 말이야. 넌 조니와 결코 사랑을 나눌 작정은 아니었었지. 단지 너희 둘이 그렇게 함으로써 내가 한달을 머물도록. 난 나와, 너일 수도 있는 여인을 바라봐. 난—

문이 활짝 열려. 나타샤야. 가발도 안 쓰고. 옷도 안 입고. 한껏 뻗은 손엔 기도의 기미도 없어. 그녀는 내가 뭘 하려는지 보고 있어. 난 문 잠그는 걸 잊어버렸어. 그녀를 살펴보는 일을 잊어버렸어. 그녀가 곯아떨어지지 않고 자는 척했을 가능성, 모든 것을 꾸며낼 가능성에 대해선 한번도 생각해본 적이 없어.

그녀는 내게 모욕적인 말을 해. 네가 사용하지 않았을 말들. 넌 그녀처럼 내 따귀를 때리지는 않았을 거야. 나타샤. 내가 병들었다고 말하고 있어. 내가, 나의 게임이, 나의 놀이와 게임이 지겹다고 말하고 있어. 떠날 거라고 하는구나. 그러지 마, 나타샤, 그러지 마—

앞문이 쾅하고 닫혀.

난 신경을 덜 쓸 수 있었어. 난 비디오를 다시 보러 가. 내가 신경을 덜 쓸 수 있다고 말했지. 하지만 사실은 비디오에 등장하는 그녀의 진짜 육체의 마법적인 매력이 완전한 상실

속에 있는 내게 그녀를 떠올리게 해. 나의 자기기만을 조롱하면서. 내게 충실했던, 인내심이 많았던, 날 웃기게 만든 나타샤가 거기 있어. 록산나 네가 조니에게 했던 말, 사실은 날 위해 한 그 말들을 그녀가 되풀이하게 만든 사람은 나야. 나타샤를 잃은 것을 난 아무렇지 않은 척할 수가 없어. 우리는 비디오와 사랑을 나눌 수는 없고, 비디오를 껴안을 순 없잖아. 비디오는 우리에게 말대답할 수도 없고, 그녀처럼 우리에게 도전하거나 계란 프라이를 해줄 수도 없어. 내가 좋아하는 식의 계란. 밑은 바삭바삭할 정도로 거의 태우고 위에는 노른자가 크림처럼 흘러내리는. 나의 나타샤. 신경을 덜 쓴다는 건 사실이 아니야. 난 정말 그녀를 좋아해. 난 우리가 같이 특별한 어떤 것을 해낼 수 있다고 진짜 생각했었어. 나와 나타샤 둘이.

난 불같이 화가 나서 모든 카메라, 모든 비디오 장비를 부수고 캠코더를 망치로 깨고 테이프를 태웠어. 그 테이프들 중 어느 하나에도 너를 암시하는 것조차 남아 있지 않아. 시간이 지날수록 점점 더 내 것에서 멀어지는 록산나. 왜냐하면 비디오들이 불타고, 네 기억이 희미해져가고, 네 기억은 나타샤의 가발, 내가 사준 가짜 푸른 원피스로 대체되었으므로.

내가 널 구했을 때, 그 욕실 바닥에서 내가 널 구하고 있다고 내가 생각했을 때 네가 내 눈을 들여다본 이후 처음으로 잠들 수 없는 밤이야. 나 자신으로부터 두려워할 것은 하나도 없다고 네가 확신시킨 이후로 처음으로.

난 새벽 3시에 톨게이트 박사에게 전화를 걸어 틀림없이 푹 자고 있는 그를 깨우지.

"그레이엄 블레이크입니다."

"안됩니다가 내 대답입니다." 그가 말해. 딱 그런 식이야. 난 그에게 심지어 아무것도 부탁하지 않았는데, 그는 벌써 안된다고 말하는 거지.

"무엇이 안된다는 거지요?"

"안됩니다. 우리 클리닉은 그 테이프, 당신이 원하는 그 테이프 중 단 하나의 복사본도 없다고 이미 알려드렸습니다. 첫번째 테이프도, 마지막 테이프도 없습니다. 당신이 전화한 이유가 그것 아닙니까?"

"어떻게 눈치챘지요?"

"당신이 내가 치료한 유일한 환자는 아니니까요, 블레이크 씨. 톨게이트 씬드롬의 전형적인 사후효과지요. 다시 자도록 하세요. 테이프는 잊고요. 현실이야말로 늘 무한히 더 흥미로운 것이지요."

난 전화를 끊지 않아. 그가 예상치 못하는 질문이 하나 있거든. 난 그가 그걸 예상하지 못할 거라 생각해.

"당신은 얼마나 보수를 받지요, 톨게이트 씨?"

"청구서를 지불할 만큼 충분히 받지요."

"난 당신에게 더 많은 돈을 지불할 수 있소."

"전 그렇게 생각지 않습니다. 그것들은 매우 비싼 청구서

들입니다, 블레이크 씨."

"그는 당신에게 얼마나 주지요?"

"누구를 말하는지 모르겠군요."

"당신 환자가 미치면 그가 인수할 회사의 일정 비율을 얻나요? 그게 술책이오?"

"날 화나게 하려는 거라면, 블레이크 씨, 당신은 성공하지 못할 거요. 당신이 이해해야 하는 건, 당신의 반응이—이 말을 다시 되풀이 하겠소—정상이라는 점이오. 환자 치료의 이 단계에서는 항상 공격적인 반사작용이 작동하지요. 즉 편집증 말이오. 모든 사람이 연기자이고, 모든 사람이 당신을 잡아먹으려 한다는 거죠. 날 믿어도 되오. 그건 그저 지나가는 단계랍니다."

그 말과 함께 그는 전화를 끊어. 그래서 이후 몇시간 동안 난 이 빈 집을 생각하며 있게 되지. 록산나 네 얼굴을 기억하려고 애쓰면서. 나타샤의 얼굴을 기억하려고 하면서. 날 잠들게 해줄 테이프 하나 없이.

이 모든 것이 충분히 나쁘지 않은 일인 것처럼, 오늘 아침 제씨카가 일찍 들러. 바구니에 한껏 차린 아침을 가지고. 어제 있었던 우리의 사소한 입씨름을 보상하는 거지. 우리 다시 만날 때가 되지 않았나요,라는 모드로 돌아가는 가지.

"대체 여기서 무슨 일이 있었던 거야?" 릴과 테이프와, 감시장비 조각들, 캠코더 조각들이 어지럽게 온 거실 바닥에 널려 있는 것을 살펴보고 제씨카가 물어. "여보, 그레이엄,

참견하고 싶진 않지만 당신에겐 도움이 필요해. 당신이 그걸 알길 바라."

난 그녀의 말에 대꾸하지 않아. 배고파 죽을 지경이야. 나는 베이글을 하나 우적우적 씹어먹고 첫번째 베이글을 먹어치우기도 전에 다른 베이글에 버터를 바르며 신선하게 짠 오렌지주스를 삼키고 있어. 삶과 환상을 유린하면 사람을 허기지게 만드는 법이지.

"때때로 난 당신이 날 괴롭히기 위해 바보 같은 짓을 하고 있다고 생각해." 우리들이 앉아 있는 난장판을 특이하고 거의 우스꽝스럽게 돌려보려고 애쓰면서 제씨카가 괜찮은 기분으로 말해.

그것은 마침내 내 반응을 끌어내지. 뚱하긴 하지만 반응을 보인 거야. "당신을? 당신을 괴롭히려고? 어떻게 당신은 항상 내 인생의 한가운데서 스포트라이트를 받는다고 주장하는 거지, 심지어 이번처럼, 당신은, 아무 관계가 없는데, 이 일과 전혀 관련이 없는데 말이야. 내 말을 믿어줘, 당신은 내가 이 장비를 부순 미약한 이유도 아니라는 것을 말이야."

"그저 당신이 놀라운 솜씨를 가졌다는 거예요." 그녀가 주장하지. "내 계획을 짐작하고 그런 다음 그것을 좌절시키는 솜씨 말이에요. 정확히 그것이 무의식적인 것이기 때문에 절 무척 화나게 해요. 어젯밤에 당신은 이 아파트에서 모든 비디오 기기를 부쉈잖아요. 내가 오늘 아침 당신에 보여주고 싶은 비디오를 가지고 올 거라는 걸 알고 있었다는 듯이 말이에요."

난 몰랐었어. 그녀가 무슨 비디오에 대해 이야기하는 걸까?

우리는 클린 지구 본사로 가는 길에 그 비디오를 보고 있어. 리무진 승용차 안에서. 파괴적인 내 손아귀에서 멀리 떨어진 곳에서, 너무나 잘 작동하고 있는 카세트 레코더기로.

"시사 테이프예요." 제씨카가 그 망할 것을 구멍에 편하게 밀어넣으며 말해. "흔한 선정주의이죠. 당신도 알잖아요, 미국의 직장과 가족에 대한 나프타(NAFTA)와 세계화의 영향 말이에요. 그들이 누구를 공격 목표로 하는지 알아요? 아니, 그보다, 클린 지구 공장들 중 어느것을 조사하기로 결정했을까요?"

스크린에 어제부터 치료사인 로즈가 나와. 어떤 방에 앉아 있어—록산나 네가 작은 연기를 수행하던 방과 거의 똑같은 방이야. 로즈 옆에는 내가 제이슨을 보내버리기 전까지 그가 진을 치고 TV 보고 숙제하던 소파가 있고, 그 소파 위에 싸이먼이라는 이름의 열세살 꼬마가 있어. 그리고 지금 그곳에 있지 않은 그들의 엄마 마르따와 함께 6개월 전 직장을 잃은 로즈의 오빠 에두아르도가 있어. 그들은 공장이 문닫을 때 일자리를 잃었지. 그런데 뒷배경에서 카메라를 향해 웃고 있는 사람은 로즈의 아버지, 싼또스 몬떼로야. 그는 전직 해병대원은 아니지만 그래도 보안경비원이지. 그 옆에는 그의 절친한 벗 호세가 있어—또 뭐가 있지?—그는 왼팔이 마비된 상태고 물론 그들과 같이 살고 있어. 우리 가족. 모두들

그토록 다르면서 그토록 비슷해. 우리 가족이 기반하고 있는 모델들 말이야. 록산나. 네가 나의 환상을 연기할 수 있도록 누군가가 연구했던 실제 사람들. 그리고 그들은 그 이상이야. 왜냐하면 지금 로즈가 자신의 연인 조니에게 일어난 일을 항의하고 있으니까 말이야. 그 이름은 한번도 바뀐 적이 없었던 거야. 그의 운명도 그래. "내 남자친구가 마약 소지로 체포되는 중이에요." 로즈가 카메라를 향해 애처롭게 알리고 있어.

저건 뭐였지? 난 그녀에게 묻고 싶어. 내 공장에서 일하는 그 치료사, 록산나 너를 위한 역할을 만들어낸 그 치료사에게 말이야. 너의 조니가 언제 체포되었지? 내가 치료받기 위해 필라델피아로 가기 전이었나? 아니면 그 후인가? 내가 배우 조니에게 처음 그것을 하기로 결정했기 때문에, 배우 조니가 내 눈앞에서 나의 허구적인 록산나, 너와 사랑을 나누지 못하게 하기로 결정했기 때문에 실제의 조니에게 그 일이 일어난 거야?

난 운전사에게 말해서 톨게이트가 있는 곳에 내려달라고 해.

"그레이엄!" 제씨카가 머리를 저어. "당신에게 도움이 필요하다고 말했지만, 오늘 아침 정신과 의사를 그렇게 갑자기 찾을 거라곤 예상하지 못했어요. 이 부분이 방송에 나가기 전 우리는 필라델피아 공장을 어떻게 할 것인지 결정내려야 해요. 2주밖에 없어요. 그게 다예요. 일단 저것이 나가면, 우린 저 버려진 사업을 팔 수 없을 거예요. 심지어 그랜저에게도 말이에요. 그리고 저 여자, 그녀는 자신들이 파업을 고려하고 있다고 말했어요. 그래서—"

리무진이 생명치료센터가 있는 빌딩 앞에 멈췄기 때문에 난 제씨카의 말을 잘랐어.

"사무실로 가." 내가 그녀에게 말해. "곧 그곳으로 갈게. 그런 뒤 이 문제를 해결하자고."

난 거짓말을 하고 있어.

내가 실제로 가려고 하는 곳은 필라델피아니까.

여섯

"우릴 기억하시오?"

"그렇소, 우리가 돌아왔소, 로즈. 우리가 당신을 그렇게 부르는 게 괜찮다면 말이오, 로즈. 우린 아는 사이니까."

"이건 조니에 대한 건가요?" 그녀가 말한다. "당신들에게 내가 알고 있는 건 이미 다 말했는걸요. 그것에 대해—"

"우린 지난번에 당신에게 말했소, 로즈. 지난번에 우리가 말한 게 뭐였지? 우리가 당신 친구—에반젤리나가 맞소?—에 대해, 자살로 추정되는 사건에 대해 말하려고 왔을 때지요?"

"우린 특별 조라고, 다른 사람들이 묻는 건 묻지 않는다고 말하지 않았소?"

"우리가 이것을 녹화해도 양해해주길 바라오."

"물론 당신은 싫다고 할 수 있소, 당신은 그럴 권리가 있소. 하지만 당신도 알다시피, 지난번처럼 당신을 녹화하면 우리에게 도움이 되오."

"계속하세요." 그녀가 말한다. "하지만 제가 지난번처럼 할 거라곤 기대하지 마세요—내 말은 당신네들이 조니에게 그런 일을 했으니 그러지는 못할 거라는 거죠."

"우리가 조니에게 한 일 때문에 우리를 비난하지 말길 바라오, 로즈."

"당신이 방금 말한 것을 우린 무시할 거요. 흥분한 상태에서 말한 것으로 해놓겠소. 우리가 불법적인 어떤 일을 했다고 암시하는 것처럼 녹화되는 건 원치 않지요, 로즈. 당신의 의도가 그런 것이 아니었길 바라오."

"조니는 조작된 거예요." 그녀가 말한다. "그는 결백한데 조작된 거예요. 그이는 사람들을 해칠 수 있는 어떤 일, 마약이나 뭐 그런 일에 결코 연루되지 않을 거예요."

"그런데, 우린 사실 조니에게 그렇게 관심이 있는 건 아니오."

"사실 우린 그보다 당신에 대해 말하고 싶소, 로즈."

"그리고 당신 아버지에 대해서."

"우리 아버지요?" 그녀가 말한다. "우리 아버지가 무슨 상관이에요, 거기에—?"

"마약이오, 로즈. 당신은 치료사이고 많은 마약에 접근이 가능하오."

"그건 말도 안돼요." 그녀가 말한다. "전 그런 종류의 것을 만질 수 없어요. 전 연고를 바르고 차를 끓이고 손가락을 사용해서 그들의 고통을 덜어주는 식으로 환자들을 다루죠, 전— 마약이라니, 무슨 뜻이죠?"

"자, 우리가 말해주지요. 당신은 한동안 여러 직업들을 전전해온 것으로 드러났소—그리고 그 모든 직업들에 그럴 가능성이 있었소—우리가 그렇다고 말하는 게 아니란 걸 알아주시오— 하지만 그 직업들 모두가 당신에게 그럴 가능성을 줄 수도 있다는 사실은 놀라운 점이오, 당신도 알다시피……"

"무엇에 대한 가능성이란 거죠?" 그녀가 말한다.

"우리가 당신의 고용이력을 훑어봐도 괜찮겠지요, 로즈? 그저 기록만 말이오."

"어디 봅시다. 당신은 열여섯살도 채 안되었을 때 일을 시작했군요. 여름방학 아르바이트로. 당신 아버지의, 그 왼쪽 팔을 못 쓰는 친구의 도움을 받았군요, 그 늙은—"

"맞아요. 그 늙은— 그의 이름이 뭐죠?"

"이름이 뭐든 뭐가 문제겠소? 그는 당신에게 해외에서 오는 꽃들을 그 옛 공장에서 받는 일을 주었군요, 맞소? 그곳에서 당신은 장차 남자친구가 될, 이 조니란 사람을 우연히도 만나게 되었군요. 이미 꽃배달 파트를 담당하고 있던 조니를 말이죠."

"그때는 그를 거의 알지도 못했어요." 그녀가 말한다. "우린 데이트도 안했어요, 많이는—"

"당신이 이 꽃 관련 일을 너무나 잘해서, 그들이 학기중에도 당신을 붙들어놓았군요."

"방과 후 4시간. 일주일에 세번. 월급 전액, 보너스 전액 지급. 아직 열여섯살이 채 안된 소녀에게. 당신은 그것을 어떻게 설명하겠소, 로즈?"

"그 일이 너무나 완벽하게 맞았어요." 그녀가 말한다. "장미에서 추출하는 최종 결과물은 인위적인 방법을 통해 촉진되지 않고, 꽃이 자신의 과정을 밟아나가도록 내버려두는 마음에 달려 있다는 것을 경영진이 이해했어요. 그들은 공급자가 꽃을 자연스럽게 키우는 방법만 사용하길 주장했어요. 난 그것에 소질이 있었던 거죠."

"무엇에 대한 소질 말이오?"

"난 알 수 있었죠." 그녀가 말한다. "꽃을 그저 만지고 향기를 맡고서만 말이에요. 대개 손가락으로 줄기와 뿌리의 무게와 견실성을 재면서 만지는 것만으로도 몇몇 꽃들의 전체 선적과정이 얼마나 괜찮았는지 말할 수 있었죠. 어떤 꽃을 우리가 즉시 사용할 수 있는지, 그리고 어떤 꽃은 화학약품을 넣은 스프레이나 다른 방식으로 신선하게 보존된 것이라 우리가 김을 쐬고 불순물을 제거해야 하고 수확이 더 적을 거라고 예상해야 하는지 판단하고 알아맞히는 데 그렇게 만 하면 되었어요."

"단지 그것만으로 알 수 있었다고요? 기이하게 들리는군요."

"맞아요, 희한하게 들리는군요. 자, 그럼, 여기 우리에게 장미 한송이가 있소. 당신은 이 장미가 얼마나 신선한지 말해줄 수 있겠군요. 그럴 수 있소?"

"카메라를 켠 채 말인가요?" 그녀가 말한다. "카메라를 끄면 보여드리죠."

"녹화되는 것이 싫은가요? 솜씨 좋은 정찰병이 우연히 당신을 본다면요? 당신은 결국 쇼 같은 데 나오게 될 거요."

"그들이 이미 그런 제안을 했어요." 그녀가 말한다. "얼마 전에요. 그들은 '리얼리티 쇼'에서 나왔다고 말했어요. '들어본 적이 없는데요.' 내가 말했더니 '듣게 될 거요, 그럴 거요'라고 그 남자가 말했어요. '관심이 있나요?' 그 남자와 같이 있던 여자가 말했어요. 돈을 벌 수 있다면, 관심이 있었죠.—그런데 그들은 결코 다시 오지 않았어요. 그저 질문들만 잔뜩 했어요, 정말로 사적인 질문을. 그런 다음 감사의 뜻을 표현한 얇은 종이와 크고 두툼한 꽃다발을 보내왔죠. 우리 어머니가 꽃을 싫어한다는 것을 알고서도 그렇게 꽃을 보내왔으니, 그건 잔인했어요. 그들은 마치—저도 잘 모르겠지만—우리를, 즉 어머니와 나를 괴롭히고 싶어하는 듯이, 어쨌건 꽃을 보내온 거죠."

"음, 우린 '리얼리티 쇼' 같은 데서 나온 사람이 아니오, 로즈. 당신이 꽃으로 당신의 실력을 보여주는 동안 카메라를 꺼놓도록 하죠."

"자 여기 있소. 조심해, 이건……"

"좋아요." 그녀가 말한다. "그러면 이 장미를 보죠. 장미는 봉오리가 져 있어요. 단단하게. 꽃잎이 몇개나 있을까요? 그건 어린 장미가 숨기고 있는 거예요. 장미의 비밀이죠—대부분의 사람들이 그것을 알 수 있는 유일한 방법은 기다리고, 바라보고, 기다리고, 그리고 수를 헤아리는 것이죠. 혹은 온도계와 기계와 화학약품을 쓸 수도 있어요. 실험실에서 장미에게 화학약품을 떨어뜨리는 거죠. 하지만 그 어떤 것도 실제로 효과가 없어요. 왜냐하면 각각의 장미가 점차 열리면서 자기 고유의 속도로 스스로를 드러내며, 천천히 진행하도록, 꽃잎 하나하나가 자신에게 쏟아지는 빛에 열리도록 둬야 하니까요. 무심하게, 임뻬르셉띠블레멘떼(imperceptiblemente, 우리 눈에 보이지 않도록—옮긴이). 달이 떠오르는 방식, 혹은 달이 모습을 바꿔가는 방식으로요. 그게 바로 꽃의 템포예요. 꽃이 피는 데 걸리는 시간이죠. 장미 한 송이에, 우리가 요리하고 먹는 음식에 우리가 취해야 하는 것, 서로를 향해 행동해야 하는 시간이죠. 하지만 물론 우린 그렇게 못하죠."

"물론, 이 모든 것이 매혹적이요, 로즈. 하지만 아마 당신은—"

"알게 될 거예요." 그녀가 말한다. "내가 말하는 정확한 핵심을요. 사람들은 조급해요, 사람들은 시간을 가속화하고, 시간을 들이고 시간을 부숴버리고, 마치 우리가 더 빨리 운전할 수 있는 기계인 것처럼 시간의 수레바퀴에 기름을 칠하고, 페달을 밟고, 자신들이 준비가 되기 전에, 진짜 준비가 되기 전에, 스스로를 과시하는 법을 배우지요. 지금 제 손에 들고 있는 이 장미를 우리는 찢고 찌그러뜨려서 장미의 유령에게 주어버릴 수가 있어요. 우리는 기도로 이 꽃을 멈추게 하여, 낯선 사람의 눈을 위해 춤추게 만들 수 있어요. 하지만 꽃은 복수를 하게 돼요."

"꽃의 복수라고요?"

"살피는 눈에 인위적으로 노출된 장미는," 그녀가 말한다. "꽃이 가지고 있는 향유나 향기를 내뿜지 않지요. 꽃의 색깔도 응당 그래야 하는 것처럼 보는 눈에 위안을 주지 않죠. 재촉받고 부추겨지고, 자신의 팔과 다리를 활짝 벌리게 하고, 바라보는 누군가를 위해 십자가에 못 박히고, 상처받기 쉽게 된 장미꽃, 그런 장미꽃은 자신의 가장 깊은 비밀을 숨기는 법이지요. 비록 당신을 속여서 당신에게 그 꽃이 굴복했다는 생각을 하게 만들어도 말이에요. 가령, 이 장미—이 꽃은 꽃잎이 여덟 장밖에 없어요. 더이상은 없어요."

"여덟 장뿐이라고요?"

"그건 너무 적은데요. 우리가 이 장미를 위해 치른 값을 고려하지 않는 거군요."

"글쎄요, 당신들이 속으셨네요." 그녀가 말한다. "물에 담가두었다가 꽃잎이 나오면 헤아려보세요. 일주일이면 내 말이 맞다는 걸 알게 될 거예요."

"글쎄요, 우리는 그렇게 오랫동안 기다릴 사치를 누리지 못하오, 로즈. 그러니 당신이 맞는 것으로 가정해야겠소."

"그래요, 당신을 그냥 한번 믿어보기로 하죠."

"자, 그러면, 당신 말대로 이런 솜씨를 가졌다는 것을 가정하고, 당신은 어떻게 그럴 수 있소?"

"저 자신도 확실치 않아요." 그녀가 말한다. "제 생각에 옛날에 그걸 가르쳐주신 분은 다름 아닌 제 어머니예요. 어머니가 꽃을 싫어하지 않으셨을 때 말이죠. 여기 미국에서 꽃을 만졌을 때, 난 그곳, 즉, 꼴롬비아뿐 아니라, 꽃이 심겨지고 가꿔지고 포장된 어디에서나 있던 꽃들에게 작별인사를 했던 그 손가락들, 내가 태어난 고장에 있는, 나와 우리 어머니 같은 소녀들과 여인들의 손가락과 접촉하고 있는 것이기도 하다고 난 생각해요. 마치 그들이 꽃대와 바깥 이파리들에다가 자신들의 지문과 손가락의 속삭임을 남겨둔 것처럼 말이에요."

"손가락의 속삭임? 당신은 시인이로군요, 당신은 그걸 알고 있소, 로즈? 당신은 진정 시인이오."

"하지만 난 당신이 어떻게 그렇게 할 수 있는지 여전히 모르겠소."

"사람들은 잊었지요." 그녀가 말한다. "꽃, 가령 예를 들어 장미꽃 한송이의 향기, 우리는 그것을 가장 높이 치지만, 장미꽃에겐 그것이 쓰레기라는 것을요. 그건 자신이 필요없는 걸 제거하는 방식이고 장미가 자라는 방식이지요. 우리와 마찬가지예요. 당신도 알다시피 우린 필요없는 것을 제거하면서 살잖아요. 땀과 침과 다른 것들을요. 밤에 꾸는 꿈도 그래요. 만약 우리가 사람들의 쓰레기를 사랑하지 않으면 결코 사람들을 이해할 수 없어요. 그건 사람들이 자신들의 집이나 몸이나 마음에서 내다 버리는 쓰레기를 통해 사람들이 내부에 지닌 것, 사람들이 품고 있는 것이 무엇인지 아는 방식이죠. 우리는 식물들을 진짜로 알아야 해요. 데스데 아덴뜨로(desde adentro, 안으로부터—옮긴이). 마치 안에서 보는 듯이. 그게 바로 내가 알았던 거예요. 내가 열여섯살이 되기 전 그 첫여름에, 내가 사랑에 빠지기 전에 말이에요. 난 꽃 한송이가 준비되지 않았을 때를 알아봤지요. 어떤 낯설고 사랑이 없는 손길에 의해 꽃의 준비가 강요되었기 때문에 준비되지 않은 때를. 난 꽃의 정수가 사람뿐만 아니라 개와 말, 숨쉬는 존재 모두를 치유시키고 안정시켜줄 수 있도록 꽃을 언제 내보내야 하는지를 알았어요. 그때가 세상에서 제일 행복했던 때예요."

"그러면 왜 그걸 그만두었소?"

"기다려, 기다리라구. 우리 그 입증은 다 끝낸 건가? 그렇다면 카메라를 다시 작동시키는 게 좋겠어. 여기 로즈가 괜찮다면. 좋소. 그 직업이 당신을 그렇게 행복하게 만들었다면 왜 그 직업을 계속 가지지 않았죠?"

"어머니 때문이에요." 그녀가 말한다. "난 허브와 허브티 쪽으로 옮겨달라고 부탁했죠. 어머니 기분을 좋게 만들려고요. 전 생각했었죠, 음, 난 여전히 자스민, 카밀레, 하비스쿠스 같은 꽃들과 더불어 일할 수 있어, 비록 그 꽃들이 내 손에 들어올 때쯤이면 다 잘리고 건조되고 김을 쬔 상태지만. 더이상 그 꽃들은 내 손에 대고 말을 하는 살아 있는 꽃으로 간주되지 않지만 말이야. 하지만, 심지어 그것만이 아니었어요. 전 그 카네이션과 장미꽃과 국화꽃을 떠나야 했어요. 그 꽃들이 어머니를 행복하게 만들지 못한 것만이 아니라, 너무나 신경과민으로 만들었기 때문이에요. 난 분쇄기실에서 8년을 일했어요—그곳은 꽃을 섞고, 테스트하고, 조정한 뒤 가려내는 곳이지요. 질긴 대나 섬유는 폐기하고요— 모든 차가 순수한 농도와 동일한 맛을 내도록 만들기 위해서였지요. 하지만, 그것마저도 충분한 이유는 아니었죠."

"그녀가 꽃을 싫어했소?"

"우리 어머니는," 그녀가 말한다. "꽃이 우리 가문에 저주를 품고 있다고 믿고 계세요. 곤충이나 살충제처럼 꽃이 우리를 괴롭힌다고 생각하시죠. 뻬스띠시다(Pesticida, 살충제—옮긴이)라고 어머닌 아버지를 향해 각각의 음절을 낮게 강조하며 말하셨죠. 우나 말디시온(Una maldicion, 저주—옮긴이). 우리 딸한테 말이에요! 그런 다음 경멸의 태도로 스페인어로 말씀하셨어요. 라 니나 데 라 플로레스. 미 뽀로삐아 이하

(Mi propia hija, 나의 하나뿐인 딸—옮긴이). 꽃처녀라니! 그 다음에 어머니는 고개를 획 돌리시며 거울을 보셨어요. 난 알았어요. 어머니는 그렇게 될 수 있었던 여인, 어머니가 말씀하시던, 만약 꽃이 아니었다면, 가능했었을 마르따를 바라보고 계신다는 것을요."

"왜 그렇죠, 로즈? 당신 어머니는— 그러니까, 그렇게 태어나신 거요? 알다시피 몇몇 사람들은, 예를 들어 우리 할머니 같은 분은 꽃가루 알레르기를 가지고 태어나셨죠, 그녀도…… 그랬던 거요—?"

"우리 어머니는 늘 그런 것은 아니셨어요." 그녀가 말한다. "우리가 까딸리나에서 이사왔을 땐—"

"그때 당신은 몇살이었소?"

"여덟살이었어요." 그녀가 말한다. "우리는 이사왔어요. 사람들이 보고따(꼴롬비아의 수도—옮긴이)의 농원에서 수출용 카네이션을 기르고 있으며, 온실에서 일할 수 있는 젊고 건강한 여자를 구한다는 말을 어머니가 들으셨기 때문이에요. 어머니가 하신 일이 그거였어요. 망할 놈의 꽃들이 날 이렇게 엉망으로 만들었어, 하고 어머닌 말씀하시곤 했죠. 꽃과, 네 아버지의 달콤한 입술에서 흘러나오는 시가 그랬어—꽃들은 우릴 쫓아낼 거야. 우린 카네이션과 데이지와 국화꽃의 자취를 따라 북쪽으로 가야 할 거야,라고 말이죠. 그러니 어머니가 꽃을 유감으로 생각하셨지만 정말로 꽃을 싫어한 것은 아니란 걸 아시겠죠. 어머니가 꽃을 이용할 수 있고, 저주의 꽃을 넘어설 수 있다고 생각했던 시점에는 말이에요."

"하지만 그런 식으로 되진 않았잖소?"

"정말 관심이 있는 건가요—?" 그녀가 말한다. "이봐요, 어머닌 보고따 판사(Fanza) 농원의 원예사업에서 할 수 있는 온갖 일을 다 하셨어요—땅에 구멍을 파고 구근을 하나 하나 심고, 격자모양의 줄을 매달아 꽃대가 똑바로 서게 하고, 옮겨 심은 마른 싹을 하나 하나 벗겨내고, 심지어는 마지막에 냉장실에서 일을 하시기도 했어요. 결국 너무 쇠약해져서 폐렴을 앓으셨죠. 어지럼증 때문에 그들은 어머니를 그곳에 보냈어요—그런데 정말 당신은—?"

"당신이 말을 멈추고 싶을 때는 우리가 말을 하겠소, 로즈."

"듣고 싶은 내용을 우리가 결정하겠소. 당신은 그저 당신 어머니에 대해서 말해주기만 하면 되오. 그녀가 어지러움을 느끼기 시작했을 때 말이오."

"처음엔 두통이었죠." 그녀가 말한다. "머리가 쪼개져 열리는 것 같았대요. 쥐 한마리가 척추를 따라 머릿속으로 기어올라가 살금살금 위로 움직이고 있는 것 같았대요. 엘 돌로르 메 무에르데, 메 무에르데(el dolor me muerde, me muerde)라고 말씀하시곤 했어요. 그 말은 고통이 갉아먹고 있어, 깨물고 있어,라는 뜻이에요. 그러면 내 손이 어머니를 도와드리려 했죠. 저녁이면 어머니 머리에 마싸지를 해드리곤 했어요. 그러면 어머니는 곯아떨어지곤 하셨어요. 팔에 아기를 안고 흔들듯이, 어머니 머리를 내 손에 받치고 있었죠. 하지만 그 다음에 온 기절에 대해선 아무것도 할 수 없었어요. 꽃회사 소속 의사—그는 게으름이라고 하면서 어머니가 다시 일터로 복귀해야 한다고 했어요. 그러다 마침내 모든 여자들이 다 아프다고 하소연했지요, 어머니와 다른 여자들이 알아냈어요. 훈증소독에 화학약품이 사용됐고, 당시 대부분의 노동자들이 아프다는 사실을요. 화학약품은 항상 거기에 있었거든요. 처음엔 기생충의 침입을 막기 위해 땅에다가, 그런 다음에는 물을 끌어들이는 과정에 사용되었죠. 그래서 카네이션을 집어들면 특히 화학약품이 딱 붙죠, 머리며, 가슴에. 그리고 옷의 섬유를 통과하고 신발에도 붙고, 심지어는 사람들을 보호하기 위한 마스크에도 들어가죠. 우리 어머니의 말에 의하면, 꽃을 집어들어 다발을 만들고, 고무밴드로 같이 묶은 뒤 등급을 매길 때가 최악의 순간이라고 했어요. 완전 흠뻑 젖게 된다고 하셨죠."

"알겠소."

"당신들은 알고 싶으셨지요." 그녀가 말한다. "어머닌 집에 오셔서 살갗에서 그 냄새를 지우려 애쓰곤 하셨다는 것을요. 어머닌—'시인들과 결혼식을 위해 쓰이는 부드러운 꽃잎들은,' 피부를 계속 계속 문지르시면서, 내게 물을 붓게 하시고, 그런 뒤 우물에 가서 물을 더 가져오라고 하시면서 어머닌 말씀하시곤 했죠. '나와 다른 사람들에겐 지긋지긋해. 꽃의 갖은 향기들도 그래.' 어머닌 말씀하시곤 했어요. '그러는 동안 우리들은—날 보렴. 얼마나 창백한지. 빨리다스

(Palidas, 창백한—옮긴이). 키우는 국화꽃들 때문에 난 죽을 수도 있단다.' 만약 아버지가 그때 올바로 판단하지 않으셨다면, 어머닌 아마 돌아가셨을 거예요—그건 기적이었죠. 신도 우리를, 그리고 에두아르도를 불쌍히 여기셨음에 틀림없어요. 에두아르도는 그 당시 열세살이었고, 학교를 떠나 재빠르고 작은 손으로 꽃밭에서 일하기 시작했어요. 난 열살밖에 안됐고요. 아마 그들은 나도 받아들였을 거예요. 만약 바로 그때 아버지가 우리의 비행기 티켓에 돈을 마저 지불하지 못하셨다면요. 누군가가 하늘에서 우리를 향해 미소를 짓고 있듯이 비자가 나왔어요."

"당신은 신에게 많은 기도를 했군요, 로즈."

"네." 그녀가 말한다.

"그리고 그 기도가 효력이 있소?"

"당신은 일이 이루어지도록 기도하지 않는군요." 그녀가 말한다. "하지만 이것이 당신과 관계있는 일이라곤 생각하지 않아요, 사실을 말씀드리자면요."

"음, 당신은 우리에게 확신을 주었소, 로즈."

"당신 어머니에 대해서 말이오. 당신 어머니가 당신이 왜 꽃과 관련된 일을 하는 것을 지지하지 않았는지, 왜 당신이 직업을 바꾸어야 한다고 느꼈는지 이해하겠소. 하지만 우리가 이해하지 못하는 한가지가 있소. 소포에 대한 거요."

"그렇소, 로즈. 당신이 꼴롬비아에서 받는 그 소포들 말이오. 당신의 연고와 우려낸 차를 위해 당신은 그 소포로 온 것을 사용한다는 말을 들었소. 당신 어머니는 왜 그것은 반대하지 않았지요?"

"많은 사람들이 꼴롬비아에서 소포를 받아요." 그녀가 말한다.

"소포를 받는 모든 사람들이 마약과 함께 포장된 꽃을 배달하는 남자친구를 둔 것은 아니오. 소포를 받는 모든 사람들이 당신처럼 실험실에서 일하지도 않고 말이오."

"난 그저 1년밖에 그곳에서 일하지 않았어요." 그녀가 말한다.

"그곳엔 충분한 마약이 없었다는 뜻이오, 로즈? 당신이 그만둔 이유가 그것이었소?"

"난 지쳐가고 있어요." 그녀가 말한다. "이런 식으로 진행되면 더이상 이야기하지 않겠어요. 변호사가 없다면 말이에요."

"지금 그 말은 정말 의심스럽게 여겨지는군요, 로즈."

"네, 우린 당신이 숨길 것이 아무것도 없다고 생각했었소. 그런데 지금 당신은 변호사 같은 문제를 들고나와 우리를 협박하고 있소. 지금 여기는 그저 우리 셋이 있고, 우호적으로 대화를 하고 있는데 말이오."

"결국, 당신은 실험실에서 일했었소. 왜 그랬지요?"

"이것이 마지막 질문인가요?" 그녀가 말한다.

"거의 그렇소."

"전 직업을 바꾸고 싶었죠." 그녀가 말한다. "제 주변사람들은 결국 정원 같았어요. 식물에 물을 주고 가꾸듯이, 그들의 몸을 보살피죠. 햇빛을 충분이 받도록 하고 기도를 해야 하죠. 꽃을 돌볼 수 없다면, 간호원이 될 수 있었죠."

"그러기엔 이상한 방법이군요. 실험실로 먼저 간 것이 말이오."

"우리 공장의 매니저인 폴 쎄인트 마틴 씨가 제안했어요." 그녀가 말한다. "내가 그분에게 내 계획을 말했을 때 말이에요. 그는 그랬어요—뭐랄까, 나를, 내가 하는 작업을 좋아하셨죠. 그리고 실험실에서 제가 더 잘할 수 있을 거라고 생각하셨어요. '있잖아,' 쎄인트 마틴 씨가 말하셨어요. '1년 동안 실험실에서 일해봐. 네가 그걸 싫어하면 회사가 널 치료사로 훈련시켜줄 거야.'라고. 그래서 전—사실은 전 호기심이 생겼던 거죠. 푸른색 때문에."

"당신이 좋아하는 색이군요."

"네." 그녀가 말한다. "전 그들이 생산하고 있다고 들었거든요—그게 그말인지 모르겠군요, 아마 창조해낸다는 말이 맞는지도 몰라요—생산하고 창조한다는 말이오. 그들이 푸른 장미를 만든다는 거였어요. 전 그들이 어떻게 만드는지를 보고 싶었지요. 설령 내가 푸른 장미를 극히 반대한다 하더라도요. 지금도 난 반대해요. 만약 신이 장미가 푸른빛인 것을 원하셨다면, 푸른빛으로 만드셨을 거예요, 그렇지 않나요? 그래서 전 그들을 도왔지요. 다른 직원들과 실험들을 했죠. 그들은 제게 유전자를 분리시키는 법, 어떤 것을 푸른

색으로 결정하는 유전자를 삽입하고 조작하는 법을 보여주었죠. 그런 다음 그들은 다시 돌아가 그 유전자를 장미 씨앗, 플라스마에 삽입하는 방법을 발견했죠. 그 씨앗들은 꼴롬비아에서 왔어요. 냉동된 상자 안에 담겨 도착했지요. 난 그것들을 꺼냈고, 그것들이 나왔을 때 말을 건네고, 인사를 했지요. 그 씨앗들도 날 보고 반가워했어요. 하지만 난 그 씨앗들을 보고 기쁘지 않았어요. 그 씨앗들이 자기 고향으로 돌아갈 때 변해 있을 거라는 것, 그곳에서 푸른빛으로 자랄 것이란 사실을 알았으니까요."

"그래서 요점이 뭐요, 로즈?"

"그렇소, 로즈, 회사에 그게 어떻다는 거요?"

"그들은 자라난 푸른 꽃을 비용을 받고 전세계로 수출했어요." 그녀가 말한다.

"훌륭하군."

"당신은 그곳에 머물렀어야 했소, 로즈. 지금쯤 부자가 되어 있을 텐데. 돈 속에서 헤엄을 칠 텐데 말이오. 아마 당신은 당신의 남자친구와 아버지를 어려움에서 구할 수도 있었을 텐데 말이오."

"우리 아버지요?" 그녀가 말한다.

"그렇소, 당신 아버지 말이오."

"아버지가 어떻다는 거죠?" 그녀가 말한다.

"너무 방어적으로 굴지 마시오. 우린 그저 일을 하고 있을 뿐이오."

"그분은 선량하신 분이에요." 그녀가 말한다.

"그렇다면 우리가 그에 대해 가지고 있는 의혹들을 풀어 주는 일이 어려운 일은 아니겠군요. 그렇소? 여기저기 한두 가지 의혹들 말이오?"

"이를테면요—?" 그녀가 말한다.

"당신이 태어나던 날 그가 왜 고국을 떠났을까 같은 거 말이오. 내가 착각하는 것이 아니라면, 당신이 지난번에 그렇게 말한 것으로 생각하는데요? 누군가가 그를 죽이려 했다고?"

"그렇소, 로즈. 당신 아버지가 그렇게 두려워했던 것이 뭔가요?"

"전 몰라요." 그녀가 말한다. "왜 그에게 물어보지 않지요?"

"우린 물어보았소, 로즈. 물어봤소. 그런데 지금은 당신에게 물어보고 있소."

"그분이 뭐라고 하시던가요?" 그녀가 말한다.

"그의 말이 친척과 문제가 있었다고 했소. 그 마을—까딸리나였나?—사람들하고 말이오. 급하게 떠나야 했었다고 했소. 그가 그 지역 아가씨였던 당신 어머니와 사랑에 빠졌기 때문에 그들은 당신 아버지를 싫어했었던 것 같소. 당신 어머니는 정말로 어렸었던 것으로 보이오, 당신도 알다시피 당신 아버지가 그랬을 때 말이오—"

"우리가 그에게서 알아낼 수 있었던 이게 전부요."

"우린 당신이 뭔가 더 알고 있을 거라 생각했었소, 로즈."

"전 몰라요." 그녀가 말한다.

"당신이 태어날 때 왜 그가 그곳에 없었는지 전혀 물은 적이 없다는 말이오, 당신의 아버지인데 말이오?"

"없어요." 로즈가 말한다. "결코."

3부

겨울 눈보라 속에서 들장미 한 송이가

튼튼하고 위협적으로

헐벗은 줄기를 덜걱덜걱 흔들다가

계절이 오자

그 창백한 장미꽃을 피우는 것을 내가 봤기 때문에

| **단떼 『신곡』, 천국편(Paradiso)** |

| 13곡(Canto), 133~35행 |

일곱

받아적으시오, 치료사.

환자: 그레이엄 블레이크. 상
기 환자는 아직 치료중임. 내
가 평가회의를 진행하는 중
간에 사무실로 갑자기
들어왔음. 같이 회의를
하던 사람은—그냥 X로
써두시오. 다행히 X는 그레이
엄 블레이크가 아는 사람이 아니
었음. 그래서 이 문제에서 비밀은 유
지되었음. 하지만 우리는 당사자 그레이
엄 블레이크가 치료의 이 단계에서 전개하는
분노의 등급을 과소평가했었음. 난 아직도 그를
완전히 비폭력적이라고 여기지만, 그의 동요상태가

그를 어디로 이끌지는 두고볼 일임.

난 급히 X를 방에서 내보내며 우리의 회의는 15분 후에 다시 시작할 것이라는 확신을 주었음. 그러면서 거의 자제심을 잃은 블레이크에게 몸을 돌렸음. 문이 닫히고 우리 둘이 있게 되자마자, 상기 환자는 고함을 치기 시작했음. 그가 안으로 걸어들어왔을 때, 녹음기 버튼을 누를 정도로 선견지명이 있었으면 좋았을 것이라 여김. 하지만 그때 그는 날 똑바로 보고 있었음. 내 손가락을 뚫어지게 보며 나를 잡아당기려고 했음. 그래서 난 두려워 약간 두근두근했음. 아니오. 수정하시오. 두려움은 지우시오. 우려가 더 적합한 말이오. 톨게이트 씬드롬에 대한 내 책 속에 이 기록이 들어가면 더 좋을 듯이 여겨지는군. 치료사, 정말이지 전율에 대한 그 마지막 구절은 써넣지 마시오. 날 그렇게 보이게 만들어주시오…… 그저 상기 환자와 나의 대화를 적어넣으시오.

그의 장광설은 일련의 논평과 질문과 모욕적인 말로 연이어 이루어져 있었소. 난 그 말들을 다 기억하지 못하지만, 여기에 아주 비슷한 말이 있소. “당신은 왜 내 가족이 살아 있다는 말을 하지 않았소? 내 가족, 진짜 가족 말이오. 당신의 가짜 모델이 된 가족 말이오. 당신이 하지 않았다고 말하지 마시오, 이 개자식. 필라델피아에서. 로즈 몬떼로. 제이슨과 꼭 닮은 그녀의 오빠. 버드와 꼭 닮은 그녀의 아버지. 더 원하오? 더 필요하오? 어떤 종류의 마인드 게임을 하고 있는 거요, 톨게이트?”

이건 게임이 아니며, 그나 나나 게임을 하고 있는 것이 아니라는 걸 그에게 알려주려고 입을 열려고 하는데 그가 내 옷깃을 잡고 강제로 앉혔소.

"난 명료한 답변을 원하오. 난 지금 그걸 원하오. 첫째 질문이오. 모든 치료 시간에 배우가 나오는 거요? 아니면 진짜 사람들과 하는 시간도 있는 거요?"

난 우리 매뉴얼에 나와 있는 충고를 따랐소. 논리적이 돼라, 그리고 무엇보다 당신이 사업가를 대하고 있다는 것을 잊지 마라.

"내가 배우들을 구할 수 있는데, 번거롭게 실제 사람들을 데리고 이것을 하리라 생각하오? 어떤 것이 덜 위험하고 비용이 덜 든다고 생각하오? 두 그룹 가운데, 어떤 그룹을 내가 더 충분히 통제할 수 있다고 생각하오? 두 선택 가운데 더 많은 고용과 더 적은 소송을 창출하며, 고객들의 변덕에 더 부응하는 것이 무엇이오?"

"그렇다면 아무도 내 원래의 가족, 내 진짜 가족하고는 치료 시간을 갖지 않는다는 말이오? 아무도 유리거울과 카메라를 통해 내 가족들을 조작하고 있지 않으며, 그들을 회복할 수 없게 만드는 어떤 일도 하지 않는다는 거요?"

"사람들은 그들에게, 그 몬떼로 가족에게 회복할 수 없는 많은 일들을 행해왔소. 권력을 더 많이 가진 사람들이 권력을 덜 가진 사람들에게 항상 그렇게 해오고 있소, 블레이크 씨. 하지만 당신이 의미하는 방식, 직접적으로 말하자면, 그들에게 첩보활동을 하고, 그들을 쫓아다니고, 신을 희롱하는 일—그런 일은 몬떼로 가족에게 절대 일어나지 않았소. 결코 그런 식으로 일어나지 않았소. 우린 당신으로 하여금 록산나 가족에게 그런 일이 일어나고 있다고 믿게 만든 거요."

"조니—진짜 조니—는 언제 마약혐의로 죄를 뒤집어쓰게 된 거요?"

"그가 죄를 뒤집어썼다고 누가 그랬소?"

"로즈, 그의 여자친구가 그랬소. 필라델피아에서. 나를 데리고 그 마인드 뭔가 하는 엿 같은 게임을 하지 마시오, 톨게이트. 당신이 그 가족을 모델로 썼다고 인정했잖소, 당신은 인정하고 있소, 그렇지 않소?"

"물론 인정하오. 그들뿐만이 아니오. 몬떼로 가족은 우리가 시행해오던 각본, 소위 말하는 중심의 핵을 위한 예비적인 토대로 기능할 뿐이오. 그것으로부터 우린 즉흥적으로 일을 꾸미고, 출신지 국가를 바꾸며, 조합을 만들어내지요. 남녀배우들이 알맞은 어조를 찾게 내버려두고 있소. 물론 환자가 누구이며, 그 혹은 그녀가 무엇을 필요로 하느냐에 달려 있죠."

"여자가 환자이기도 합니까?"

블레이크는 마음을 가라앉히기 시작하는 중이었소, 치료사. 그는 그의 딜레마와 상관없는 문제를 질문하고 있었소. 지적 호기심을 가지기 시작한 거요. 좋은 징조지. 난 의자를 가리켰소. 그는 앉았지. 평가회의를 위해 그가 왔을 때 그가 언제나 사용하곤 하던 안락의자였소. 쌤 헬넥이 그를 이 기관에 보냈던 초기에 그가 선택했던 의자 말이오.

"지금까지는 여성이 없소." 내가 대답했어. "현대의 감수성을 존중한다는 의미에서 그 혹은 그녀라고 말한 거요."

"그렇다면 왜 여자 환자는 없는 거요?"

"아마 여성 경영인이 너무나 소수여서 그런 거겠지요. 어쩌면 여자들이 속아넘어가기 더 힘들기 때문일 수도 있소. 우리의 쏘니아가 누군가를, 이를테면 당신 아내처럼 다룰 거라고 생각지는 않소. 당신의 전처 말이오. 쏘니아가 당신을 다루었듯이 말이오."

아마 똑똑한 코멘트는 아니었소, 치료사. 그가 속았다는 사실을 환기시켰으니까. 하지만 상기 환자는 자신을 다소 과대평가하고 있어서, 난 그에게 자신이 생각하는 만큼 그렇게 똑똑하고 영리하지 않을 수 있음을 상기시켜주고 싶었소.

"그러면 날 위해 왜 그 특정한 가족을 택한 거죠?" 그가 물었어. "왜 필라델피아에 사는 몬떼로 가족입니까?"

난 목을 가다듬으면서 시간을 가졌소. "내가 그들을 택한 이유를 논의할 자유가 실은 내게 없소. 그러면 우리가 당신을 위해 계획한 방식을 드러내게 될 것이고, 그건 당신의 치료에 부정적인 영향을 끼칠 것이오."

"당신은 내가 치유되었다고 했잖소. 그러니 말해도 됩니다."

"당신은 지금 치유된 것 같지 않소. 다소 동요를 느끼는 것 같소."

"동요하고 있다고 했소? 난 이 망할놈의 책상을 창문으로 내던지고, 더불어 당신도 같이 내던질 것이오. 난 당신을 경찰에 고발할 것이오."

"부유한 후원자 하나를 위해 한달짜리 공연을 한 게 불법적이란 말은 처음 들었소. 우린 아무 잘못도 하지 않았다는 것을 알고 있소. 당신 자신에 대해서도 똑같은 말을 할 수 있소, 블레이크 씨? 부디 경찰을 불러보시오."

"진짜 가족에게 당신이 스파이짓을 했다는 사실은 어떻게 하겠소? 그건 사생활 침해요."

"내 생각에 당신은 그것을 증명하기 힘들 거요. 정말로, 블레이크 씨, 현재 살고 있는 실제 가족에 근거해서 가짜 가족을 만든 것이 뭐가 잘못된 거죠? 그것이 당신에게 사실성을 높여줬지 않소? 효과가 있었잖소? 그리고 누구 해를 입은 사람이 있었소?"

"당신은 그렇게 사람들을 염탐해서는 안되오. 그들의 삶을 택해서 그것을 당신이 말한 대로, 누군가의 드라마의 핵심으로 만들어서는 안된다는 말이오. 그들의 삶은— 제기랄, 그들의 삶은 그들에게 속해 있소."

난 그런 반대에는 준비가 돼 있었소. 치료사도 그걸 들을 적이 있지요, 난 그런 반대를 어찌나 많이 들었는지 싫증이 나기 시작했소.

"예술가들이 항상 그렇게 하오." 내가 대답했어. "우리들은 치료 예술사들이오. 우린 현실을 택해서 약간 과장하고, 배역을 캐스팅하고, 한명의 관객과 함께 완벽한 공연을 조직하지요. 말하자면 3백만 달러의 티켓으로 극히 안락한 의자를 갖추고 진행하는 참여극이오. 그건 반복할 수 없는 완벽한 예술작품이고, 상호작용이 일어나는 상류계층 연속극이오. 그건 결코 한 개인 이상의 것이 아니기 때문에 더더욱 고유성을 가지지요. 한번의 연출, 한명의 소비자, 한명의 고객, 한번의 치료. 질의 하락이라든가 공통분모, 대중문화 같은 것은 여기에 존재하지 않소. 그리고 어느 누구에게도 해를 끼치지 않소."

"당신은 계속 그렇게 말하는군요. 계속 그 말을 하고 있단 말이오. 하지만 누군가 다친 사람이 있소. 바로 조니요. 아마 당신은 내가 그 장면에 등장하기 전에 그에게 죄를 뒤집어 씌웠소, 당신은 그 사내를 거짓 마약혐의로 체포되게 했잖소. 그 가족이 어떻게 반응하는지 보려고, 그들이 그걸 어떻게 받아들일지, 로즈라는 여성이 그것을 어떻게 받아들일 건지 보려고 말이오. 그런 다음 쏘니아가 나를 확신시켜서 똑같은 일을 하게 했어요. 한가지 가능성은 그것이오."

"당신의 상상력은 조금도 줄어들지 않았군요, 블레이크 씨, 당신이 당신의 소망을 완성하는 것을 내가 관찰하는 즐거움을 누린 이래로 말이오. 당신의 소망이었지 우리의 소망이 아니었소."

하지만 이 지점에서 그는 전혀 듣고 있지 않았소. 그를 진정시키기 위한 나의 어떤 시도에도 말이오, 치료사.

"다른 가능성은," 우리의 환자 그레이엄 블레이크가 단조롭게 계속 말을 이어갔소. "내가 그 배우, 그 가짜 조니를 체포하라는 명령을 내린 이후에 진짜 조니가 체포되었다는 것이오. 그 경우, 난 진짜로 책임이 있는 거죠. 내 말은 직접적인 책임이 있다는 거죠. 당신이 행동으로 옮기기로 결정한 것은 다름아닌 내 생각이었소, 어떤 뒤틀린 이유 때문에, 내가— 그런데 당신은 왜 그렇게 한 거지요? 왜 그에게 죄를 뒤집어씌웠소?"

"모든 환자들은 담당 정신과 의사의 무오류성에 대고 선언을 하지요. 하지만 우리는 당신들이 생각하는 것 이상의 슈퍼맨이 아니오. 만약 내게 그런 종류의 능력이 있다면…… 그런데 당신은 아직도 이 조니라는 사람이 죄를 뒤집어썼다는 증명을 하지 못했소. 그가 유죄가 아니라고 누가 말하겠소? 그리고 당신은 왜 신경을 쓰는 거죠? 당신은 심지어 그를 알지도 못하는데."

"당신은 내 질문에 답하지 않고 있소. 내 가족이 오직 나를 위해서만 사용된 것이요? 아니면 다른 기업인 환자들도 내 가족을 가지고 연극을 했소?"

"분명 당신은 우리가 다른 환자들을 위해 마련한 그와 유사한 드라마들을 질투하고 있는 건 아니지요. 우리가 다른 환자들과 함께, 그들을 위해 하는 일, 우리가 다루는 모델들은 전적으로 우리의 일이며, 전적으로 그 환자들이 치료 시간에 가져오는 문제와 딜레마의 종류에 달려 있소. 그런 종류의 수익을 위해 우리는 이야기와 등장인물들을 덧붙이고 있소. 물론 우리는 독점적으로 제공하는 것을 선호하오. 하지만 만약 어떤 한 상황에서 고용된 인물이 다른 상황, 다른 고객을 위해서 정확히 필요한 사람이라면, 영감을 준 그런 원천을 서슴지 않고 활용하오. 당신이 승리의 공식을 알아냈을 때…… 그건 당신의 기업경영 스타일과 다른 것이오? 하지만, 블레이크 씨, 내가 다시 묻겠소. 당신은 왜 신경을 씁니까? 당신은 낫지 않았습니까?"

그러자 상기 환자는 마침내 그가 폭발할 때 선언하리라고 내가 기대하던 것, 그가 치료의 다음 단계로 잘 가고 있다는 증거가 되는 선언을 했소. 그의 치료가 이상적으로 잘 이루어지고 있음을 보여주는 증거 말이오. 그가 말했소. "내 가족이 진짜라면 문제가 다르지요. 그들의 고통이 실제로 존재한다면. 그들의 희망이 진짜 존재한다면 말이오."

나는 이번에는 내가 해야 하는 방식대로 반응을 보였소. 이렇게 멀리 오는 사람에게 내가 늘 보이는 반응이지. "중요하지 않소," 내가 말했소. "그들이 실재하든 아니든. 실재하는 건 도덕적인 선택이오. 당신이 록산나를 구하기 위해, 모든 규칙들을 무시하고, 당신 자신의 격을 떨어뜨리고, 당신의 지위와 어쩌면 당신의 안전까지도 위험에 빠뜨렸을 때, 당신은 그때 올바른 선택을 한 거요. 록산나가 배우라는 것도 모른 채 말이오. 당신에게 록산나는 실재했었소. 그녀는 곤란에 처했고, 당신은 모든 장벽들을 부수었던 거요—물론 우리들로부터 약간의 도움을 받고 말이오—그녀를 구하기 위해서 말이오."

"그리고 지금 그녀가 다시 곤란에 처했소. 그녀가 아니라 로즈가. 처음 사람. 진짜 사람이. 그녀가 어려움에 빠졌소. 공장이 위험하오. 그녀 아버지는 여전히 그녀에게 어떤 짓이라도 할 사람이오. 그리고 그녀의 연인은 감옥에 있소. 그들 모두 곤란에 처해 있소."

그는 그런 것을 폭로하도록 형성되어온 것이었고, 난 그가 거기에 도달하기를 기다리고 있었소, 치료사. 그는 그때 내가 했던 말을 내게 해야 했소. 즉, 그는 다소 무의식적인 방식으로 나의 허가를 필요로 했던 거요.

난 그에게 그걸 주었소.

"그들이 그런 위험에 빠져 있다면, 그렇다면, 필라델피아로 가시오. 다시 한번 그들을 모두 구하시오. 하지만 내가 만약 당신이라면 그러지 않겠소. 그 가족처럼 망가진 가족들이 전세계에 수백만이오. 대부분은 그들보다 더 심하게 망가져 있소. 당신이 그들 모두를 구할 순 없소."

그는 일어섰소.

"난 그들 모두를 구할 필요는 없소, 톨게이트 박사." 그가 말했어. "한가족," 그가 말했어. "내가 원하는 건 그게 다요. 그 한가족을 구하라는 것 말이오."

그리고 그는 떠났소.

마지막으로 한가지 주의할 것이 있소, 치료사. 이 상황이 계속 반복된다면 녹음장치를 자동적으로 실행할 방법이 없는지 기술팀에 알아보시오. 내가 시간이 날 때 환자의 얼굴을 살펴보지 못한다면, 그들의 목소리와 표정에서 그의 다음 단계가 무엇일지 예측할 수 없다면 정말 불편하오.

이 기록들을 컴퓨터로 쳐서 오늘 오후 내 책상에 놓아줄 수 있겠소, 치료사?

고맙소.

그럼 됐소.

여덟

넌 나를 자랑스럽게 여겨야 할 거
야, 록산나. 난 네가 간 길을 갔었
어. 넌 여러날 동안 그녀를 관
찰했음에 틀림없어. 그녀의
몸짓을 익히고, 그녀가
걷고 기도하고 웃는
방식을 연구했던 거야—
도대체 어떻게 그렇게 완벽
하게 로즈의 미소를 모방할 수 있
었지? 네가 혼자 그걸 했었더라면, 내
말은 개인적으로 그걸 했던 거라면, 넌
해낼 수 없었을 거야. 톨게이트 밑에서 일하
는 이반이라는 이름의 건장한 청년과 다른 건장
한 청년들이 도움이 되라고 쌓아준 그 비디오들을

연구하는 것만으로 충분하지 못했을 거야. 넌 바싹 가까이 붙어서, 바로 옆에서, 이것을 했던 것이 분명해. 그녀의 뒤를 밟으면서 시간을 보내고, 심지어는 그녀가 많은 시간을 보내는 아일랜드인 술집, 쌔드 독스(Sad Dogs)에서 그녀를 알게 되어 심지어 같이 술을 마셨을 수도 있어. 내가 그랬던 것처럼 말이야. 한잔 이상 마셨을 수도.

공항에서 차를 빌려 클린 지구 공장까지 몰고 가 그녀가 나타나길 기다렸던 거야? 아마 넌 그럴 필요도 없었을 거야. 어쩌면 넌 이 도시에 살았을 수도 있어—지역 배우, 맞지?—어쩌면 네가 그녀를 쫓아다니고 그녀를 안심시킬 수 있도록 공장 안에서의 일자리를 톨게이트가 줬을 수도 있지. 난 그럴 수는 없어. 공장 매니저들이 날 본 적이 있거든—난 대중 앞에 나타나는 것에 대한 공포증에 걸린 것일 수도 있어, 어쨌건 지금까지는 말이야—그래서 난 폴 쎄인트 마틴을 찾아가서 거스 핸더슨에게 카페테리아 안의 일자리를 하나 주라고 요구하지도 못했어. 그 이름은 내가 태어나고 자란 체스트넷 힐 인근에 위치한 친절하고 아침도 제공하는 여인숙에 내가 등록할 때 쓴 이름이야. 거스 핸더슨. 감시장치를 취급하는 순회판매원. 가정과 사무실에 도청장치, 몰래카메라, 소형카메라, 위성 전송, 인터넷 스파이 브라우저 등을 설치함. 이건 내가 접수대에서 오리어리 부인에게 말했던 내용이야. 내 방에 옮겨져 설치되어야 하는 그 모든 장비에 대해 그 부인이 캐묻지 않게 한 거지. 모든 것을 현금으로 지불했어.

아무도 날 추적하지 못하게. 제씨카, 톨게이트, 쌤, 누구도. 내가 회복되고 준비될 때까지는 안돼, 그랜저, 개자식.

그녀는 자전거를 타고 다녀, 록산나. 로즈가 그렇다구. 넌 연기에 그런 세부적인 것까지 넣지는 못했지. 넌 한번도 그것을 언급조차 안했어. 넌 너 자신을 걷기 광으로 만들었지. 몇마일이고 걸어다니고 필요한 경우가 아니면 절대 버스나 지하철을 타지 않고, 차를 살 형편이라도 절대 차를 사지 않을 사람으로 말이야. 그렇게 많이 보도를 걸었으면서도 넌 어찌 그렇게 생기 넘치게 집으로 돌아올 수 있었어? 난 그런 세부적인 것들에 대해선 생각하지 않았었지—혹은 어쩌면 난 단순하게 나란히 붙어 있던 우리의 아파트가 공장 모퉁이에 있다고 생각했을지도 몰라. 나를 위해 네가 안무한 것, 톨게이트가 널 춤추게 만든 것에 너무 빠져 있어서 난 사실을 직시할 수 없었어. 반면 로즈에 대해선—핵심적인 것과 세부적인 것 모두 다 보았어. 난 아주 조심스럽고, 관찰하는 태도를 보였지. 그래야 했어. 나밖에 없었으니까. 하나만 실수해도 모든 걸 날려버릴 수 있었으니까.

단 한번의 실수도 하면 안되었지.

난 시간을 들였지. 네가 추천했던 것처럼, 로즈에 기초한 너의 인물이 주장했던 것처럼. 보답을 받을 거라고 너는 조니에게 눈으로 말했지. 그때 네가 사랑의 행위를 자꾸 연기하고, 그로 하여금 영원히 지속될 전희를 즐기게 만들 때 말이야. 내 자신의 보상은 그 빌린 차 안에서 브루스 스프링스틴(노동자들의 고단한 삶을 어루만지는 노래로 노동자계급에게 보스라 불리며 미국인들에게 가장 사랑받는 록커 중 하나—옮긴이)의 "본 인 더 유에스에이"(Born in the USA, 스프링스틴의 대표곡 중 하나로 고달픈 일상생활에서 어떤 존엄성을 찾고자 하는 내용임—옮긴이)를 대여섯 시간이나 계속 들은 이후에 왔어. 거기 그녀가 공장에서 자전거를 타고 나타났던 거야. 옷자락을 바람에 나풀거리면서. 내가 널 처음 보았을 때, 록산나 네가 입었던 것과 같은 옷이었어. 몰래카메라가 돌아가는 동안 내가 나타샤의 몸에서 벗겨내던 그 푸른 원피스와 너무나 비슷했어.

난 의심스러워졌어, 록산나. 넌 내게 그것도 가르쳐줬어. 그리고 나는 그것이 바로 그 원피스라는 것이 의아했어. 그 특별한 푸른빛. 물론 그건 너와 톨게이트와 다른 사람들이 날 위해 공연한 그 쇼의 의상디자이너가 실제 살아 있는 로즈를 보고 영감을 받았을 수 있다는 뜻이었어. 네가 그녀의 삶, 그 무렵의 삶을 베꼈듯이, 그 디자이너가 그녀의 옷을 베꼈을 수 있다는 의미였지. 하지만 다른 뜻일 수도 있어. 즉 로즈가 톨게이트에게 돈을 받고 있다는 것, 톨게이트가 그녀에게 미리 정확히 그 원피스를 입도록 해서 날 유혹하는 그 과정을 완성하게 했을 수도 있다는 것이었지. 우연의 일치가 너무 많아,라고 난 혼자 생각했어. 로즈의 그 다리, 네 다리와 너무나 다르지만, 너무나 무심하고 자유롭게 자전거 페달을 오르락내리락 해서, 너희 둘의 그 차이에도 불구하고 너희 둘을 연결시키는 공통의 유대, 공통의 핵심을 떠올리게 하는 그 다리를 바라보는 전율 속에서 난 생각했던 거지. 우연의 일치가 너무 많아. 경고벨 같은 거지. 로즈가 처음부터 이 음모에 가담한 것이라면? 염탐당한 것이 아니라 밀고자이고, 은밀히 관찰당하는 것이 아니라, 매일매일 보고하고, 그 프로젝트를 컨썰팅하며, 록산나 네가 사랑을 나눌 때, 네가 신음하는 방식을 비판하는 것이라면. "그건 내가 하는 방식과 달라요. 내 말 잘 들어요, 날 따라해요. 사랑을 나눌 때 나처럼 되려고 해봐요." 조언하는 로즈의 목소리를 들을 수 있을 거야. 그런데 그녀는 결코 충고하지 않았어. 그녀는 실제 존재하는 사람이야, 록산나. 너의 가짜에 결단코 가담하지 않았으며, 자신이 다니는 공장의 주인을 치료하기 위해 네가 자신의 존재를 떠맡았다는 것도 몰라.

하지만 그 지점에서 난 확신을 할 수가 없었어. 그래서 필라델피아의 활기 없는 거리를 따라 그녀를 따라가다가 네가 자살하는 중으로 여겨진 그날, 널 구하기 위해 내가 들어갔던 빌딩을 떠올리게 하는 빌딩까지 가면서 이런 가능성에 대해 생각해보았어. 즉 유사하지만 똑같지는 않다고. 다른 모든 것도 그래. 로즈의 집 말이야. 8층에 있지 않고 4층에 있어. 난 알아야 했어. 저 계단을 난 정말 여러번 올라갔어. 저녁 먹으러 다녀오기도 하고. 심지어 바로 어제 일요일 아침 겸 점심을 먹으러 갔어. 몬떼로 가족은 내게 호의를 보여주었어. 록산나 네가 이 손님에게 절대 주지 않았던 호의를 말이야. 하지만 한편, 이 손님도 네게 어떤 보답도 주지 않았지,

그랬지? 곤란한 일 말고 준 게 없었지.

난 그에 대한 보상을 주었어. 같은 날 바로 그 저녁에 난 파괴자가 아니라 은혜를 베푸는 자가 확실히 될 작정이었지. 위스키 한병과 치즈케이크를 보내고 환상적인 음식 한바구니를 첨가했지. 카드에는 멀고 가까운 곳에 있는 찬미자로부터,라고 썼어. 그것으로 내 재치를 보여준다고 생각했지. 훨씬 더 재치있었어. 몬떼로 가족들이 좋아하는 음식들만 있었으니까. 록산나, 너와 너의 가짜 가족들은 네가 모델로 한 그 사람들이 진짜 좋아하는 것과 싫어하는 것이 무엇인지에 대해 올바른 정보를 주었어. 네가 좋아하는 것을 미리 다 알고 있으면 유혹은 훨씬 더 쉬워지지—비록 톨게이트는 까다롭게 모든 것이라는 말에 동의하지 않겠지만 말이야. 가령 예를 들면 난 장미 오십 송이를 사려고 했었어. 그런데 그때 쏘니아가 컴퓨터에서 검색하던 자료에 있던 어떤 것, 로즈 어머니가 꽃을 싫어하게 된 과정에 대한 것이 기억났어—그래서 난 그런 실수를 저지르지 않았지. 그리고 상어알도 사면 안된다, 당신들 가족은 모두 상어알을 싫어한다고 생각했어. 톨게이트가 그 사실을 진짜 몬떼로 가족으로부터 강탈해온 것이라고 추측해야 했지. 나중에 내가 저녁에 초대받았을 때 난 그들이 상어알을 싫어한다는 것을 확인했어. 내가 그 화제를 꺼냈었어. 너무 허세가 커요. 마르따가 불만을 털어놓았어. 너무 부르주아적이에요, 에두아르도가 말했어. 콜레스테롤이 너무 많아요, 로즈가 말했어.

마르따가 집에서 요리한 음식 앞에 앉기도 전에 난 벌써 두 가족이 같은 취향을 가지고 있다는 것을 확인했고, 로즈와 그녀의 가족이 내 존재를 기뻐했다는 걸 알았지. 음모가 꾸며졌어. 왜냐하면 난 4층 복도 바깥의 계단참에서 기다리면서 배달하는 사내아이를 매수하여 내게 정보를 알려주도록 했기 때문이야. 1주일치의 봉급보다 더 많은 팁을 주고 그 녀석을 손아귀에 넣은 거지. 그는 나와 함께 계단을 내려오면서 온갖 자세한 것들을 전해주었어. 난 그의 눈을 통해 내 선물에 대한 그들의 어리둥절하면서도 즐거워하는 반응을 기다리고, 꾸물대며 열심히 들었던 그들을 바라보았어.

하지만 마지막 선물이 아니었어. 그 다음날 아침, 록산나와 그녀의 아버지가 일터로 떠나기 전 일찍이, 나는 그들에게 커다란 텔레비전 수상기를 보냈어. 그들이 알 수 없었던 건, 감시장비를 파는 가게에 주문해서 텔레비전에 조그만 비디오카메라와 송신기를 장착해서 그들이 플러그를 꼽기만 하면 내가 그들의 거실을 볼 수 있게 한 점이었어. 거실은 너의 톨게이트 박사가 나 보라고 마련해놓은 아파트만큼 그렇게 침울하고 침침하지 않았어. 더 깔끔하고 더 품위가 있었어. 하지만 분위기는 똑같았지. 록산나, 너의 그 가짜 아파트를 만든 쎄트 디자이너가 로즈 집을 조사하고 평가하여 대부분의 특징들을 같게 만들었음에 틀림없어. 예를 들어 한때 제이슨이 잤으며, 지금은 너와 같이 쓰던 방에서 쫓겨난 싸이먼이 자기 침낭을 펼쳐놓고 있는 그 소파 같은 거 말이야.

싸이먼은 새로 온 텔레비전 수상기에 가장 열광적이었지. 넌 걱정했었고. 난 아침이 제공되는 거대한 침실에 설치된 모니터를 통해 널 보았어. 네 이마에 골이 파이는 걸 봤지. 넌 이것을, 가깝고도 멀리 있는 찬미자로부터 온 이런 선물들을 좋아하지 않았어. 그런 관심에 대해 몸으로 지불해야 하는 사람이 누구겠냐고 너는 추론했어. 그건 너야,라고 난 말했지. 난 그녀를 뜻했어. 로즈 말이야. 그녀가 걱정했어.

그녀의 엄마, 마르따도 마찬가지로 걱정했지. "우린 그걸 돌려줘야 해," 그녀가 말했어. "가난한 사람에게 선물이 올 때면, 특히 그 선물이 꽃일 경우, 결국 그 빚을 신경쓰게 되는 사람은 언제나 여자야." 그런데 마르따에게는 뿌에르또리꼬 음식을 파는 가판대나 뭐 그런 종류의 것이 없었어. 사실 그들은 꼴롬비아 출신이고 음식 가판대는 톨게이트의 창작품이었어. 혹은 어쩌면 엄마 역할을 하던 여배우가 그것을 생각해낸 것일 수도 있고, 아니면 어쩌면 그들이 그런 결정을 내렸을지도 모르지. 왜냐하면 그것이 나로 하여금 끼어들게, 그녀를 불리하게 만들고 씰비아를 구미가 동하는 목표물로 삼게 만들 수 있는 손쉬운 길이었기에. 마르따는 그렇게 피해를 받을 수는 없어. 왜냐하면 그녀는 아직 직업을 구하지 못했거든. 너무 늙고 무자격에다가 성깔이 있어. 그런데 로즈의 오빠 에두아르도는 네드가 그랬던 것처럼 노름꾼이었고, 그는 물론 싸이먼 편이야. 그들은 다만 그날 저녁 뭘 볼지를 놓고 의견이 다를 뿐이야. 에두아르도는 커다란 화면으로 경기를 보고 싶어했고, 꼬마는 NCAA 선수권 대회에 채널을 맞추고 싶어했지. 하지만 로즈의 아버지—그의 이름은 싼또스야—는 그 망할 놈의 것을 파는 게 낫겠다고 생각했어. 그 가족은 또다른 텔레비전 수상기보다는 돈을 더 필요로 했어. 계속적으로 대립이 있었지—싼또스가 술 마실 돈을 원했는데 마르따는 그에게 허락하지 않으려 했고 그래서 서로를 향해 잡아먹을 듯 싸우는 등의 대립 말이야. 꼭 예전 시절과 꼭 같았어. 내가 재미있으라고 자신들의 공격을 계속해서 반복적으로 연기했어. 다만 지금은 아무도 그들의 대사를 미리 써놓지 않았으며, 자신들의 실제 삶을 연기한다는 게 다르지. 그녀는 그가 주었던 몇몇 시에 불만을 널어놓고 그는 그 시편 중 하나를 스페인어로 암송해주면서 기분 풀라고 말했어. 한편 로즈는 숨을 깊게 내쉬며, 자신이 다른 곳에 있는 척하려고 애썼어.

그들은 결국 그 망할 것을 팔게 되었어. 바로 그날 저녁에. 그래서 난 그날만 그것을 이용할 수 있었지. 사실은 이용하지도 못했어. 거기에 아무도 없었거든. 내가 록산나 너의 아파트를 바라보고 있을 때, 연출팀은 항상 주변의 누군가를 불러 날 기쁘게 해주려고 신경썼어. 내 생각에, 그들의 행동, 그들이 원한 것, 그들이 두려워한 것에 대한 힌트를 주면서 항상 극이 진행되게 했던 거지. 지금 난 열시간 동안 빈방을 응시하며 보냈어. 몬떼로 가족 중 어느 누구도 집에 돌아오지 않아서 말이야. 그들이 점심요리나 카드게임을 하고 싶어한다는 것을 잊어버려서 안온 건 아니야. 그런 것들은 네가 문을 통해 둥실둥실 걸어오기를 내가 기다리는 동안, 그들이 나의 일상을 채워주곤 했던 가짜 모습들이었어. 내 텔레비전 화면에는 사람들이 없어. 실제 인생에서 일어나는 것이 그런 거지. 실제 삶에서는 아무도 가장 흥미진진한 장면을 미리 선택해주지 않고, 자신의 환자가 푹 빠지게 하고 연루되게 하고 싶어하는 톨게이트 박사 같은 이도 없지. 그 가족들이 텔레비전 수상기의 운명에 대해 논의하는 동안 그날 아침 식사시간에 나눈 대화들조차 혼란스럽고 두서가 없었으며, 내가 모르는 사람들에 대한 언급과, 도무지 이해할 수 없는 자기들끼리의 농담으로 가득 차서 대폭 수정이 시급한 상태였지. 오로지 세르반떼스만이 해독할 수 있는, 이해 불가능한 단어들. 요점을 말하자면, 난 스크린을 향해 계속 중얼거렸지—결국 그들이 그럴 때까지. 싼또스는 자기 머리를 식탁에 대고 꽝꽝 부딪치면서 바스따, 까라호(Fuck enough)! 라고 했어. 이거면 충분하다는 말이야. 난 그의 단호한 몸짓을 칭찬했는데, 그가 바로 내뱉은 말, 즉 텔레비전 수상기를 바로 그날 팔아야 한다는 말 때문에 실망할 따름이었지. 그들에겐 돈이 필요했어. 이것에 대해선 더이상의 논의가 없었어. 엔텐디에론(entendieron, 알아듣겠어—옮긴이)?

난 그 빈 하루를 이용해서 일이 어떻게 진행될지 알아내려고 했어. 그래서 다시 게임 계획을 생각해내야 했어. 난 록산나 너를 생각했어, 너의 인내심, 네가 아마도 로즈에게서 배워서, 네 자신의 모습의 일부가 된 그 리듬, 내가 성공하려면 있어야 할 그 인내심을 생각했어. 그 가족이 없는 것은 아파트에 도청장치를 설치할 수 있는 기회가 아닌가? 난 감시도구 회사 사무실에 가서, 내가 그 아파트의 주인이라고 매니저를 설득했어. 두배의 비용이면 충분했지. 우린 계약을 맺었고, 그들은 그 다음날 그 아파트로 들어가 각 방에 몰래카메라를 설치했지. 그 다음날 밤, 난 일에 들어갔어. 그 가족의 일거수일투족을 볼 수 있었지.

난 이미 다른 면에서도 어느정도 진전을 보았어. 물론 난 로즈의 직장 바깥에서 그녀를 기다리고 있었어. 이번에 그녀는 집으로 곧장 가지 않고, 술을 한잔 하려고 자전거를 타고 쌔드 독스로 갔어. 록산나 넌 전혀 술을 마시지 않았지—아마 네 이미지를 순수하게 하기 위해, 널 더 성녀처럼 만들려고, 그래서 부패에 대한 더 큰 도전이 되게 하려고 그랬겠지. 그런데 로즈는 술을 좋아했어. 술이 센 것같이 보였어. 그녀는 담배는 피우지 않았어. 적어도 그런 것은 안했어. 그녀는 가끔 기도를 했어. 하지만 뉴에이지 식의 신앙이라기보다 철두철미한 가톨릭교도 같은 기도를 신에게 드렸지. 그날 저녁 그녀가 술집에서 만난 친구 커플에게 말하는 것을 난 들었어. 그녀의 기도가 실제로 얼마나 효과가 있었는지 설명하는 것을 들었어—만약 누군가를 위해 기도하면, 그 사람은 그녀가 기도하지 않았을 때보다 상당히 좋아진다는 것을. 그녀의 친구들은 회의적이었어. 그러면 조니를 교도소에서 꺼내

봐, 꽃처녀, 네 마법의 지팡이를 비비디바비디부 하고 흔들어 공장을 구해봐—하지만 그녀는 자신의 술잔을 들고 마시기만 했어. 술잔을 끼고 잭 다니엘을 한잔 더 주문했지.

나는 가능한 한 그녀에게서 멀찌감치 떨어져 앉았어. 그녀가 등을 돌리고 대화에 푹 빠져 있을 때 가끔씩 할 수 있는 만큼 가까이 옆을 지나갔을 뿐이었어. 난 시끄러운 술집을 등진 채 그녀에게 귀를 기울였어. 얼마나 순조롭게 일이 진행되어 가는가, 거의 너무 순조로워,라고 혼자 생각하면서 말이야.

조니가 갇혀 있는 도시의 감옥까지 나중에 그녀를 따라가는 것보다 더 단순한 일이 어디 있겠는가 말이야. 그녀는 한 시간 후에 나왔는데, 제정신이 아니고 낙담한 것처럼 보였어. 하지만 록산나 너처럼 그녀는 승자야. 아니, 내 스스로 이렇게 말했어. 로즈는 자신을 패배하도록 허용하지 않을 거야. 그녀는 항상 튀어오를 거야.

이 친구의 도움이 조금만 있으면 그럴 거야. 그날 밤 나는 머릿속으로 이렇게 필기를 했어. 조니 문제 탐구하기, 그를 위해 변호사를 확보하기, 승소하기. 괜찮아 록산나. 조니가 체포된 것이 나의 책임이 아닌 것으로 판명나더라도, 난 어쨌건 그를 위해 개입할 거야. 내가 했던 일 내지 톨게이트가 했던 것, 혹은 운명을 바로잡을 거야. 누가 조니를 망치려고 했든지간에—난 완전히 그것을 바로잡을 거야.

그 다음날 저녁 난 로즈에 대한 행동을 개시했어. 내 침대에서 아침을 먹으면서 그 가족이 들락날락하는 것을 바라보는 것은 재미있었지만, 그 즐거움은 단지 관찰자의 역할을 넘어서서 그 가족의 적극적인 구성원이 되는 변신을 통해 훨씬 높아질 수 있었어. 그것에 대해 당신은 어떻게 생각하시오, 톨게이트? 그것은 당신의 그 유명한 씬드롬을 가진 환자들에게 통상적인 것이오? 몬떼로 가족들에게 침입하여 로즈의 방어선 뒤에 있는 날 보시오. 톨게이트 박사 당신의 허가나 탱탱한 엉덩이를 가진 쏘니아의 동의 없이 모든 것이 행해진 거요. 그 문제에 대해선 말이오. 사람에게 필요한 모든 것은 상상력, 상상력과 두툼한 지폐다발이오.

난 어떤 아이에게 돈을 주고 로즈의 자전거를 훔치게 했어. 그래, 록산나. 늘 하던 대로 계략을 꾸미고 이것을 한편의 영화로 바꾸는 거지, 나도 알아. 하지만 내가 잘하는 게 바로 그거야. 심지어 저 개자식 행크 그랜저도 나의 독창성에 일말의 찬탄을 품었었어. 난 그 아이에게 언제 그것을 해야 하는지 알려주었지. 즉 그녀가 자전거 체인을 풀 때, 그녀가 열쇠로 어설프게 풀기 시작할 때—그때가 바로 그 순간이야. 그는 순식간에 자전거를 낚아챈 뒤 나와 동의한 대로 내가 그를 잡아 큰소리를 지르며 질질 끌고 올 수 있도록 속도를 늦추기로 했어. 실제로 그 아이는 과장되게 그것을 했는데도 로즈는 그 아이의 서툰 연기를 눈치채지 못했어. 그녀는 감사의 태도로 나를 쳐다보았는데, 그 눈길은 내가 그녀의 요청을 따라 그 아이를 경찰에 넘기지 않고 그냥 가게 했을 때

더욱 깊숙하고 더욱 매혹적인 어떤 것, 존경으로 바뀌었어.
"전 믿지 않습니다." 내가 로즈에게 말했어. "실수를 저지르는 사람들, 특별히 그들이 어릴 경우에는, 그들을 다루는 방법으로서 처벌을 말입니다."
"음, 저도 같은 생각이에요. 연민이 더 오래 가지요."
"그러면 이 꼬마를 어떻게 하지요? 당신의 정원에서 일하게 할 수도 있을 것 같은데요. 그런 식으로 갚게 하죠."
"저에겐 정원이 없답니다." 로즈가 미소를 띠며 대답했어. 슬픈 미소였지. 아마 그녀는, 네가 그랬듯이, 자기 고국으로 돌아가고 싶을지도 몰라. 어쩌면 그것이 그녀의 꿈일 수 있다고 난 생각했어. 허브를 키우고 기도와 더불어 그것들을 내다팔면서 인생을 보내는 것 말이야. 그녀가 필요로 하는 모든 것은 약간의 자본과 도움의 손길이야.
"그렇다면 이번에는 벌을 가하지 맙시다." 내가 말했어. "우리 모두 그만한 나이일 때 잘못을 저질렀으니까요. 그렇지 않아요?"
그녀는 내가 마치 그녀의 마음과 그녀의 과거를 읽을 수 있는 듯이 날 쳐다보았어.
"누구도 완벽하진 않지요." 그녀가 말하면서 날 향해 다시 미소를 지었어. 하지만 슬픔은 증발되고 없었지.
"어떤 사람들은 완벽에 가깝기도 하지요." 내가 대답했어. 빈말이 아니었어. 그리고…… 난 연기를 하고 있지 않았어, 록산나. 어쩌면 그래서 그 모든 것이 그렇게 자연스럽게 나왔던 것 같아. 왜냐하면 이것이 나이기 때문에, 이것이 그레이엄 블레이크, 진짜 나, 네가 자부심을 느낄 만한 사람이기 때문에. 모든 돈을 감옥이 아니라 학교에 써야 한다고 믿는 사람 말이야. 난 그녀에게 그렇게 말했고 그녀는 고개를 끄덕끄덕 했어. 난 그녀에게 시간이 있으면 뭐 좀 마시겠냐고 제안했고 그녀는 승낙했어. 시간은 늘 있어요, 그녀가 말했어. 우리가 시간을 쓰는 거지 시간이 우리를 쓰는 건 아니에요. 우리가 존중하는 마음을 가지고 그것을 대한다면 말이죠.

그녀는 날 좋아했어. 넌 내게 기회를 주지 않았지, 쏘니아는 우리에게 결코 기회를 주지 않았어, 톨게이트가 그 모든 장벽을 세웠어. 하지만 로즈는 모든 벽을 통과해서 나왔어, 마치 그 벽이 투명한 것처럼. 그녀에겐 직접성이 있어…… 그걸 뭐라고 해야 할까? 내 생각에 그건 네가 결코 가진 적이 없던 무게감이야. 네가 연기하고 있던 역할을 벗어던질 때 너의 일상생활 속에서만큼은 어쩌면 네가 가지고 있을 무게감 말이야. 여기서 내가 말하는 무게감이란 만질 수 있고 중력의 힘을 가지고 있는 어떤 것을 의미해. 그녀는 그래— 실재하고 있어. 난 단 한순간도 그녀가 영화배우라는 인상을 못 받았어. 비록 어떤 것이 내 마음속에서, 그녀의 직선적이고 사실적인 현실감은 톨게이트가 진행중인 치료법이라고 말하고 있는 바로 이 시점에 놓인 나 같은 사람에게는 거부할 수 없이 매혹적일 것이라고 경고했지만 말이야. 만약 그녀가 고용된 것이라면. 내 말은 그녀 역시 톨게이트가 진행하는 이 게임의 일부라면, 그것은 바로 그가 그녀를 프로그램화한 모습이란 것이야. 즉 불가항력적으로 현실적인 모습으로 말이야. 그런데 그녀는 너보다 더 나은, 진짜 최일류 연기자여야 했지만, 네가 최고였어, 록산나.

위스키를 마시면서 난 그녀가 조니에 대해 말하게 했지. 그가 어떻게 해서 죄를 뒤집어썼는지, 그가 배달하는 멕시코산 꽃이 선적될 때 그들이 어떻게 마약을 감추었는지. 자신은 경찰관에게 그가 체포되는 것을 보지도 못했다고 그녀가 말했어.

"언제 그렇게 되었소?" 그 대답이 날 사면시켜줄 거라 기대하면서 내가 물었어.

그 대답은 날 사면시켰어.

"4개월 전에요." 그녀가 말했어.

내가 그 현장에 나타나기 한달 전이었어! 그렇다면 내가 그를 그렇게 만든 사람이 아니었어. 비록 그의 시련은 내 치료 모델이 된 가족을 가지고 실험하는 톨게이트에 의해 징집된 것일 수 있지만 말이야. 톨게이트는 내가 그의 환자가 될 것임을 얼마동안 알고 있었던 걸까? 그가 날 염탐하고, 로즈와 로즈의 경쾌한 낙관주의에 대한 정보를 모으고, 내가 그의 수중에 떨어지기를 기다리고 있었던 기간은 얼마일까?

난 그날 저녁 술집에서 그녀의 낙관주의 혼합물에 얼마간의 실제 희망을 뿌려주었어. 난 아는 사람이 많다고 말하고, 내가 기자라는 암시를 주었어. 그리고 몇몇 이름들—로즈가 결코 접촉할 수 없는 사람들, 그래서 내가 거짓말하고 있는지 어떤지 살펴보기 위해 추적할 수 없는 사람들의 이름을 언급했어. 그리고 난 조니의 이 사건에 커다란 스캔들의 냄새가 난다면서 조사가 필요하다는 말을 보탰지. 난 기꺼이 도와줄 작정이었어. 처음에 그녀는 잠잠했고, 내가 기대한 대로 행동하지 않았어. 그녀 말이 자기는 벌써 주목을 끌어 보려고 했었다는 거야. 어떤 텔레비전 프로그램에 녹화되었었대. 4시간짜리 녹화였대. 그녀가 최종 녹화 테이프를 봤더니, 그들이 남기고 간 건 여기저기서 찍은 몇가지 단편적인 것이 다였대. 그녀는 너무나 희망을 가졌었는데, 이제는 아무 차이가 없을 거라고 생각한대. 설령 누군가 그 망할 놈의 프로그램을 봤다 하더라도 내일이면 잊혀질 것이고, 무관심에 집어삼켜질 것이고, 또 그것은—

난 그녀의 말을 끊으면서, 미디어 분야에 있는 내 친구들에게 개인적으로 말할 것이라고, 내가 도와줄 수 있다는 것을 믿어야 한다고 말했어.

그러자, 그랬어. 그녀 눈에 빛이 반짝 빛났지. 내가 록산나네 눈에서 보았던 것이 생각나는 그런 반짝임이었어. 그때 내가 널 죽음—그 경우엔 가짜 죽음이었지, 어쩌면 가짜 찬탄일지도—에서 구했을 때 말이야. 어찌 되었건, 그녀의 것은, 로즈 말이야, 즉흥적인 것이었어. 누구도 그녀에게 가르쳐주지 않았어. 톨게이트가 뭔가를 적고 쏘니아에게, 아니 어쩌면 훨씬 더 권력을 가진 어떤 사람, 나의 정상적인 마음을 약화시키는 데 관심이 있는 그 그림자 인물에게 논평을 하는 동안 그녀는 연출가 앞에서 울어보라, 대사를 해보라는 부탁을 받은 적도 없었어. 네가 나의 이타주의와 은혜를 표현하면서 내 눈을 깊이 들여다보는 연기를 하고 있는 동안 그랜저는 널 바라보고 있었겠지, 톨게이트는 분명 너의 가슴과 너의 엉덩이를 재보면서, 얼마나 빨리 그것들을 만질 수 있을까 궁금하게 여기고, 나를, 유리 칸막이 뒤에서 그 모든 것을 욕망하고 있을 바보 같은 그레이엄 블레이크를 불쌍하게 여겼겠지. 우리가 마음속으로만 만질 수 있고 상상 속에서 사랑할 수 있을 따름인 여자들로 가득한, 텅 빈 거대한 눈 같은 화면을 관객들이 바라보는 식으로 그렇게 욕망하는 나를.

하지만 록산나, 내가 말하는 것에서 로즈와의 섹스를 원한다고 추론한다면 그건 틀렸어. 전혀 아니야. 내가 그녀에게 매혹된 것일 수는 있겠지만 이번 일은 이상하게 섹스하고 무관해. 마치 오랫동안 잃어버린 여동생을 찾은 것 같고 그녀가 딸 같기도 해. 그리고 그 여자는 약간 속된 면이 있어, 내 말이 무슨 의미인지 네가 이해한다면 말이야. 인생에서 마늘을 너무 많이 먹었다고 할까. 아니야. 내가 섹스하고 싶은 사람은 바로 너야. 혹은 내 침대 위 거대한 스크린에서 네 이미지가 끊임없이 깜박거리고 있는 동안 나타샤와 하고 싶어. 로즈? 난 그녀를 구하고 싶어. 난 그녀를 구할 거야. 시간이 무르익으면.

어쨌건 우리는 술집 쌔드 독스에서 서로에게 끌렸어. 그녀는 본인의 주량보다 조금 더 마셔서 내가 그녀가 어디 사는지 전혀 모른 척하면서 그녀를 이끌고 집으로 데려갈 때 나에게 몸을 기댔어. 난 그녀를 끌고, 자전거를 끌면서 필라델피아 거리를 넘어질듯 걸어갔어, 거스와 로즈와 자전거가, 거의 손에 손을 잡고서.

난 그녀가 엘리베이터도 없는 아파트 4층으로 올라가는 것을 도와주고, 그 가족에게 날 소개했어. 그들은 네 가족, 록산나 너의 그 가짜 가족보다 더 괜찮았어. 더 즐거운 시간을 보냈지. 청하지도 않았는데 그저 그 집에 들른 다른 친구 둘과 나와 함께. 일곱명이 먹을 수 있으면 여덟명도 먹을 수 있다고 싼또스가 말했지. 여덟명이 먹을 수 있으면…… 아홉도 하고 싸이먼이 말했어. 아홉명이 먹을 수 있는 곳에서…… 열명도…… 그들은 모두 즐거운 듯 말했지, 마치 합창을 하듯. 그게 또 하나 다른 점이야, 록산나. 그들의 불운, 에두아르도가 많은 돈을 노름으로 날려버린 사실, 현재 가족들 중 두사람만 일을 하고 있다는 사실, 집 대출 기간이 거의 끝나가며 그들은 다시 돈을 대출받아야 하는데 대출해줄 은행이 없다는 사실, 이런 것 중 어느것 하나도 그들의 기를 꺾지 못하는 것 같았어. 만약 누군가 조울증의 경향이 있다고 한다면, 그건 로즈야. 그녀는 가족들의 고통을 가장 깊이 느끼는 사람이야. 다른 사람들은…… 그런 식으로 사는 수많은 다른 사람들이 있어. 친지들, 이웃들, 야구 동아리 친구들, 담당

경찰관, 시끄러운 우편배달부, 곧 파업을 조직할 노조지도부 사람들, 볼링 파트너들, 그래, 우리 남자들은 볼링치고 술을 진창 마시면서 하루를 보냈어. 난 톨게이트가 왜 네 가족 주변에 그런 엑스트라들을 두지 않았는지 이해해. 산만해질 거니까 그랬던 거야. 그리고 비용도 더 들고. 그는 문제있는 가정에 대한 다소 친근한 영화를 나에게 보여주었지—역설적이게도 꽤 잘 기능하면서 전혀 친근하지 않은 가족에 기초해서 말이야. 정반대였어. 그들은 외향적이었어. 많은 사람들이. 록산나 네 가족보다 더 전형적으로 라틴계 가족의 모습이었어. 내가 실제 가족을 방문할 기회를 가졌기 때문에, 내가 그들에게 진짜 하고 싶은 것을 마음대로 할 수 있기 때문에, 그들의 삶을 더 좋거나 나쁘게 만들 수 있는 자유를 가졌기에 난 겨우 그 차이를 알 수 있을 뿐이지만 말이야.

물론 더 좋게 하려는 게 내 계획이야. 하지만 당장은 아니야. 내가 선물을 퍼부어 그들을 어쩔 줄 모르게 했기 때문에, 혹은 그들의 행운이 내가 그들의 삶에 들어간 순간과 우연히 일치했기 때문에 그들이 날 좋아하는 걸 원치 않아. 난 그들이 나 자신 때문에 나를 좋아하길 바라. 싼또스는 이미 그렇게 하고 있어. 쏘니아와 톨게이트가 어떤 식으로 자녀를 학대하는 아버지를 만들어내어 자기 딸을 강간하게 했는지, 나를 화나게 하고 질투하게 만들기 위해 그 모든 말도 안되는 상황을 만들어냈는지 나는 화가 났다는 것을 록산나 네게 말해야겠어. 싼또스는 딸에게 손도 대지 않았어. 네가 알 수 있듯 난 그를 좋아해. 그가 날 환영한 이유가 그가 감지했기 때문이라는 것, 즉 맨발로 온 대륙을 건너서 살아남았으며, 로즈 어머니와 결혼한 고향 도시로부터 평생 동안 도망쳐야 했던 이민자의 본능을 가지고 감지했기 때문이라는 걸 내가 안다 하더라도. 그런데 지금 난 내가 말하려는 요점에서 벗어나고 있어. 핵심은 내가 이곳에서의 탈출을 가능하게 하는 그의 티켓이라는 것, 자기 딸에게 내가 표나게 반한 것은 그 가족에게 일종의 배당금을 제공하게 될 것임을 싼또스가 알고 있다는 점이야. 하지만 그렇지 않다 하더라도 그가 날 좋아할 거라고 생각해.

내가 말했듯이 너무 빠르게 뭔가를 제공하지 않으려고 하는 정확한 이유는 이래. 우선 에두아르도와 마르따에게 두 직장을 얻어주는 것은 별거 아니야. 하지만 그건 지금 이 가정을 지배하는 그 섬세한 균형을 깨트리게 될 거야. 내가 그녀를 알게 된 때처럼 난 로즈가 취약하고 궁핍한 것을 더 좋아해. 더도 덜도 말고 딱 그렇게.

물론 이미 그녀에게 해준 것들이 몇가지 있어. 난 수신자부담 전화로 유명한 변호사에게 전화를 걸어 내 목소리를 위장한 뒤 우리 조니 일을 맡아줄 경우 두둑한 수임료를 주겠다고 제안했어. 일주일 정도 안에 그 젊은이가 석방되기를 원한다고 했어. 그는 내게 수표를 보내달라고 했으며 자신이 그 문제를 살펴보겠다고 했어. 한시간 후 현금 오천 달러가 배달원을 통해 보내져 그의 책상에 놓여 있었지. 그로부터 한시간 뒤 난 그에게 다시 전화를 했어. 그는 물론 그 사건을 맡겠다고 동의했어. "당신의 벗 조니는" 그 변호사가 점잔 빼며 말했어. "극히 유죄입니다. 그곳에서 기다리는 다른 대부분의 불쌍한 놈들처럼 말입니다. 핵심은 문제되지 않는다는 겁니다. 당신이 나 같은 변호사를 구할 돈이 있거나 없거나 말입니다. 그러므로 당신의 그 친구는 벌을 면하게 될 것입니다. 그의 전과와 가석방 위반에도 불구하고 말이지요. 한달 정도 걸릴 것입니다. 그러고 나면 그는 코카인을 채운 꽃배달 일로 다시 돌아갈 것입니다." 그 순간에 다른 오천 달러가 든 소포가 그의 책상에 쿵 하고 놓였지. 내가 수화기를 집어들었을 때 그가 그 소포를 여는 소리를 들을 수 있었어.

"그것은 내가 생각하는 것이 맞소, 당신 책상 위에 것?" 내가 그에게 물었어.

"X씨인가요?" 그가 응답했어. "일주일 걸릴 것입니다. 길어야 이주일이고요. 계약을 맺었던가요?"

"난 그것에 합의했는데요." 내가 딱딱거렸어. "하지만 우리는 거리를 유지하는 것이 더 좋을 듯합니다. 아, 그리고 한 가지 더. 이 젊은 친구의 약혼녀가 당신에게 고마움을 표하려 오면 부디 내 존재에 대해 밝히지 말아주시오. 너무나 명백한 정의의 왜곡이었기 때문에 그 사건을 맡은 거라고 말하기만 하시오."

네가 나를 자랑스러워할 만한 것을 난 말했어, 록산나. 너와 함께한 치료보다 이것이 훨씬 더 심오한 치료야. 존재하지 않는 정찰병에게 싸이먼을 찾아오도록 주문하는 대신에, 난 스스로 그 아이를 훈련시켜오고 있어. 그에게 농구잡지 두권을 사주고, 그와 함께 인근을 걸었지. 때로는 우리들만 걸었고, 또 때로는 로즈와 함께 걸었어. 저녁식사에 초대받는 밤이면 난 일찍 도착하여 마르따가 요리하는 것을 돕고, 그녀의 게으른 남편에게 양파를 썰도록 했어. "오직 당신만이 나한테 이런 일을 시킬 수 있소, 거스." 싼또스가 말했어. "우릴 보시오," 그가 몇시간 뒤에 덧붙였어. "우리들, 남자들 모두 설거지하고 그릇에 물기를 닦고 정리하고 있소. 당신은 우리들을 약골로 만들려 하고 있소, 거스. 하지만 미 아미가소(mi amigazo, 내 벗—옮긴이)인 당신을 위해서라면……"

난 심지어 그들을 진정시키고, 하루 종일 요란하게 싸우지도 못하게 했어. 로즈를 위해서 말이야. 너도 알다시피 내가 발견한 것 때문에 그랬을까? 네 주변의 모든 사람들이 야단법석을 일으키고 있는 동안 기도할 수 있는 너의 능력. 록산나, 그건 앞뒤가 맞지 않는 거였어. 하지만 목표를 달성했었지. 당시 내가 널 훨씬 더 숭배하게 만드는 목표 말이야. 한편 로즈는 진짜 고요함을 원했어. 그 가차없는 소음이 가끔 그녀의 기도의식을 건너뛰게 하고 전혀 기도할 수 없게 했어. 넌 결코 그러지 않았을 거야, 록산나. 왜냐하면 넌 진짜 환자의 회복을 위해 기도하고 있지 않았으니까. 넌 내가 널 믿게 해달라고 기도하고 있었지. 그렇지? 내가 너의 계략에 넘어갈 때마다 보너스를 받았어? 그 녀석이 경비원을 매수해서 너에게 접촉하려 할 경우 별도로 더 받겠지? 각각의 기간에 기도의 전략을 사용하는 거야? 아니면 그건 오직 날 위한 거였어?

네게 물어보고 싶은 것이 너무 많아.

하지만 난 결코 그러지 않을 거야. 어쩌면 더이상 널 찾을 필요조차 없어. 네가 이 마지막 써비스를 내게 해주는 한 말이야. 내 상상 속에서 나의 것이었고 실제로는 결코 나의 것이 아닌 록산나. 내 계획을 들어봐. 네가 내 인생에 들어오기 전 내가 가졌던 그 악마들을 내가 어떻게 영원히 치료하는지, 네가 떠난 후 내 인생에 들어오게 된 다른 악마들을 내가 스스로 어떻게 치료하는지 말이야.

난 로즈가 덫에 걸려 있는 이 삶에서 그녀가 탈출하게 도와주고, 그 공장이 돌아가든 말든 어쨌든 살아남게 도와줄 거야.

네가 내게 그런 생각을 줬어. 그건 누가 만든 거야, 너야, 톨게이트야, 아니면 글을 팔아먹고 사는 씨나리오 작가야? 네가 고향 섬으로 돌아가고 싶어했던 것, 그 이국적인 색채는 아마도 날 더 깊이 매혹시키려고 의도된 거였겠지. 분명한 것은 이 특정 열대지방의 꿈은 아주 명백하게 로즈에게서 유래된 것이 아니란 점이야. 비록 지금은 그녀가 그것을 생각하고 있어도. 왜냐하면 내가 그것을 꺼냈으니까.

우린 토요일에 자전거를 타고 강가로 갔어. 소풍을 갔던 거지. 길고, 멋진, 친근한 오후였어. 우리 둘이서만. 오누이처럼 서로 서로에게 비밀스런 삶을 이야기하고 있었지. 그녀는 자신의 삶에 대해, 자기가 어떻게 태어났는지를 곰곰이 생각했어. 그 누구에게도 결코 털어놓은 적이 없는 것들을. 그리고 나—난 내가 누군지, 어디 출신인지 결코 고백할 수 없었어. 하지만 그녀가 알게 했어. 대화 속에 살짝 끼워넣었어. 몇 년 동안 난 우리 어머니가 자살한 것으로 생각해왔다는 것을 말이야. 난 다른 누군가에게 고백해야 하는 것을 그녀에게 거의 고백할 뻔했어. 해가 강둑으로 지고 있었을 때, 어느 시점에서, 난 그녀의 머릿속에 장래 일에 대한 생각을 심어넣고 그녀에게 그 가능성을 꿈꾸게 했어.

"있잖아요, 제겐 친구가 하나 있었어요." 망설이며 그녀가 말했어. "뿌에르또리꼬 출신이었죠—그 애도 그런 계획을 가졌었죠, 그 앤 그런 종류의 계획에 가장 완벽하게 어울리는 사람이었을 거예요."

그 친구에게 무슨 일이 있었는지, 아마 우리가 그 친구를 계획에 포함시킬 수도 있지 않겠냐고 내가 그녀에게 물었을 때, 로즈는 그저 고개만 가로저었어. 그 앤 이제 아무 곳에도 없어요,라는 게 그녀의 말의 전부였어.

"그렇다면 그녀를 위해 그것을 합시다." 내가 말했어. "그녀의 꿈을 당신을 통해 실현시키는 거지요."

하지만 난 내가 알던 사람이 실제로 관심이 있을지의 가능성에 대해서는 깎아서 이야기했어. 천가지 중 하나 있을 기회이며 우리의 희망을 높여줄 것은 아무것도 없다고 내가 말했지. 그리고 그날 오후 내내, 혹은 저녁식사 때, 혹은 일요일에도 나는 다시는 그것을 언급하지 않았어. 그것이 그녀 마음속에서 부글부글 끓게 내버려두고, 나중에 화면 속에서 그녀가 처음엔 자기 어머니와, 그 뒤 아버지, 남자형제들, 친구 조지아와 상의하는 모습을 보았지. 화면을 통해 그녀가 어떻게 그 생각을 윤색하고 있는지, 식구들이 어떻게 그녀를 가볍게 장난치는 식으로 놀리는지를 보았어.

그런데 오늘이 바로 그날이야. 월요일. 한주의 출발. 새 인생의 출발.

오늘밤 나는 그녀에게 말할 거야. 내가 클린 지구 본사와 접촉해서 말했으며, 그들은 '록산나의 드림 허브'라는 새로운 생산라인을 열어줄 생각을 하고 있다고 말이야. 난 그 생산 라인에 록산나 네 이름을 달 작정이야. 그건 단지 네가 그것들에 영감을 주어서가 아니야. 사실은 그런 이름이 평범한 로즈라는 이름보다 더 잘 팔릴 것이기 때문이지. 쌔드 독스에서 술을 마시면서 나는 로즈에게 말할 거야. 아직은 내가 누군인지 밝힐 준비가 안돼 있어. 난 그녀로 하여금 하우스톤으로 비행기를 타고 가서 보스이자 거물인 그레이엄 블레이크를 만나게 할 거야. 록산나 네가 즐겨 읽던, 혹은 읽는 척했던 로맨스 소설에서와 꼭 마찬가지로, 문이 빙 돌며 열리겠지, 그리고 그 문에 등을 돌린 채 내가 있겠지. 난 돌아서며 내 얼굴을 보여줄 거야. 그리고 단지 내 얼굴만이 아니라 고안된 상품, 준비된 캠페인, 작성된 계약서, 보고따로 돌아갈 그녀의 비행기 티켓, 그리고 만약 조니가 함께 가길 원하면 그를 위한 티켓과, 다른 가족들의 티켓도 같이 보여줄 거야. 그러면 그녀의 눈이 한때 네 눈이 그랬듯이 환하게 빛날 거야.

오늘밤이 그날 밤이야.

하지만 지금은 아니야. 지금은 안돼. 지금 넌 네 아파트로 들어오고 있어, 록산나 네가 아니라 로즈가 말이야. 그녀는 정오에 방에 들어오고 있어. 그녀는 한낮에는 집에 오지 않는 것으로 돼 있는데, 내가 공장 바깥에서 그녀를 차에 태워줄 오늘 오후까지는 안 돌아오게 되어 있는데. 카메라는 나중에 우리 둘이 이 방으로 들어올 때 찍기로 되어 있는데.

뭔가가 잘못 됐어. 뭔가 끔찍하게 잘못 됐어.

그녀는 문을 꽝 닫고 있어, 록산나. 그녀는 거의 쓰러질 듯이 문으로 뛰어들어와 문을 꽝 닫고 있어, 마치 쥐덫이 그녀를 꽉 물고 있듯이, 그리고 그녀는 개새끼, 망할 놈의 개자식이라고 소리를 지르고 있어. 한번도 욕을 한 적 없고 한번도 급히 서두르는 적 없는 로즈, 그녀가 문에 기대 아래로 털썩 주저앉고 바닥에 몸을 부딪치며 흐느끼고 있어. 그녀는 계속 울고 있어, 록산나. 눈물이 그녀 얼굴에 줄줄 흘러내리고, 얼굴이 일그러지고, 그 하얀 치료사복을 적시고 있어—그녀는 전에 결코 직장 바깥에서 치료사복을 입은 적이 없었어. 그녀는 마루 위에서 태아처럼 몸을 구부리고는 자기 몸을 앞뒤로 흔들면서 스페인어로 노래하고 있어, 자장가야. 록산나 네가 한때 너무나 잘 불렀던 노래, 네가 로즈에게 배운 노래, 훔친 노래야. 그녀는 자기에게 자장가를 불러주고 있어. 스스로를 잠재우려고 하면서, 자기 자신을 달래려고 하면서. 어떤 것 때문에, 혹은 누군가 때문에, 혹은……

난 무엇이 일어나고 있는지, 무엇을 해야 할지 알 수가 없어. 만약 쏘니아가 여기 있다면 난—만약 이것이 가짜 위기라면, 너무나 쉬울 텐데. 버튼을 눌러 닫기를 명령하고, 컴퓨터 화면을 읽고 인쇄한 뒤 이반에게 조사하라고 하면 되는 문제일 텐데. 하지만 지금 내가 할 수 있는 일은 아무것도 없어. 그저 바라볼 뿐이야. 모니터를 볼 수밖에 없어.

바깥에서 오리어리 부인이 문을 노크하고 있어, 난 그녀를 무시해. "급한 일입니다, 헨더슨 씨." 그녀가 말하고 있어. "오웬 부인 전화예요, 하우스톤의 제씨카 오웬요. 부인이 하실 말씀이 있대요." 제씨카라구! 그녀가 날 추적했구나. 우라질 여자. 우라질 회사. 난 옆걸음질쳐서 문간으로 가면서 로즈한테 눈을 떼지 않았어. 나의 로즈, 슬픔과 뒤흔들리는 절망으로 가득 찬 그녀한테. 난 소리쳤어. "오웬 부인인지 제씨카인지 뭔지 난 그런 사람 몰라요. 그 부인은 사람을 잘못 알았음에 틀림없어요, 오리어리 부인." 난 늙은 오리어리 부인이 관절염을 하소연하면서 계단 아래로 터덜터덜 내려가 제씨카에게 자기 의견을 솔직하게 말하려는 것을 들을 수 있어.

지금 로즈는 손과 발로 기고 있어. 내가 그렇게 여러번 건너가곤 했던 거실을 가로지르며 기고 있어. 에두아르도와 싸이먼과 싼또스와 그 늙은 어릿광대 같은 호세와 함께 내가 같이 카드놀이 하던 곳, 마르따와 로즈가 꼴롬비아의 민요를 가르쳐주려 하던 그곳에서. 한때 난 지금 보는 것과 너무나 비슷한 거실로 건너간 적이 있지. 록산나 널 구하려고 건너갔었어. 널 구하고 있다고 생각하고서. 네가 죽어가고 있다고 생각하면서. 그리고 난 그녀가 어디로 가려고 하는지 알고 있어. 내가 그 각본을 쓴 것처럼 난 그것을 알고 있어. 그녀는 욕실로 가려는 거야. 그래, 그녀는 거의 설 수도 없어, 하지만 그녀는—

난 내 핸드폰을 사용하고 있어. 여기에 온 이래로 처음으로 사용하고 있어. 그동안 핸드폰은 꺼져 있었어. 제씨카가 전화했을 때마다, 쌤 헬넥이 전화했을 때마다, 사무실과 내 비서와 헥터와 톨게이트 의사와 심지어 내 아이들, 모든 전화에 단조로운 기계음이 응답하면서 지금은 전화를 받을 수가 없습니다,라고 말했어. 메씨지를 남기라는 자동응답도 없었지. 난 조니 사건을 맡고 있는 변호사에게 전화를 했어. 일분도 채 걸리지 않았지만 그때쯤 로즈는 욕실에 이르고 있었어. 그녀는 욕실 문을 자신의 뒤로 닫았고, 난 거기에 설치해둔 카메라로 변환했지. 로즈는 일어서서 변기로 갔고 절망적으로 자신을 두번 내려쳤어. 그녀의 얼굴이 빨개졌어. 마치 자신의 손을 통해 건조되고 씹히는 것처럼 말이야. 그녀는 일어서더니 약보관장으로 달려들었는데 균형을 잃고 변기로 주저앉았어.

변호사는 여보세요, 하고 말했어.

"조니에게 무슨 일이 있었소? 내가 물었어.

"아무 일도 없었습니다." 그의 대답이었어. "이번 주에 석방될 것입니다, 제 말대로—"

"거짓말하지 마시오. 그들이 그를 죽였소. 난 그들이 그를 죽인 걸 압니다. 숨기려 하지 마시오."

"이보세요, 자, 자, 진정하세요. 난 방금 조니를 만나고 왔어요. 한시간도 채 되지 않았소. 그는 아주 상태가 좋소. 교도소장과 카드놀이도 하고. 석방준비도 완료된 상태요. 새사람이 되고, 꼴롬비아에 있는 여자친구와도 새출발하는 뭐 그런 것 말이요. 그러니 내가 모르는 어떤 것을 당신이 알고 있다면, 내 경청하리다. 하지만 당신이 머저리 같은 사람에게서 들은 말을 그저 과장하는 거라면—"

난 전화를 끊어버렸어.

조니는 괜찮아. 근데 로즈는 죽으려 해. 로즈는 세면대에 몸을 대고 일어나 간신히 약을 찾으려 하고 있어. 그녀는 이제 알약을 발견하고 열두알을 삼키고 있어. 열두알을.

난 911로 전화해서 그들에게 소재지와 자살자의 이름을 말해. 난 그들에게 내 진짜 이름인 블레이크, 그레이엄 블레이크를 말하고 있어. 그들이 그곳을 알아낼 수 있기를 바라. 그들이 서둘러주기를 바라고 있어. 어쩌면 나는 그들에게 우리 아버지가 메리온에서 골프를 치곤 하셨다는 사실을 말했어야 했는지도 몰라. 어쩌면 난—

난 문으로 급히 나가 오리어리 부인이 무겁고 살찐 다리로 계단을 오르는 걸 봐.

“오웬 부인이 말하기를,” 그녀가 끙끙 앓는 소리로 말해. “그 부인이 위급한 상태라고 하네요. 당신이 통화하는 것이 좋을 거라고 하는데요. 당신의 진짜 이름이 헨더슨이 아니라고 하고요.”

“곧 오겠소.” 계단을 뛰어내려가 우당탕 문밖으로 나가며 내가 소리쳤어. 내 차를 급히 몰아 로즈의 아파트를 향해 내달렸어. 모든 것을 미리 조정해놓으면 훨씬 더 편해, 록산나. 그렇지? 네가 쏘니아로 하여금 자기가 계략을 꾸미고 있는 것으로 믿게 했을 때, 넌 그 다른 사내—이름이 뭐였더라, 벤지였나?—가 길을 통과하게 하고, 그녀에게 키스하는 척하라고 하고, 어쩌면 상황을 이용해 실제로 그녀에게 한껏 애무하라고 했겠지. 쏘니아가 불평할 수 없고, 움직일 수 없고, 그 게임을 그만둘 수 없었기 때문에 말이야. 하지만 그들은 지금 여기에 없어. 늦지 않게 록산나 널 구할 수 있도록 해주는 톨게이트도 없지. 허구적인 목구멍으로 내려가는 가짜 알약도 없어. 진짜 알약, 진짜 목구멍, 진짜 구토, 진짜 발작을 일으키려 하는 진짜 뇌가 있는 거야. 진짜 교통체증이 있고. 난 그녀가 있는 곳, 록산나 네가 날 기다리고 있던 곳에 시간에 맞게 도착할 수 없을 거야.

핸드폰을 써서 로즈의 아파트 빌딩 바깥에 이미 주차되어 있는 앰뷸런스를 추적했어. 그들이 여자를 찾았어! 그들이 그녀를 데려오고 있어!

난 도로 한복판에 차를 버려두고, 이제 막 그곳을 떠나왔어. 이 마지막 두 블록을 달릴 수 있어. 기다려줘, 로즈. 내가 가고 있어.

사람들이 그녀를 들것에 실어가고 있는 바로 그때, 난 그녀에게 갈 수 있었어.

"당신은 누구요?"

"남편입니다." 난 거짓말을 해. 난 그녀의 손을 잡고 그 차갑게 죽은 손가락을 꼭 붙들고 있어. 하지만 록산나, 그녀는 살아 있어. 내가 다시 그녀를 구했어. 두번째야. 두번째. 난 생명이 그녀의 맥박으로 들어오는 것과 뺨에 약간의 홍조가 있는 걸 느낄 수 있어. 난 그녀에게 자장가를 불러줘. 스페인어로 된 자장가를. 자장가를 그녀에게 흥얼흥얼 불러주면서 단어를 둘러대기도 하고, 그녀의 기도가 막히지 않게 머리를 위로 올려주고, 이제 괜찮을 거라고, 모든 것이 다 좋아질 거라고 그녀에게 속삭여주고 있어.

난 병원 복도에서 그녀 옆에서 기다리고, 최고급 병실에서 검사받도록 하고, 내 신용카드, 슈퍼플래티넘 카드를 내놓고 아낌없이 비용을 써.

난 그녀가 자게 내버려뒀어. 아무도 우리를 방해하지 않도록 명령을 내렸어. 난 그 가족의 나머지 일원들이 앞다투어 들어오는 것을 원치 않아. 무슨 일이 일어났는지 알기 전에는 말이야. 만약 조니 일이 아니라면……

"미안해요, 거스." 갑자기 그녀가 부드러운 목소리로 방을 가로질러 날 불렀어. 난 창문 옆에 계속 서 있으면서 보고 또 보고 있었지. 다른 어떤 사람을 염탐하는 것이 아니라, 새들을 봤어. 나무속으로 지나가는 바람만을 알아차리면서. 낙엽이 떨어질 때 그 낙엽을 헤아리면서. 아래의 환자들은 오후의 햇살 속에 걸어다니면서 점점 회복되고 있었어. 그것이 내가 하고 있던 일이었어. 어쩌면 기도하고 있었는지도 몰라. 어쩌면 그럴지도 몰라.

"정말, 정말, 정말 미안해요. 당신에게 말했어야 했어요." 그녀가 기침을 해. 난 말을 못하게 막으려 하지. 하지만 그녀는 말하고 싶어해. 나한테 설명을 빚지고 있다고 느끼고 있어. 그녀에게 빚지고 있고, 그녀에게 상황을 설명해야 하는 사람은 나인데 말이야. 그 순간이 올 거야. 오고 있어. 서두를 필요는 없어. 그녀가 돌아가고, 나도 돌아가지. 옛 자리로. 서두르지 않는 시간의 그 단순한 걸음걸이. "난 전에도 한 적이 있어요."

"무슨 뜻이오?"

"당신에게 말했어야 했어요. 미안해요. 난— 난 자살을 시도했었어요. 한번 이상 말이에요. 어떤 것이 절 덮치면 더이상 그것을 견딜 수 없게 되죠. 난 명랑한 얼굴을 유지할 수가 없게 되요. 만약 한번 더 미소를 지어야 한다면, 난 비명을 지르죠. 그게 바로 내가 하는 짓이에요. 난 비명을 질러요. 하지만 나 외에 아무도 그 소리를 못 들어요. 그러면 난 다시 소리를 질러요. 그런데 나 자신도 그 비명소리를 듣지 못해요. 그러면 어떤 것이, 누군가가 내 속에서 뭘 할지 알려주죠."

"하지만 무슨 일이 있소? 어제 당신은 계획으로 가득 찼었소. 그리고 난 당신에게 오늘 놀래줄 일이 있다고 말했잖소……"

"그것들은 결코 실현되지 않아요, 내 꿈들 말이에요." 로즈가 말해. 난 그녀를 믿어. 그녀가 말하는 모습을 보면 그녀를 믿지 않을 수 없어.

"그럼 오늘……?"

"난 직장을 잃었죠. 우리 아빠도요."

"당신이 직장을 잃었다고요? 그럴 리가 없소."

그녀는 미소를 지어 보이지만 그것은 여태껏 그녀의 얼굴이나 록산나 네 얼굴에서 내가 보아왔던 미소와는 전혀 달랐어. 그건 패배자의 미소였어, 죽으려고 하고 있으며, 자신도 그것을 알고 있고, 달리 어찌할 수 있는 것이 아무것도 없으며, 적들에게 자신의 패배를 보여줌으로써 만족을 주고 싶어하지 않는 그런 사람들의 미소였어. 희망 없고, 에너지도 없고, 록산나가 가지지 않은 미소.

"그래요. 우리가 심지어 파업을 하기도 전에 말이에요. 우린 졌어요. 지금 우리들 중 직장을 가진 사람은 아무도 없어요. 우리 식구 중 어느 누구도. 전— 전 포기했어요. 그렇게— 그 애처럼."

"그 애라니?"

"내 친구요. 어쨌건 무슨 상관이에요? 미안해요. 정말이지 미안해요. 하지만 때때로 그저 감당이 되지 않을 뿐이에요."

지금 미소짓고 있는 사람은 나야. 웃고 있다고 말하는 게 더 맞는 말일 거야. 그녀는 깜짝 놀라 날 쳐다봐. 그녀의 엄청난 불행을 보고 내가 어찌 웃을 수 있나?

"내가 이렇게 말하면 어찌 하겠소?"—난 웃느라 말을 더듬거리고 있어—"내가 당신을 이렇게 복귀시킬 수 있다고 당신에게 말한다면 말이오." 난 내가 마치 마법사인 양 손가락을 딸깍 해.

"당신은 제 기분을 북돋우려 한다고 말하겠어요. 하지만 괜찮아요. 당신은 안 그래도 돼요. 난 다시는 자살을 시도하지 않을 테니까요. 이 일 때문에 말이죠. 다른 것들, 내일, 모레에 대해서는 약속할 수 없어요. 하지만 이건 끝났어요. 내 씨스템에서 꺼내놓겠어요."

그녀는 인내심 많고 터벅터벅 걷는 그녀의 옛 방식, 그 누구보다 느리고, 참을성 많은 방식으로 돌아갔어. 다만 지금 난 그 표면 아래에 다른 누군가, 그녀의 가장 깊은 바다 속에서 무시무시하게 깨어나 그녀를 파괴시킬 수 있는 또다른 로즈 몬떼로가 잠들어 있음을 알고 있다는 사실만 다르지. 그녀 안의 그 사람이 잠자코 있지 않고, 저지되지 않는다면 말이야.

"내가 당신을 직장에 복귀시킬 수 없다고 생각하는군요."

"난 농담할 기분이 아니에요, 거스. 당신은 날 구해줬고 전 감사해요. 그 모든 것에. 하지만—"

"만약 내가 그럴 수 있으면 어쩌겠소? 그땐 어떻게 하겠소?"

"게임을 하기엔 전 너무 지쳤어요. 혹은 논쟁을 하기에도요. 해보세요, 거스. 그러세요. 어서요."

난 내 핸드폰을 꺼내고 전자사전을 꺼냈지. 그녀를 바라보면서 그녀의 반응을 살폈어. 아무 반응이 없었어. 그녀는 빈 천장을 뚫어지게 올려다보았어.

난 공장관리인에게 전화를 걸었어. 그는 회의중이더군.

"그렇다면, 얼른 회의에서 나오라고 전해주시오."

아직도 로즈에게선 아무 반응이 없었어. 그녀는 내가 델리가게나 우리 어머니나 혹은 친구에게 농담으로 전화를 거는 척한다고 생각했음에 틀림없어. 그녀는 아직도 내가 자신의 기분을 북돋우려 애쓰고 있다고 생각해.

"누구라고 전해드리지요?" 전화기 반대편의 비서는 쌀쌀맞았어.

"그레이엄 블레이크라고 전해주시오."

난 로즈가 무슨 생각을 하나 바라보았어. 로즈는 파리한 미소를 지어 보였어. 이것은 그녀 기분을 북돋우고 있는 거야. 난 그들 모두의 가장 높은 사장님인 척하는 거지. 그녀는 내가 뻔뻔하다고 생각지 않았어.

로즈는 수화기의 상대편에서 비서가 뭐라고 말하고 있는

지 들을 수가 없어. "블레이크 씨, 지난 일주일 반 동안 회사에서 당신을 찾고 있었어요. 부인께서는— 블레이크 씨 맞나요?"

"이봐요, 내가 부활절 토끼처럼 들리나? 당신 상관 바꿔요. 당장."

로즈의 활짝 핀 웃음이 더 넓게 번졌어. 난 그녀에게 윙크를 했지. 그녀도 맞받아 윙크를 해주었어.

잠시 소리가 없더니 폴 쎄인트 마틴이 받았어.

"폴인가?"

"맙소사, 그레이엄. 어디 다녀오셨습니까? 아이들과…… 제씨카가 얼마나 걱정했는지 모릅니다. 제씨카는 오늘 당신과 연락이 닿은 걸로 생각했었는데. 정말 필라델피아에 계신 거예요?"

"난 틀림없이 여기 필라델피아에 있어. 자 말해보게. 대체 내 공장에서 무슨 일이 일어나고 있는 건가? 자네가 오늘 두 사람을 해고했다는 보고를 받았네. 싼또스 몬떼로와 로즈 몬떼로 말일세."

"단지 그 둘만이 아닙니다. 우린 직원 삼분의 일을 해고하려고 합니다. 그들이 파업을 벌이기 전에 말입니다. 꼭 필요하지 않은 사람들부터 자른 뒤 다음주 나머지를 자를 겁니다. 우린 그 공장을 폐쇄할 예정입니다."

"공장을 닫는다니 그 무슨 말인가?"

"태국으로 이전하는 거지요. 말하자면. 제씨카가 당신께 연락하려고 했었습니다. 그녀와 이야기하십시오."

"난 그녀와 말하고 싶지 않네. 난 로즈 몬떼로를 복귀시키길 원해. 알아듣겠나? 그녀의 아버지 싼또스, 그도 마찬가지고. 사실 난 그를 경비직 대표로 승진시키고 싶네."

"그럴 수 없습니다, 그레이엄. 난 제씨카와 이사회로부터 직접 명령을 받고 있으니까 말입니다. 그들은 당신이 전화해 올지도 모른다면서 어떤 불만이든 자신들에게 전해달라고 했습니다."

"자네 잘 들어, 난 자네가 주의깊게 잘 듣길 바라. 난 내일 공장으로 갈 걸세. 자네는 공장 문을 활짝 열어두는 게 좋을 거야. 왜냐하면 내가 들어가서 로즈, 싼또스 같은 몬떼로 가족들을 포함한 모든 공장노동자들에게 말할 테니까 말이야. 모든 사람들을 카페테리아에 집결시켜줘—아침 일곱시에. 그때 방법을 찾아보세."

난 전화를 끊었어.

로즈는 침대에서 일어나 앉아 있어. 내 대화가 그녀에게 힘을 주었어.

"그것이 바로 그들에게 말하는 방식이군요, 거스. 당신은 진짜 놀라운 사람이에요. 얼마나 대단한 사기꾼인지! 정말 더없는—뭐라 해야 할까—대담함이에요!"

난 그 유대 단어(앞에서 대담함을 chutzpah라는 단어로 말하고 있는데, 이 단어를 일컬음—옮긴이)를 말할 때의 그녀의 사랑스러운 라틴식 악센트에 집중하려고 했어. 내가 앞으로 뭘 해야 할

지에 대해서는 생각하지 않으려 했지…… 록산나, 난 그때 뛰어들었던 거야. 네게 그랬던 것과 꼭 마찬가지로. 진실. 이건 내가 예상한 내 정체를 밝히는 방식이 아니었어. 하지만 그렇게 됐지.

“난 거스가 아니오. 거스 핸더슨이 실제 내 이름이 아니오.”

내 목소리가 날카로웠어. 농담이 아니란 것, 이것은 새로운 단계의 농담과 판타지가 아니란 것을 그녀에게 나타내는 금속성 같은 느낌.

“난 그레이엄 블레이크요. 클린 지구의 최고경영자. 난 당신이 다니는 공장을 소유하고 있소, 로즈.”

그녀는 여전히 날 믿지 못했어. 하지만 상황을 이해하려고 하고 있어. 확신을 얻으려면 조금 더 밀어붙이는 게 필요할 뿐이었지.

난 전화기를 다시 들고 하우스톤 본사로 전화를 걸었어. 나만 아는 극비의 전화번호로.

제씨카가 받았어.

“제씨카인가? 나 그레이엄이오.”

“그레이엄! 내가—”

“당신 어떻게 내 승인도 없이 필라델피아 이곳의 공장을 닫을 수 있소?”

“그렇게 되었어요, 아니면 회사를 잃게 되요, 그레이엄. 이사회는 당신을 내보낼 준비가 되어 있어요. 당신의 최근 행동은 당신이…… 당신이 믿을 만하지 않다는 걸 확신시켰어요. 그랜저는 적대적인 합병을 제시했고, 그가 표를 얻을 거예요, 만약 우리가— 당신은 우리가 여태 겪은 중에서 가장 심각한 몇주 동안에 어떻게 그저 떠나버릴 수가 있었나요?"

"자, 지금 돌아왔잖소. 그런데 당신 이곳이든 어디든, 아무것도 닫아서는 안되오. 알았소?"

"그레이엄, 당신이 전화를 받았더라면—"

"클린 지구는 우리 아버지의 공장을 폐쇄하지 않을 거요. 그랜저에게 엿 먹으라고 전하시오. 내일 필라델피아에서 만납시다. 내일 일곱시 반에. 카페테리아에서."

난 그녀의 전화도 끊었어.

난 로즈 쪽으로 몸을 돌렸지. 그녀는 내가 전에 한번도 본 적 없는 모습으로 날 보고 있었어—그건 내가 록산나 네 얼굴에서 보았던 감탄의 표정도 아니고, 내가 네 얼굴이나 그녀 얼굴에서 보고 싶었던 욕망의 표정도 아니었어. 그건—어떻게 묘사해야 할까, 록산나. 온갖 표정들을 연기해보았고, 너의 그 수많은 역할 속에서 너무나 많은 다른 얼굴들을 연습해보았던 네게 말이야. 아마 이것만은 연습해보지 못했을 거야. 톨게이트는 네게 이 표정을 금했음에 틀림없어. 그렇게 아무것도 가미되지 않은 순수한 증오의 표정이 네게는 결코 허용되지 않았을 거야. 로즈가 자신의 구원자에게 느끼고 있는 감정이 바로 그거야. 그녀의 얼굴을 알아보지 못할 정도로 비틀려고 하는 원한의 표정.

난 그녀가 내 말을 듣고 있다고 생각지 않아. 그녀는 심지어 아무것도 듣고 있지 않아. 내가 보기에.

어쨌건 난 모든 것을 설명해. 그 모든 것을. 처음부터. 나의 불면증, 나의 두통, 더 나은 세상을 창조하고 싶은 나의 바람, 클린 지구의 그 모든 경이로운 창조물들, 위기. 난 그녀에게 록산나 너, 하우스톤의 생명치료센터, 필라델피아의 이곳 클리닉, 모든 것, 내가 록산나 널 어떻게 망쳤으며 그런 뒤 어떻게 널 구했는지를 설명해. 내가 어떻게 낫게 되었으며, 어떻게 어떤 나쁜 것이 내 삶을 덮치게 되었는지. 내가 어떻게 그녀를 발견하게 되었는지. 내가 한 일, 해오고 있는 일. 내가 어떻게 그녀를 염탐했는지. 내가 어떻게 그녀를 구했는지. 내가 어떻게 조니를 구하려 하는지.

그녀는 여전히 아무말도 하지 않아.

"당신은 직장에 복귀될 거요, 로즈." 내가 말해. "당신이 정말로 그것을 원해서가 아니오. 난 클린 지구에 새로운 부서를 세우려고 하고 있소." 난 그녀에게 '록산나의 드림 허브'에 대해, 그녀를 꼴롬비아에 보내어 라틴 시장을 열려는 내 계획을 말해.

그녀는 마침내 침묵을 깼어. 단 한마디의 말로.

"왜죠?"

왜라니? 왜라니, 록산나? 내가 왜 이 일을 하고 있는 거지, 왜 이런 일을 했지? 내가 뭐라 답할 수 있을까? 진실은 안돼. 내가 좋은 사람이라고 그녀가 말해주기를 미치도록 원한다는 것, 그녀 입가의 미소와 눈의 불꽃과 혀에서 나오는 말이 잃어버렸다가 다시 찾은 자식인 것처럼 날 고이 안아준다는 것을 말할 수 없어. 그럴 수 없어. 난 그녀에게 그렇게 말할 순 없어. 왜냐하면 그러면 그것이 온다하더라도, 그것이 자연스럽게 우러나온 진실한 것임을 확신할 수 없을 것이므로. 그래서 난 수수께끼처럼 모호한 말로 답하기로 했어. “그건 당신이 스스로 알아내야 할 어떤 거요.”

그녀는 민첩하게 침대에서 빠져나왔어, 마치 거의 아프지 않은 것처럼, 채 네시간도 전에 스무알의 알약으로 의식을 잃은 적이 없다는 듯이.

그녀는 내게 모욕적인 말을 했어, 록산나. 네가 진짜 살아있는 여자였다면, 네가 내 만족의 댓가로 받을 엄청난 보너스를 탐내는 고용된 연기자가 아니었다면, 나를 발로 차버리며 던졌을 모욕적인 말을. 난 그녀가 했던 말, 넌 결코 하지 않았던 그런 말을 되풀이하고 싶지는 않아. 그녀는 내게 제기랄 그 방에서 꺼지고, 그녀 인생에서 꺼지고, 이 지구에서 꺼지라고 말했어. 그녀는 날 미치광이, 변태, 관음증 소유자, 피도 없는 괴물이라고 했어. 나의 탐욕이 자기 가족을 망쳤으며, 내가 상상할 수 있는 것보다 훨씬 큰 고통을 주었다고 말했어. 그녀는 내가 불운의 세월 배후에 있었던 그림자 같은 사람, 자신을 그렇게 여러번 자살로 몰고 갔으며, 자신의 절친한 친구를 빼앗아간 사람이며 영원히 그녀 뒤를 쫓아다닐 얼굴이라고 했어. “이십년간 얼굴을 씻고 이십년간 물에 불리며 몸을 담그고 있어도 당신의 때, 당신의 거짓말의 냄새를 지우진 못할 거예요. 그건 내게 달라붙어, 날 채우고 있어요. 그리고 가장 최악은 당신이 자신을 마더 테레사 같은 사람이라고 생각하고 있다는 점이에요. 당신 생각에 내가 마더 테레사 같은 사람을 필요로 할 것 같나요?"

난 그녀가 경멸을 쏟아붓게 내버려뒀어. 그녀가 내 얼굴을 치도록 내버려뒀지. 침을 뱉도록 그냥 뒀어. 그녀의 원한을 내게 쏟게 했어.

그녀는 자신의 분노와, 너의 분노도 같이 행동으로 나타내고 있었어. 난 록산나 네가 어디선가 그녀를 부추기고 있음을 느낄 수 있었어. 네가 즐겨했었을 그런 연기를. 네가 구원과 감상적이고 선한 이야기로 가득 찬 씨나리오를 건네받지 않았다면 말이야.

난 가만히 있었어. 왜냐하면 그런 벌을 바랐으니까. 난 그걸 좋아했어. 난 그럴 만했어. 그건 날 정화해줄 거였어. 그녀의 모성적인 분노가 날 다시 순수하게 만들어줄 거였어. 난 가만히 있었어. 왜냐하면 내가 마지막으로 말할 사람이라는 것을 알고 있었으니까. 내일 난 책임지게 될 것임을 알았으니까. 내일 난 그녀가 나를 잘못 생각했다는 것을 증명할 거야.

여전히 화를 내고 있지만 기운이 하나도 없이, 그리고 나로부터 내 자신을 옹호하는 말을 단 한마디도 끌어내지 못한 채, 숨을 헐떡이며, 그녀가 자신의 침대로 서둘러 돌아갔을 때, 그때 난 그녀에게 말했어.

"한 가지 부탁을 들어주시오. 당신의 생명을 구한 댓가로. 한 가지만. 부탁을 들어주겠소?"

"나가!"

"내일 공장에서 노동자들과 함께 가질 회합에 당신이 오길 바라오. 당신과 당신 아버지가. 당신 식구들을 다 데리고 오시오. 그럴 수 있겠소?"

그녀는 아무 대답도 하지 않았지만 난 그녀가 그곳에 오리란 걸 알고 있었어. 내가 카메라 렌즈를 통해 그녀를 처음 보았던 그 카페테리아, 어릴 때 나의 매력을 통해 날 반박할 수 없고 이길 수 없게 만드는 방식을 알아냈던 그 카페테리아에 내 말을 들으러 올 것임을 난 알았어.

난 그날 밤 내내 잘 잤어. 스스로도 놀랐지. 새벽이 밝기 바로 전 딱 한번 깼어. 난 꿈속에서 가만히 나와 거기에 있던 질문, 어둠속에서 내 옆에 누워 있는 여자의 몸처럼, 완전히 벌거벗은 채 정면으로 날 뚫어지게 쳐다보고 있는 그런 질문을 만났어. 이 모든 것의 배후에 톨게이트가 있었을까?라는 질문이었어.

톨게이트는 계획을 꾸미고 있었음에 틀림없어. 내가 그를 만나러 오기도 전에, 아마 쌤 헬넥이 나에게 생명치료쎈터를 언급하기도 전에, 심지어 위기가 오고 있다는 것을 내가 알아차리기도 전에, 내 치료를 위한 씨나리오를 계획하고 있었음에 틀림없어. 톨게이트는 자신이 주시하던 잠재적 환자들의 긴 목록에 올라 있던 한사람의 최고경영자인 그레이엄 블레이크가 그의 문지방을 넘어오기를 오랫동안 기다려왔었음에 틀림없어. 그가 긴 사전제작 계획표도 없이 그 모든 기반, 즉 완벽한 상태의 그 배우들, 주의깊게 디자인된 그 아파트를 조직했을 수가 없어. 조사만 하는 데도 분명 여러 달이 걸렸을 거야. 그는 자살, 록산나 너의 그 가짜 자살이 우리 관계를 변화시키고 클라이맥스를 가져오게끔 일찌감치 결정해둔 거였어? 그 모든 것을 배열하여 이 버튼 저 버튼을 누른 거야? 내가 필연적으로 널 구하게 만들게 하려고? 그는 우리 가족사를 조사하여 어머니의 병을 알아내고는, 내 눈앞에서 다른 여인이 죽게 만드는 것이 날 행동으로 뛰어들게 하는 한가지 확실한 방법이라고 판단한 거였어? 그는 록산나 너의 모델이 될 여자를 샅샅이 찾은 거였어? 살아오면서 자살 기도한 역사가 있었던 사람을 찾은 거야? 결국 찾아내야 하는 대로 내가 그녀를 찾았을 때, 그녀는 록산나 너의 몸짓을 똑같이 나타낼 누군가였던 거야? 그녀의 생명을 빼앗으려 하고 은밀히 나를 조직해서 내가 내 정체를 드러내고 그녀에게 설령 클린 지구를 잃는다 하더라도 공장을 유지시키겠다고 미칠 듯이 약속하게 만든 거였어?

생각 안에서 생각이 꼬리를 물고 꼬여 있는 속에서, 나의 소용돌이치는 정체성이란 진창 가장 밑바닥에 놓여 있는 건 이런 거였어, 록산나. 로즈가 자살을 했던 사람이었기 때문에, 톨게이트가 그녀의 존재를 우연히 맞닥뜨렸을 때, 그녀가 얼마나 아픈 사람인지를 알았기 때문에 그는 로즈를 택했나? 아니면, 정반대로, 그가 그녀를 만들어냈나, 그가 수년간 날 주시해왔듯이, 그녀를 주시하여, 그녀를 어제 내가 목격했던 종류의 절망으로 이끈 일련의 행동과 조작으로 서서히 그녀를 몰아넣었나? 그는 비용을 절감하여 그녀와 그녀의 가족을 다른 기업인의 치료에도 사용했나, 행크 그랜저, 쌤 헬넥 같은 사람을 치료하는 데도 그녀를 썼나, 얼마나 많은 기업인을 치료했는지 누가 알겠는가? 그가 날 연구해왔듯이, 그녀를 연구하고, 그녀에게 대본을 써주었나? 과거의 그녀로 하여금 자신의 생명을 없애려는 시도를 하게 한 이가 바로 저 보이지 않는 그림자 같은 톨게이트였나?

이런 질문에 대한 답을 알 방법이 없었어.

오직 내일 나의 결정이 있을 뿐이었어. 내 결정은 그것들을 상관없는 것으로 만들고, 로즈를 마침내 톨게이트 같은 사람의 손아귀에서 벗어나게 해줄 거야. 그레이엄 블레이크 같은 사람들의 손아귀에서 벗어나게.

그 내일이 바로 오늘이야, 록산나. 바로 지금이야.

아침 일곱시 반에 빽빽이 들어선 청중들 앞에 지금 내가 서 있어. 카페테리아 바로 뒤편에 로즈가 있어. 그녀는 푸른 옷을 입고 있어. 너의 푸른 옷. 나타샤의 옷. 이 모험 최후의 날에 입기에 딱 적당한 옷.

보이지 않는 구석에 폴 쎄인트 마틴이 창백하고 긴장된 얼굴로 숨어 있어. 입구에서 날 맞이했을 때 그는 제씨카가 준

메씨지를 건네줬어. “오늘 오후 네시, 하우스톤에서 이사회 미팅. 최후 결정을 내릴 예정. 참석 바람.” 난 그걸 구겼어. 그것을 허공에 던져 테니스공처럼 찰싹 때려 가까운 쓰레기통에 넣고 싶었지만, 대신 그것을 호주머니에 집어넣었어. 난 지금 그 순간이 왔음을 느낄 수 있어. 여기서 연설하고 난 뒤 비행기를 타고 어디론가 가서 말을 하고, 지금 여기서 내가 약속하려는 것을 지속해나가야 함을 스스로에게 상기시키면서 난 안감을 통해 허벅지를 긁었어.

내가 하는 말은 정말 너무나 단순해. 난 연설을 잘하지 못해.

난 노동자 군중들에게 공장을 폐쇄하려는 결정은 내 등 뒤에서 이뤄진 것이며, 이사회는 내가 자리를 비운 틈을 이용하려 한다고 설명해. 사실 내가 있었던 곳은 그들 사이였어. 난 권력을 가진 사람들이 부정의를 바로잡는 법을 알아내던 아주 오래된 방식으로 돌아간 거였어. 즉 변장을 한 채, 운명을 스스로 결정해야 하는 사람들 사이에서 사는 방식 말이야. 그건 내 결정이 다른 사람들, 멀리 떨어져 있는 다른 사람들, 스크린 위에 이미지들로 있는 이들에게 영향을 미치는 따위가 아니라, 내 자신의 삶에 영향을 끼치는 듯이, 그렇게 내려질 수 있도록 하기 위해서이지. 마치 나 자신이 새로운 직업을 위한 훈련도 받지 못한 채 어떤 직업에서 내동댕이쳐진 사람인 것처럼. 마치 내가 집에 돌아와 아내에게 설탕을 많이 아껴야 하겠다고 말하는 사람인 것처럼. 마치 내가 큰 딸과 같이 공원으로 산책을 나가서 딸아이가 대학에 갈 수 없음을 알려야 했던 사람인 것처럼. 마치 내가 사랑하는 여인이 더이상 받아들일 수 없기 때문에 자살하려는 것을 지켜보는 사람인 것처럼.

난 하우스톤으로 돌아가 이 공장을 방어할 예정이라고 그들에게 말해. 난 공장을 계속 열 것이다. 우리 아버지가 기대했던 대로. 그리고 우리 어머니가 원하셨던 대로. 멕시코나 태국이나 터키, 브라질 등으로 이전하는 일은 없다. 여기 미국에 있을 것이다. 만약 그것이 내가 모든 것을 잃는 것을 의미할지라도, 난 여기 돌아와서 그들과 같이 일할 것이다. 설령 이것이 내게 남겨진 유일한 공장이 된다 하더라도. 난 무에서 출발할 것이다. 우린 같이 이것을 해낼 것이다.

그들은 마침내 조용해졌어. 일종의 최상의 반응이고, 최고의 경의인 셈이지. 손쉬운 박수는 없었지. 한사람 한사람 다가와서 고맙다며 악수를 했어. 내 가족도 있었어. 한사람, 한사람씩. 그들은 내가 왜 그들의 삶 속으로 스며들어갔는지 이해했어. 그래서 난 그들의 바로 그런 삶을 지킬 수 있을 거야. 그들은 날 아직도 사랑하고, 내가 하는 일을 동의해.

마지막 사람은 로즈야.

난 연설을 하는 내내 그녀에게 눈을 떼지 않았어. 그녀의 시선이 변하는 것을 보았어. 이전에 그랬듯이 미소가 어렴풋이 나타날 것임을 예견했어. 말로써 그녀를 설득하여 내가 필요로 한 감탄을 얻어냈지. 록산나 네가 내게 주었던 시선.

난 그 시선을 다시 원했어. 다시 한번. 내가 놀라운 사람이며 좋은 사람이라고 말하는 그 시선을. 그 결과가 무엇이든간에 내가 믿기에 올바른 것을 하고 있으므로 밤에 잘 잘 수 있다고 말하는 시선.

록산나가 아닌 로즈가 내게 이런 말을 해. 배우가 아닌 진짜 여자가. 그의 대사, 톨게이트의 대사가 아닌 나의 대사. 내 인생.

우린 같이 걸어서 내 차 있는 데까지 갔어.

"당신의 제안에 대해 생각하고 있었어요." 그녀가 말한다. 어제 오후 병실에서 꺼지라고 요구한 이래 그녀가 한 첫번째 말이야. "난 그 제안을 거절하기로 했어요. 꼴롬비아로 돌아가는 것과 그 모든 것들을요."

난 기다렸어.

"당신은 절 구할 수 없어요, 거스." 그녀가 말했어. "우리 가족만을 말이에요. 전 그럴 수 없어요. 그들 모두, 이 사람들을 뒤에 버려두고 갈 수 없어요. 매일 매일 그들을 치료하고, 매일 밤 그들을 위해 기도하다가, 어느날 아침, 우연히 내가 당신 마음에 들게 되었다고 해서 일어나서 떠날 수는 없어요. 난 그렇게 못해요."

"그것이 당신의 꿈을 지탱하지 못한다고 해도 말이오?"

"전 제 꿈을 지탱해나갈 거예요." 그녀가 말했어.

"그리고 당신의 악몽도"

"네 나의 악몽도요." 그녀가 동의했어. "늘 그래왔어요. 지금은 이곳이 내 나라인 걸요."

난 차에 올라탔어. "록산나의 드림 허브. 당신이 그걸 놓치고 다른 누군가가 그 일을 맡게 되길 원치는 않겠지요. 당신을 기다리고 있겠소."

"당신은 그저 우리를 구할 순 없어요, 거스." 그녀가 말해. 그리고 최후로 그런 표정, 내가 가는 길에 내가 가지고 싶어 하는 표정, 내 인생에서 가장 중요한 회의를 하러 차를 타고 갈 때 내 안에서 날 따스하고 깨끗하게 유지시켜줄 그런 표정을 보내.

록산나, 넌 나에 대해 자부심을 느끼게 될 거야.

아홉

"전 누구에게도 이걸 말해본 적이
없어요." 그녀가 말한다. "당신
믿어도 되죠?"

"그렇소."

"제가 정말 당신 믿어
도 되죠, 거스?" 그녀
가 말한다.

"난 비밀 지키는 데 능하
오."

"당신에게 말하고 싶어요." 그녀가
말한다. "사실 누군가를 기다려왔어요,
내가 그럴 수 있는…… 누군가를……"

"누구라도 좋소?"

"누구라도가 아니에요, 거스." 그녀가 말한다. "내

가 신뢰할 수 있는 누군가예요. 이 말을 할 수 있는 누군가를 찾을 수 있기를 희망해왔어요."

"조니는 어떻소? 그는 며칠 안 있으면 석방될 거요, 당신이 말한 게 사실이라면 그는—"

"조니 말고요." 그녀가 말한다. "당신이에요."

"오후가 다 지났소."

"전 돌아가야 해요. 저녁 때라서요." 그녀가 말한다. "토요일 저녁은 신성하죠. 난 우리 엄마에게 약속했어요……"

"분명 당신 어머니는 이해할 거요."

"그러실 거예요." 그녀가 말한다. "그들 모두 그럴 거예요, 우리 남자 형제들과 아버지…… 우리 아버지에 대해 어떻게 생각하세요?"

"난 그를 좋아하오. 싼또스는 좋은 사람이오."

"아버지는 좋은 분이시죠." 그녀가 말한다. "내가 당신께 말해야 할 것도 아버지에 대한 거예요. 이곳에 있는 아무도 모르는 내용이죠."

"아무도 모른다고 했소? 당신이 어떻게 확신할 수 있소?"

"전 이 강둑을 사랑해요." 그녀가 말한다. "전 강물이랑 나무랑 햇빛이랑 천천히 시간을 보내는 저 사람들이 좋아요. 델라웨어 강처럼 인생이 흘러가고 있어요."

"그리고 꽃들도."

"그래요, 꽃들도 그래요." 그녀가 말한다. "내가 태어날 때 우리 아버지가 어머니 곁에 있지 않았다는 이야기를 했던 것

기억하세요? 그 말 생각나세요?" "그렇소. 당신이 미국에 왔을 때 처음으로 그가 당신을 봤다는 말을 했었소. 사진도 한 장 못 봤다고 당신은 말했었소."

"수년 동안," 그녀가 말한다. "제가 알았던 유일한 것은 내가 태어나던 날 밤 아버지가 모종의 어려움에 처했다는 것이었죠—그리고 제가 더 적게 알면 적게 알수록 더 낫다고 생각했었죠. 그게 어떤 것과 관련이 있지 않을까—말하자면 마약 같은 것—생각했었어요."

"마약이라고요? 난 그렇게 생각지 않소. 당신 아버지는 아니요."

"제 생각이 바로 그거예요." 그녀가 말한다. "아버지가 그런 것에 연루되는 건 결코 상상할 수 없었죠, 말하자면 조니처럼 말이에요—하지만 그 경우에 전 결코 묻지 않았죠. 결코 알고 싶지 않았어요, 다만……"

"다만?"

"조사가…… 있었어요." 그녀가 말한다. "심문이었죠. 두 명의 남자가—경찰이었어요, 자기들 말이 그랬어요—그들이 왔었어요. 에반젤리나—당신은 결코 만난 적이 없는 친구예요, 그 애가—어쨌건 그들이 왔었어요. 그리고 최근에 다시 와서 우리 아버지에 대해 물었어요. 끈질기게요."

"그건 괴롭히는 행위요. 당신이 해야 할 일은—"

"거스, 거스" 그녀가 말한다. "맙소사, 당신은 어떤 세상에 살고 있나요? 경찰관들—혹은 그들이 누구였든지간에—이 단지 질문하러 왔다고 해서 고발할 순 없어요. 누가 내 말을 듣겠어요? 혹은 날 믿기라도 하겠어요? 그들은 해로워 보이진 않았어요. 그리고…… 또 전 어쨌건 그들에게 할 말이 아무것도 없었어요."

"당신은 정말 아무것도 모르오?"

"약간만 알아요." 그녀가 말한다. "아버지는 60년대 초, 전화선 하나를 설치하러 까딸리나에 오셔서 유일한 전화교환원으로 머무셨대요. 아무도 아버지가 어디서 왔는지, 혹은 이후에 어디로 갈 것인지 몰랐대요. 수수께끼 같은 싼또스 몬떼로였대요. 그가 통신으로 영어를 공부했다는 것, 그의 친구가 기다리고 있는 미국으로 언젠가 이민갈 것이라고 말했다는 것만 알았대요. 아버지는 어떻게 그곳에 영원히 머물지 않을 것인지를 항상 뽐내셨대요. 사람들은 그에게 감탄했고 그가 말한 모든 것을 믿었대요. 결국, 그는 까딸리나에 전화를 가져왔고, 그는 두가지 언어를 말할 수 있었대요!

"그는 바깥 세계에 대한 그들의 연결고리였군요."

"맞아요." 그녀가 말한다. "물론 그는 매력적인 사람이었어요, 지금도 그렇지만요, 그는 그럴 맘만 있으면 사람들로 하여금 달을 향해 짖게 만들 수 있죠. 그는 온 마을에 최면을 걸었어요. 그러니까 거의 모든 사람들에게요. 하지만 우리 어머니쪽 가족인 아기레 가문 사람들은 아니었지요. 그들은 그를 믿지 않았어요. 아니면 그저 외부 세계에서 온 어중이떠중이 같은 사람이었죠. 그런 불신에 대한 우리 아버지의 반응은 전형적이었어요. 아버지는—어머니 말에 의하면 아주 고의적으로—그녀, 마르따, 그 당시 그저 열다섯살밖에 되지 않았던 아기레 집안의 가장 어린 딸을 유혹하기로 결심했죠, 그저 그녀의 아버지와 오빠들에게 자신이 할 수 있다는 것을 보여주려고요."

"그리고 그는 꽃을 가지고 그렇게 했군요."

"맞아요, 거스." 그녀가 말한다. "언어와 꽃이었죠. 아버지는 매일 아침 그 지역을 뒤져 다른 종류의 꽃을 찾기 시작했대요. 절대 반복하는 법 없이, 꽃 한송이마다 시를 한편씩 써서 그녀에게 보냈대요. 끄트머리가 황금빛인 적갈색 꽃, 하얀 흰머리 멧새꽃, 긴 꽃대와 꼿꼿한 수상 꽃차례(하나의 긴 꽃대에 여러 꽃이 이삭모양으로 피는 것—옮긴이)와, 마지막 꽃이 떨어진 자리에서 새로운 새싹이 돋아나는 변종인, 전체가 핑크빛과 청순한 하얀빛 꽃으로 이루어진 후크시아 꽃, 그리고 거꾸로 매달려 있는 너무나 푸르고 푸른 난초, 일년 내내 자라는 박하꽃, 특정한 단일 꽃에만 피는 팔자수염꽃—전 이 모든 것에 대해 알고 있지요, 왜냐하면 그 시들을 봤기 때문에. 전 아버지가 각각의 꽃에 대해 언어라는 향수로 어떻게 무언가를 만들어냈는지, 아버지가 어떻게 오로지 그 꽃과 어울리도록 수염을 길렀는지, 아버지가 어떻게 붉은 코코넛 크림 파이 같은 향기가 나는 난초를 찾아냈는지, 아버지가 어떻게 그녀, 그 어린 마르따를 미칠 지경으로 사랑했는지 읽었어요. 아버지는 일년을 그렇게 했어요. 아무도 그를 말릴 수 없었죠. 우리 어머니는 결국 제 오빠 에두아르도를 임신하게 되었어요.

"그래, 그 가족은 뭐라고 했소, 그들은 어떻게 대응했소?"

"저희 어머니가 가족에게 이야기했었어요." 그녀가 말한다. "그 일에 대해서 말이에요. 바로 그날 아버지가 단벌 신사복을 입고 왔어요, 어머니에게 청혼하기 위해서요. 그러나 어머니의 아버지와 오빠들은 럼주를 따서 축하를 하는 대신에 그를 두들겨패고 쫓아내며 죽이겠다고 협박했었어요."

"그래서 당신 아버지가 떠난 거군요?"

"전혀 아니에요." 그녀가 말한다. "전형적인 싼또스 몬떼로의 방식으로 아버지는 어쨌건 어머니와 결혼했어요—2주 후에 어머니를 집에서 몰래 나오게 해서 신부님이 결혼식을 진행하게 하셨죠. 어머니 말에 따르면, 아버지는 오가던 통화를 통해 신부님에 대한 것을 아셨기 때문이라지요. 전 아버지가 몰래 엿듣고 그 정보를 이용했을 수도 있다고 생각해요."

"당신 어머니는요?"

"어머닌 아버지를 아주 좋아하셨대요." 그녀가 말한다. "그리고 아기가 태어나면 친정식구들이 오리라고 믿으셨대요. 하지만 상황은 더 나빠졌죠. 가족들은 그녀에게 아무말도 하지 않으려 했고, 두분에게 삶이 불가능해지게 만드셨대요. 너무나 심해서 우리 어머니는 까딸리나를 떠나 다른 곳에서 새출발을 하기로 결정하셨대요. 아버지도 동의하셨죠.

아버지가 충분히 돈을 모으자마자 미국으로 떠나기로 하셨대요. 하지만 어머니에 의하면 그게 진짜 이유는 아니었어요. 진짜 이유는 아무도 싼또스 몬떼로를 마을에서, 이 마을이든 어느 마을이든간에, 쫓아내려고 하지 않았다는 점이었어요. 아기레 가족 말고는 말이에요—아기레 가족들은 내가 태어나던 날 밤 마침내 그를 쫓아냈죠. 이야기는 바로 그 지점에서 멈춰요. 우리 어머니는 결코 그 나머지 이야기를 들려주길 원치 않으셨죠. 우리 오빠도 나머지 이야기를 몰랐어요. 우린 그때부터 할머니 할아버지와 친지들로부터 뚝 떨어져 지냈기 때문에 그 이야기를 들려줄 사람이 아무도 없었죠. 그건 괜찮았어요. 그 사람들이 와서 내가 다시 생각하게 만들기 전까지는 말이에요."

"그래서 당신이 아버지에게 물었군요."

"제가 지금 당신께 말하고자 하는 것은……" 그녀가 말한다. "만약 누군가 알게 되면……"

"당신은 내게 말할 필요가 없소. 바로 지금 이야기를 그만해도 되오."

"그건 그 남자, 오나씨스의 잘못이었어요." 그녀가 말한다.

"오나씨스? 그리스의 거부 말이오?"

"전 아버지에게 물었죠," 그녀가 말한다. "어느날 밤 쌔드독스에서 아버지를 기다려 아버지가 계신 칸으로 가서 물었어요. 한참 걸렸어요. 아버진 위스키를 두잔 마시고서 그 당시 있었던 이런저런 이야기를 해주셨어요. '1968년 10월 20

일이었다.' 아버지가 말씀하셨어요. 기분 좋게, 그리고 차분하게. '그 날짜가 네게 뭐 말해주는 게 없니?' '제가 태어난 날이에요.' 내가 말했죠. '재키 캐네디가 오나씨스와 결혼한 날이란다.' 아버지가 말씀하셨어요.' 그는 125만 달러짜리 반지—루비와 다이아몬드로 된 반지를 재키에게 사주었어. 오나씨스가 그 반지를 샀어.' 아버지가 말씀하셨어요. '그런 뒤 그는 전화기를 들고 내게 전화를 걸었어. 그 날이 1968년 10월 17일이었어. 넌 그로부터 사흘 뒤에 태어난 거지.' 왜 그래요, 거스?"

"난—난 그저 깜짝 놀라서 말이오. 난 이런 종류의 이야기가 나올 줄 기대하지 못했었소, 이건—"

"그래요." 그녀가 말한다. "백만장자들이 저를 불안하게 만들기도 하지요."

"아니, 그런 뜻이 아니오. 난 알 수 없소, 오나씨스가 무슨 관계가 있는지—?"

"오나씨스는 들은 적이 있었대요." 그녀가 말한다. "까딸리나라고 하는 꼴롬비아의 작은 마을에서 사람들이 이 세상에서 가장 예쁘고 신선한 난초를 키운다고 말이죠. 일년 중 바로 그때의 난초들. 크리스티나라는 이름의 요트와, 무슨 섬인지는 모르겠지만, 섬 하나를 가득 채울 만큼 충분하다는 거죠. 교회의 하객들과 사진사들을 몹시 기쁘게 해서 아찔할 지경으로 만들 만큼 충분하다고. 그 난초들이, 재키 케네디에게 진정한 사랑이 무엇인지, 진짜 돈으로 살 수 있는 것이 무엇인지 깨닫게 해주기에 충분하다는 거죠. 아버지 말에 의하면, 오나씨스가 말했다죠, '당신이 가진 모든 난초들을 사겠소, 하나도 남김없이. 이 세상에서 가장 아름다운 여인과 하는 나의 결혼을 위해.' 그랬었대요. 아버지는 행운이었는지 혹은 불행이었는지, 유일한 전화교환원이었고, 꼴롬비아를 벗어나 북아메리카에서 성공하기 위해 지난 7년간 영어를 공부했었다죠. 그때 당장, 그 자리에서 아버지는 오나씨스와 가격에 합의를 봤대요, 정상가보다 열배 많은 가격으로……"

"당신 아버지가 협상을 시도했다고 했소?"

"10퍼센트의 수수료를 받기로 했대요." 그녀가 말한다. "우리를 그곳에서 데리고 나오기에 충분한 돈이었죠. 아버진 오나씨스에게 꽃들이 비행기를 기다리고 있겠다고 말했고, 비행기가 착륙할 장소를 그에게 설명했대요. 그리고 10월 19일 아침으로 날짜를 정하고 다른 모든 것을 합의했대요. 그러고 나서 아버지는 마을에 있는 모든 사람들에게 거래에 대한 이야기를 하고 과거 일은 과거로 돌리자고 결정한 뒤 신부님을 아기레 가문에 보내어 그 사람들을 거래에 포함시키기로 했던 거죠. 뭐라고 해야 할까요, 가족간의 화해가 이뤄졌던 거죠. 수년간 그들은 아버지에게 말을 하지 않았는데, 이제 갑자기 오나씨스와 그의 돈이 그 모든 것을 변화시킨 거죠."

"탐욕이오. 만약 당신 아버지가 까딸리나에 처음 도착했을 때 많은 돈을 가지고 있었다면 그들은 당신 아버지를 두 팔 벌리고 받아들였을 거요."

"탐욕," 그녀가 말한다. "맞아요."

"그런데 아기레 가문 사람들과 마을의 다른 모든 사람들이 어떻게 그를 믿었소?"

"왜냐하면 아버지는 영어를 아셨으니까요." 그녀가 말한다. "그리고 아버진 전화를 소유하고, 힘을 가지고 있고, 자신들을 대단히 부유하게 만들어줄 사람들인 미국인들이 속한 세계와 연결되어 있었으니까요. 그래서 사람들은 마을의 모든 난초들을 다 꺾어 손수레에 싣고 언덕 한가운데 활주로로 사용되던 벌판으로 옮겼어요. 시장님은 난초를 가지러 올 사람들에게 전할 자신의 연설을 아버지에게 영어로 번역하라고 시키셨어요. 비록 아무도 오나씨스 자신 혹은 그의 가족 중 일원이라도 올 것이라고 기대하지는 않았지만 말이에요. 하지만 여전히, 아이들은 애국가와 '플로레스 아 마리아'를 부르러 갔고, 우리 부모님을 결혼시켰던 그 신부님은 꽃들에게 축복을 주기 위해 가셨어요, 그리고……"

"그리고 뭐죠?"

"그리고 그들은 기다리고 또 기다렸어요, 거스." 그녀가 말한다. "19일 새벽 내내, 그리고 그날 낮과 밤 내내, 20일 오전 동안 기다렸죠. 24시간 이상이 흘러갔고 그들은 그저 그곳에 서 있었어요. 오직 한두 사람만이 때때로 먹을것과 마실것을 가지러 자리를 뜰 뿐이었죠. 마치 자신들이 잠들면 비행기가 오지 않을 것이라 생각한 것처럼. 그런데 그때 그들은 지평선에서 언덕 너머 나무 위로 어떤 소리를 들었어요. 비행기, 비행기다 하고 그들 모두가 소리쳤죠. 하지만 그건 천둥이었죠. 폭풍이 오고 있었어요. 폭풍우가 사람들에게 쏟아졌어요. 온 마을에요, 그들 모두는 여전히 오나씨스의 비행기, 행운이 하늘에서 그들로부터 떨어지길 기다렸죠. 하지만 비만 내릴 따름이었어요. 그런데 그때 누군가, 우산을 가지러 갔었던 여자로, 아마 아기레 가문의 우리 이모 중 한 사람이 돌아와서 말했어요. 재키와 오나씨스가 그리스의 어떤 섬에서 오후 다섯시 십오분에 이미 결혼했다는 방송이 라디오에서 나왔다고……"

"스코르피오스 섬이었소."

"그곳에서도 비가 오고 있었다죠." 그녀가 말한다. "차갑고 으스스한 비가. 꼴롬비아에서 내리는 우리의 따스한 폭풍우와 다르게 말이에요. 하지만 중요한 건 이미 결혼이 있었다는 것과 결혼식에는 꼴롬비아나 다른 어떤 곳에서 온 난초가 없었다는 거죠. 온갖 종류의 꽃들이 있었으나 난초는 하나도 없었어요. 그때, 그들, 마을 사람들, 특히 외가 쪽 가족들은 아버지를 찾기 시작했어요. 싼또스 몬떼로는 어디 있지? 그 계략을 부리는 후레자식은 어디로 간 거야?"

"그래 그는 어디로 갔소?"

"아버지는 집으로 돌아오셨죠." 그녀가 말한다. "엄마가 고통스럽게 경련하시며 아기를 낳으려 하시는 곳에요. 사람들이 집 바깥에 모이기 시작했고 그들의 언짢은 기분은 더욱 더 나빠지고 분노어린 상태로 되었어요. 그래서 아버지는 뒷문으로 몰래 빠져나가시기로 했어요. 아버지는 엄마의 이마에 순식간에 입맞춤을 하시면서 내가 딸이면 하젤린으로 불러달라고, 그리고 만약 아들이면 아리스또뗄레스라고는 하지 말자고 했어요. 신부에게 유감이 없다는 걸 나타내고자 하신 거죠—항상 신사였어요, 우리 아버지는. 우리를 부를 거예요? 하고 엄마가 물었어요. 이 아기를 다시 볼 때까지 술은 한방울도 입에 대지 않겠소, 우리 엄마의 무덤에 대고 맹세하겠소,라고 아버지가 말했어요. 그리고 아버지는 그 약속을 지키셨어요. 술은 한방울도 안 드시고 동전 한푼이라도 끝까지 모으셨죠. 날 다시 만나기 위해서 말이에요. 아버지는 약속하셨고, 그래서—"

"대단한 약속이군요."

"아버지로서는 그랬죠." 그녀가 말한다. "아버지는 그 약속을 하셨고, 그런 뒤 도피구로 갔어요. 아버지는 그 집을 아버지 혼자서 지으셨었어요, 어느 누구의 도움도 받지 않고요. 나갈 수 있는 뒷문을 반드시 만들어놓았었죠. 심지어 그때도 아버지는 언젠가 그것을 필요로 할지 모른다고 생각하셨던 게 분명해요. 그리고……"

"그리고……?"

"이야기는 그거예요." 그녀가 말한다.

"그게 다요? 비밀이?"

"그게 다예요." 그녀가 말한다. "어떻게 생각하세요?"

"무슨 뜻이오?"

"그러니까," 그녀가 말한다. "우리 아버지 말을 믿어도 될까요, 오나씨스가 그런 전화를 했을까요? 제 말은, 다른 어떤 사람에게도 결코 물어볼 수가 없었어요. 오직 저 스스로에게만 물었죠."

"이해가 안되오."

"어쩌면 우리 아버지가 그 통화를 만들어냈을지도 몰라요." 그녀가 말한다. "그 세월 동안 아기레 가문 사람들에게 복수를 계획하고 계셨는지도 모르죠—어쨌건 그게 그들의 생각이었죠, 아버지 말씀에 의하면요. 그들을 망치기 위해. 그들을 바보로 만들기 위해. 복수 때문에. 혹은 어쩌면, 아시겠지만, 아버지가 속고 계셨는지도. 로꼬(loco, 미친—옮긴이)라는 단어가 그 말에 딱 맞다고 생각해요. 아버진 오나씨스가 전화를 했다고 스스로 믿고 계시고, 아버지가 그 마을을 낙후된 상태에서 구할 수 있으며, 마을 사람들에게 영웅이 되어 진정 그들의 일부로 받아들여질 수 있다고 스스로 믿으신 거죠."

"아니면 어쩌면 진짜 통화가 있었는지도, 어쩌면 오나씨스가 진짜 그 꽃들을 원했었을 수도 있소."

"그럴 수도 있어요." 그녀가 말한다. "아버지를 가지고 놀고, 아버지를 배반한 사람이 바로 백만장자였던 거죠."

"그래도 발견하기 그렇게 힘든 비밀인 것 같진 않군요, 당신 어머니에게 물어보기만 하면 되잖소."

"물어봤어요, 거스." 그녀가 말한다. "엄마는 그것에 대해 말씀하고 싶어하지 않으셨고 지금도 그래요. 바로 그 다음날, 내가 말하려고 하자마자— 엄마가 제 말을 끊으셨어요. 난 엄마가 무언가에 대해 그렇게 분명하신 것을 본 적이 없어요. 더이상 아무말도 마라, 엄마가 말씀하셨어요. 한마디만 더 하면 난 죽을 거야. 그때 무슨 일이 일어났는지를 아버지가 어떻게 말했는지 듣고 싶지 않구나."

"왜죠?"

"어쩌면," 그녀가 말한다. "아버지가 말하신 일이 결코 일어나지 않았을 수 있죠. 어쩌면 아버지가 그 모든 것을 지어낸 것일 수도. 오나씨스와 난초와 그 외 모든 것들을. 그리고 엄마는 아버지가 거짓말쟁이라고 내가 생각하길 원치 않으신 거죠. 어쩌면 다른 진실이 있을 수도 있어요. 이것보다 훨씬 고통스러운. 또다른 비밀 말이에요. 오직 엄마와 아버지만 아는 어떤 일—말하자면, 엄마가 기억하기에, 내게 말해주기에 너무나 고통스러운 어떤 일이요. 아니면 엄마는 자신의 엄마 아버지를 잃은 고통을 다시 경험하기 싫으신 거죠—이유가 뭐가 되었든간에 엄마는 무덤까지 그 비밀을 안고 가실 거예요."

"그리고 당신은 다른 누군가가 어머니에게 그것을 물어보는 걸 원치 않군요?"

"우리 엄마는 자기 얘기를 잘 안하는 분이세요, 거스." 그녀가 말한다.

"알아낼 길이 있소. 방법이 있소."

"그래요?" 그녀가 말한다.

"돌아가시오. 까딸리나로 가서 물어보시오. 당신은 그곳을 떠나온 이래 돌아가본 적이 없잖소? 어쩌면 내가 도울 수 있을지도—"

"전 돌아가고 싶지 않아요, 거스." 그녀가 말한다. "난 지금 이대로의 이야기가 좋아요. 만약 아버지가 그걸 만들어낸 거면, 아버지가 날 위해 만드신 거라 생각할래요. 그래서 언젠가 내가 준비되었을 때 들을 수 있게 말이에요. 내 마음이 원하는 모든 걸 다 내게 주고, 날 공주로 만들기 위해 아버지가 해주고 싶으셨던 것. 일확천금을 얻기를 아버지가 얼마나 바라셨던지를요. 그리고 만약 그 이야기가 사실이라면, 내가 왜 니나 데 라스 플로레스로 알려졌는지를 설명해주죠. 누군가의 결혼식을 위해 세상 절반을 가로질러 운반되기를 기다리면서 빗속에서 시들어 죽어가는 수천 송이의 난초 향기를 가지고 내가 태어났다고 사람들이 생각한다면, 그 꽃들은 죽을 때도 날 환영한 거예요. 심지어 쓰레기통에 던져지고 수레로 운반될 때에도 나와 함께 같이 머문 거예요. 그 꽃들의 향기, 그 꽃들의 우정이 그때 이후 쭉 같이 있으면서 날 축복해줬어요."

"그러므로 당신은 그들의 딸이군요."

"그래요." 그녀가 말한다. "꽃들의 딸이에요."

"꽃들의 딸, 그런데 당신은 왜 내게 이것을 말하고 있지요, 그 모든 사람들에 대해서?"

"당신은," 그녀가 말한다. "우리들에게 너무나 잘 대해주셨죠. 이 이야기는 내게 속한 하나의 이야기예요, 오직 나한테만 속한. 내가 어떻게 태어났고, 내가 왜 현재의 나인가에 대한 이야기죠. 그건 당신에게 주는 내 선물이에요."

"내게 주는 당신의 선물."

"네." 그녀가 말한다. "왜냐하면 이 이야기로 내가 당신을 믿을 수 있다는 걸 아니까요. 당신을 신뢰할 수 있다는 걸 알아요."

"그렇소." 그레이엄 블레이크가 말한다. "당신은 날 믿어도 좋소."

에필로그

"사람은 자신이 하는 것에 항상 두 가지 이유를 가지고 있다.
좋은 이유와 진짜 이유를."

| J. P. 모건 |

"깨어날 때인가?"

| 뻬드로 깔데론 데 라 바르까 『인생은 꿈이다』 |

열

무슨 일이 있었는지 알려달라고
당신은 부탁했습니다, 제씨카. 당
신은 하나도 빼지 않고 세세
한 모든 것을 알기 원하셨
습니다.

당신의 제안에 따라
전 당신의 남편—전남편
이지요—을 공항에서 만났습
니다. 물론 그는 절 보고 깜짝 놀
랐습니다.

"톨게이트! 대체 여기서 뭐하고 있
소?" 그가 물었습니다. "가서 다른 사람이나
괴롭히시오."

난 이건 그를 지금의 그곳으로 안내했던 사람을

대하는 방법이 아니라고 말했습니다. 그는 진정한 각성을 맞이하려고 하고 있었죠. 아니면 이 모든 것이 우연이라고 그는 생각했을까요? 필라델피아로 가는 그의 이 두번째 여행이 원래 치료의 필수적인 부분으로서 쭉 예상된 것이 아니었다고 그는 정말 생각했을까요?

그는 분명히 그 가능성을 혼자 생각해보았으나, 내가 그것을 그렇게 드러내놓고 인정하고 있다는 사실에 흥미를 갖지 않을 수 없었습니다. 물론 그는 즉각 흥미를 느끼려고 하지는 않고, 금방 걱정하기 시작했습니다—그는 걱정이 많은 사람이니까요, 제씨카. 그 점에 대해서는 의심의 여지가 없습니다—내가 그에게 다시 함정을 파려고 하는 것은 아닌지 걱정했던 거지요. 그를 치료하던 첫날 밤, 록산나라는 여배우가 그가 염탐하고 있던 방으로 걸어 들어왔을 때 내가 그랬듯이 말입니다.

전 그에게 내 손을 보여주었습니다, 손바닥을 위로 한 채 말입니다. "아무것도 없소." 내가 말했습니다. "어떤 술수도 없습니다."

그걸 보고 그는 미소를 지어 보였습니다. 혹은 다른 어떤 것을 보고 웃었는지도 모릅니다만, 어쨌건 그건 미소였습니다. 그런 뒤 그는 저를 지나 앞으로 걸어갔습니다.

"당신 아내가 당신과 연락하도록 내게 부탁했었소." 그의 등에 대고 내가 말했습니다. 그를 멈춰서게 하려고 이 말을 한 건 아니었습니다. 하지만 그는 멈췄습니다. 그것이 사실이었고 난 비열한 방법을 쓸 의도가 없기 때문이었습니다. 모든 카드패를 테이블에 내려놓았습니다. 그런데 마지막의 모든 카드는 아니었습니다. 어떤 정보는 비밀로 해야 했었으니까요. 당신까지 포함해서 관련된 모든 사람들에게 비밀로 하고 있지요. 그렇지 않으면 이 치료가 결코 효력이 없을 겁니다.

"어떤 아내 말이오?"

"당신의 전부인." 난 말을 정정했습니다. "제씨카 말입니다. 그녀는 내게 당신을 클린 지구 본사까지 차로 태워주길 바랐습니다. 당신이 결정을 내리기 전 나와 이야기할 기회를 당신에게 주고 싶어하셨지요."

"난 이미 결정을 내렸소."

난 그에게 그 첫날 밤, 그가 떠나겠다고 격렬하게 선언하고, 내가 계획하고 있는 치료가 부도덕한 것이며, 자신은 어떤 것도 원치 않는다는 비슷한 확신을 표현한 적이 있었음을 상기시켰습니다.

"내가 해야 했던 것이 바로 그거요." 그가 말했습니다. 그리고 그는 출입구, 택시승차장 앞으로 다시 걸어가기 시작했습니다.

"진심일 리가 없소." 성큼성큼 걷는 그의 발걸음과 보조를 맞추면서 내가 말했습니다. "단지 여정이 험난하다고 해서 곧 그 여정을 후회한다는 뜻은 아니지요. 당신이 이 모든 것을 거치지 않았더라면, 오늘 당신이 대면할 그 냉혹한 선택을 가지고, 당신이 오늘 있는 곳에 있을 수 있겠소?"

"어떤 냉혹한 선택 말인가요?"

"블레이크 씨, 난 진심으로 믿고 있소, 당신이 내 차로 시내로 가는 것이 좋을 거라고 말이오. 최악의 경우라도 당신은 택시비는 절약할 거요. 아니, 더 나은 씨나리오라면, 훨씬 더 큰 어떤 것을 절약할 수 있을 거요."

그는 망설였습니다, 제씨카. 당신도 알다시피 그는 날 두려워했습니다. 그곳에 그가 서서, 이해하고 있던 것은 바로 그거였습니다. 그가 겁이 났기 때문에 그는 나와 함께 와야 했습니다. 그는 이 마지막 시험을 통과해야 했습니다.

우린 아무말 없이 주차장으로 걸어가 나의 링컨(미국의 자동차 브랜드—옮긴이)에 올라탔습니다. 고속도로에 이를 때까지 우리 둘다 아무말도 하지 않았습니다. 먼저 포문을 연 사람은 그였습니다.

"당신은 어떻게 나의 모든 것을 알고 있는 거요?"

"아무도 누군가의 모든 것을 다 알 수는 없소. 당신은 당신 자신에 대해서도 다 알고 있지 못하지 않소."

"좋은 답변이 아니군요."

"그렇다면 좋은 질문을 하시오."

그는 잠잠했습니다, 제씨카. 거의 멜로드라마적인 평정이었습니다. 적어도 그는 자신의 평정을 믿었습니다. 그는 그것에 확신을 가졌습니다.

"언제부터 날 염탐해온 것입니까?"

"그게 정말 중요하다고는 생각지 않소, 블레이크 씨. 그리고 난 그걸 염탐이라고 하지 않소. 당신이 내게 왔소. 당신을 내 손에 맡기고 내게 치료를 부탁했잖소. 난 당신에게 그것이 비전통적인 것이라고 말했었소."

"비전통적인 것이라니, 온건한 말이군요, 톨게이트." 그가 말했습니다. "비도덕적. 불법적. 범죄. 살인적. 내가 사용하고 싶은 말들은 그런 말들이오. 하지만 당신은 내 질문에 아무것도 대답하지 않았소."

"내가 대답할 수 있는 답변 하나라도 당신이 발견할 수 있는지 봅시다."

"그들은 모두 배우들이었소? 여배우들?"

"이 세상의 모든 사람들이 어느정도 배역을 연기하고 있소, 블레이크 씨. 당신이 그렇고 내가 그렇고 록산나가 그랬소. 문제는 우리 말을 누가 쓰느냐 하는 거겠죠. 우리가 그 말들을 쓰느냐, 아니면 다른 누군가가 쓰느냐 하는 것 말이오. 우리가 정말 말해야 하는 문제는 누가 통제하고 있는가라는 것이 분명하지 않나요?"

"그러면 로즈도 또한 배우라는 것이오? 당신이 말하고자 하는 것이 그것이오? 로즈와 그녀의 가족도?"

"그녀가 비현실적으로 보였나요?"

"그녀는 너무나 현실적으로 보였소. 그녀가 배우인지 아닌지 당신에게 묻고 있는 이유도 정확히 그 때문이오."

"당신이 그 질문에 대한 답을 모른다면," 우리 앞에서 수

녀들을 잔뜩 태운 큰 승합차가 정지하자 속도를 늦추며 그에게 말했습니다. "나는 분명히 답을 줄 수가 없소. 그리고 당신은 내가 예견할 수 있는 것보다 훨씬 더 어려움에 봉착할 거요. 자, 다음 질문."

그는 잠시 멈췄다가 말했습니다.

"왜죠?"

그는 그 단 한마디를 말했습니다. 그러고는 그의 얼굴에 뭔가가 일어났습니다, 제씨카. 마치 그가 그 말을 했었거나 혹은 누군가의 입에서 그 말을 들었을 때의 또다른 순간이 생각난 것처럼 말입니다.

"왜 우리가 치료를 이런 방법으로 구성했냐고요? 그건 당신이 필요로 했기 때문이오. 당신이 당신 자신과 대면하기 위해, 당신 치료의 최후 단계에 도달하기 위해, 이 모든 것을 겪어야 했기 때문이오, 블레이크 씨. 지난 6개월 동안 그것은 당신을 기다려왔소. 당신이 시간을 다시 미뤄온 그 어떤 것과 더불어 말이오. 당신의 위기가 시작되고 당신이 이 순간을 미뤄온 그날 이후 말이오. 이제 당신의 불면증을 끝낼 시간이오."

"깨어날 시간이란 뜻이오?"

"당신이 원하는 대로 부르시오. 당신은 이제 당신 아버지의 그 오래된 필라델피아 공장을 붙들고, 당신 회사의 나머지 사업을 잃을 위험을 무릅쓰고 그랜저 씨에게 회사가 먹히고, 사업계에서 미미한 역할을 하는 사람이 되고, 파산하고 망쳐질 것인지 말지를 지금 결정해야 하오. 아니면 반대로, 당신은 그 공장을 희생하고 당신의 회사를 구할 수 있소 ”

“그리고 그랜저처럼 되는 거죠, 그랜저의 복제인간처럼—”

“확실하게 당신 회사를 당신이 원하는 방향으로 이끌고 가고, 계속해서 생명을 구하고 건강제품, 드림 허브를 생산하는 것이라고 말하고 싶소. 안 그렇소? 어느 경우든 당신은 성숙할 것입니다. 모든 치료가 요구하는 것이 그것 아니요? 당신 자신과 더불어 살아가는 방법을 배우라, 당신 자신이 되는 결과를 가지라, 비록 당신이 늘 자신의 그 자아, 실제의 자아를 싫어할지라, 그렇지 않소?”

“그리고 당신은 나의 그 자아가 무엇을 해야 한다고 생각하오?”

우리는 거대하게 번쩍번쩍 빛나는 클린 지구의 본사 앞에 도착했습니다. 나는 격분한 경적소리와 욕설을 무시하고 버스차로에 차를 주차했습니다.

“내 의견은 아무 상관이 없소.” 내가 말했습니다. “지금이 우리가 같이 있을 수 있는 마지막 순간이오. 당신이 이 차에서 내리자마자 난 더이상 당신의 의사가 아닐 것이오. 치료는 당신을 여기까지 데려오는 것으로 구성되어 있소. 더이상은 아니오.”

당신의 전남편은 옆쪽 차문을 열었습니다. 아직 내리지는 않은 상태였습니다.

"생명치료센터의 소유주가 누구요?" 그가 물었습니다.

"그들에게 큰 이윤을 줄 것이라는 믿음을 소유한 투자자들이오. 왜 묻죠? 우리의 조그만 사업에 자금을 투자하는 데 당신도 관심이 있는 거요? 당신이나 나나 결국 같은 일을 하고 있는 거죠. 즉 사람들이 건강을 유지하게 하는 것 말이오. 상상컨대 클린 지구는 클린 영혼 지부를 가질 수도 있을 것 같군요. 왜 안되겠소?"

그레이엄이 약간 웃었습니다, 제씨카. 웃음소리라기보다 짖는 소리처럼 들렸습니다. 약간 신랄했습니다.

"난 우리의 관심이 같이 갈 수 있다고 믿지 않소." 그가 말했습니다. "우리 사업체의 규모는 차치하고라도 말이오. 난 전세계 수백만의 사람들을 대하고, 그들에게 영향을 끼치오. 당신은 그저 소수의 사람들만 다루고 있지요."

"맞소." 내가 대답했습니다. "하지만 내가 다루는 소수의 사람들이 그 수백만 사람들에게 일어나는 일을 결정하오."

그는 내가 더 말하길 기다렸습니다. 전 그를 그저 보기만 했습니다. 조용히, 조용히 말입니다. 그는 몸을 획 돌리고는 발을 길에 내딛었습니다. 그런 뒤 절 뒤돌아보았습니다. 그의 목이 그렇게 돌아가는 것을 보니 이상했습니다. 마치 목이 빠져나오는 것 같았습니다. 그의 목이 거의 다른 사람에게 속해 있는 것 같았습니다. "마지막으로 한가지 더 질문이 있소, 톨게이트 박사."

난 그에게 천천히 질문할 시간을 주었습니다.

"당신은 밤에 잘 잡니까, 톨게이트 박사?"

"앞으로의 당신처럼, 잘 자고 있소, 블레이크 씨."

그는 날 쳐다보더니 차 밖으로 나갔습니다. 그는 부드럽게 차 문을 닫았습니다. 마치 문의 금속을 상하게 하고 싶지 않다는 듯이, 그리고 너무 시끄러운 소리를 내고 싶지 않다는 듯이.

그의 눈이 위를 올려다보았습니다. 당신들, 제씨카 당신과 이사회 사람들이 기다리고 있는 그 사무실을 향해서 말입니다.

그런 뒤 광장을 건너갔습니다.

만약 당신이 원하신다면 우리의 대화를 녹화한 비디오테이프 복사본 하나를 드리겠습니다. 그 테이프는 물론 그가 빌딩에 도착했던 순간으로 끝납니다. 클린 지구 회사가 있는 이스트 타워로 그가 사라지던 순간 말입니다. 성경구절을 인용해도 괜찮으시다면, 그는 고래에 삼켜지던 요나와 같았습니다.

그가 그 다음에 무엇을 했는지는 당신이 이미 알고 있습니다.

| 감사의 말 |

오직 내 주변 사람들의 동행과 우정, 지지와 무한한 인내가 있어 이 소설이 홀로 세상에 나아갈 수 있게 되었음은 말할 나위도 없다.

그러므로 제일 으뜸가는 당사자들을 거명하도록 하겠다.

나와 함께 너무나 여러번 연극과 대본과 영화작업을 해온 나의 장남 로드리고(Rodrigo)에게 고맙다는 말과 함께 이 소설이 헌정된다면, 그것은 내가 소설을 쓰고 있었을 때 그가 계속 있어주지 않았더라면 책이 나올 수 없었을 것이기 때문이다. 그는 블레이크의 삶의 행로와 치료의 여러 다양한 단계들을 상상할 수 있게 처음부터 도움을 주었을 뿐 아니라, 그와 유사한 내 자신의 탐색에 관찰과 안내로써 계속적으로 빛을 비추어주었다. 그 다음으로, 내게 도움을 준 사람으로는 나의 아내 앙헬리까(Angélica)가 있다. 나의 최초의 독자인 동시에 가장 예리한 최고의 독자로서, 그녀의 솔직한 조언과 나무랄 데 없는 비평능력은, 언제나 그렇듯이, 없어서는 안되는 것이었다.

쎄븐 스토리즈 출판사의 나의 편집자, 댄 싸이먼(Dan Simon)은 나의 특별한 쏘울메이트임이 입증되었다. 그는 정중하고 점잖게 나를 재촉하여 원고를 다시 한번 찬찬히 엄격하게 살펴보게 하여, 원고의 인간미가 깊어지게 하고, 블레이크의 선택들이 가지는 다양한 함축들을 탐구하게 했다. 통찰력이 뛰어난, 편집상의 다른 제안들에 대해서는 언급할 필요도 없다. 나는 수년간 그와 함께 할 작업과, 출판사에서의 그의 열정적인 동료의식이 기대된다.

톰 엥글하트(Tom Englehardt)에게도 무한한 감사의 빚을 지고 있다. 거의 이십년 전 내가 판테온 출판사에서 책을 출간하기 시작했을 때, 그는 영어와 관련한 나의 첫 편집자였는데 그때 이후 나와 변함없는 우정을 유지해오고 있다. 나의 작업에 대한, 그리고 특히 이 책에 대한 그의 신뢰는 이 책이 출간될 수 있게 해준 매개였다. 우리가 살고 있는 흉흉한 시대에, 톰이 보여주는 이타심은 거의 믿을 수 없을 정도이며 언제나 내게 영감을 준다.

진 아우(Jin Auh)에게도 또한 감사를 표한다. 와일리 에이전씨에서 나를 대변해주는 그녀는 『블레이크 씨의 특별한 심리치료법』이 마라톤 경주 코스를 거쳐 빛을 볼 수 있게, 항상 쾌활하게 격려하면서 잘 이끌어주었다. 그 다음으로 듀크대학의 라틴아메리카 출신 사서인 호텐시아 칼보(Hortensia

Calvo)가 있는데, 그녀는 나에게 무수한 자료들을 제공했을 뿐 아니라, 우리가 함께 적합한 책과 기사들을 검색할 때에, 자기 고국 꼴롬비아에 있는, 난초꽃이 만발한다는 도시에 대한 이야기를 아주 무심코 들려주었다. 스페인어와 뽀르뚜갈어와 관련한 나의 대행인인, 마드리드의 라껠 드 라 꼰차(Raquel de la Concha)는, 나의 브라질 출판업자 호베르뚜 파이트(Roberto Faith)가 잡지 오브제띠바(Objetiva)에 말한 제안, 즉 이 주제에 대한 단편소설을 쓰자는 제안을 수락할 것을 권했는데, 그것은 결국 『블레이크 씨의 특별한 심리치료법』이 최초로 구체화되는 계기가 되었다. 또, 당시 나의 조교로 치열하게 내 시간을 수호해준 마가릿 로리스(Margaret Lawless)도 있다. 그외에도 여러명을 거명할 수 있다. 후아낀(Joaquín)과 멜리싸(Melissa)와 이사벨라(Isabella)와 또……

그런데 난, 몇년 전 다보스로 날 초청해준, 세계경제포럼의 주최자에게 감사의 말을 하지 않고서는 이 인사말을 끝낼 수 없을 것이다. 세계의 기업 및 정치 지도자들이 매년 2월에 한자리에 모이는 스위스의 그 도시에, 나는 포럼 참가자로 여행을 갔다. 그곳에 간 은밀한 진짜 이유는 내 주인공—이미 내 머릿속에서 부산하게 움직이고 있던—이 아마도 속하게 될 집단과 그 집단의 외형적 모습, 습관, 그 복잡한 관계 들을 가까이 관찰할 수 있는 기회이기 때문이었다. 난 내게 이질적인 문화로 여겨지던 것으로 침투해 들어갔는데, 이 상야릇한 관습과 제의의 관찰에 여념이 없는 인류학자가 된 것 같은 느낌이었다. 아니 어쩌면 난 혼잣말로 이렇게 말했을는지도 모르겠다. 이건 좀 정신나간 창조주가, 보통의 육신과 피를 가졌으되 세상에 유례없는 방식으로 전지구적인 차원에서 특별한 다국적 권력을 휘두르는 사람들이 사는 땅으로 날 파송시킨 원정여행 같은 거야, 하고. 다보스는 매혹적이었고, 내가 최종적으로 이 소설의 기업적 풍경을 설정하는 방식에 영향을 주었음에도 불구하고, 아무리 강박적으로 찾아헤맸음에도 내 동료 참가자들 사이에서 그레이엄 블레이크 같은 인물의 모델을 찾지 못했다는 것을 인정해야만 하겠다.

나는 세상의 어딘가에 그가 틀림없이 존재한다고 여전히 생각한다. 가깝거나 먼 곳 어디선가 블레이크 같은 누군가가 있어, 내가 창조한 우주에서 블레이크로 하여금 직면하게 만든 것을 그 역시 분명 직면하고 있을 것이다. 그리하여 마침내, 그레이엄 블레이크에게 설명하기 힘든 고마움을 표하면서 이 감사의 말을 끝맺고자 한다. 고맙소, 블레이크 씨—혹시 당신을 그레이엄이라고 불러야 할까?—지구의 밤에 뮤즈처럼 내게 다가와, 멀리서 들려오는 당신의 그 익숙한 음성을 속삭여준 데 대해서 말이오.

이것은 당신의 이야기이고, 아마도 우리의 이야기이기도 할 것이다.

| 옮긴이의 말 |

아리엘 도르프만의 생애와 사유는 한 국가의 경계를 언제나 넘어서 있다는 점에서 디아스포라적이고 초국가적이다. 조부모 때부터 시작된 디아스포라적 삶은 그의 부모를 거쳐 그와 그의 아들 세대로까지 이어지고 있다. 그는 디아스포라라는 말을 유래시킨 유대민족의 후예지만, 그의 조부 때부터 이어진 이산적 삶은 단순히 유대 가계의 혈통에서 비롯한 것만은 아니다. 러시아의 오데싸에서 백년 넘게 정착해온 부유한 유대 가문 출신으로 프랑스어와 영어에 능통하고 스스로 세계주의자임을 자처했던 조부가 러시아의 고향 땅을 떠나 머나먼 아르헨띠나와 인연을 맺게 된 것은 사업의 실패 때문이었고, 아버지가 어린 도르프만을 데리고 아르헨띠나를 떠나 미국으로 가서 살게 된 것은 아르헨띠나를 새롭게 장악한 뻬론 정부의 탄압 때문이었다. 당시 대학교수이던 도르프만의 아버지는 군부독재 정권에 대한 비판적인 태도로 인해 안정된 교수 지위는 물론이고 시민권마저 박탈당한 위기에 놓였던 것이다. 이런 위기로에서 그의 아버지를 구한 것은 구겐하임 장학금이었고, 이후 미국에서 전쟁에 징집되어 생명이 위태로울 수 있는 상황에서 그의 아버지를 구한 것은 그의 스페인어 실력이었다. 당시 새로 생긴 '남북아메리카 연락사무국'에서 일을 맡고 있던 아버지의 역할의 중요성이 인정되어 극적으로 징집을 면할 수 있었던 것이다. 도르프만이 그의 회고록에서 밝힌 바에 따르면, "언어적 기술이 정교한 가문 출신"*인 아버지의 언어능력이 목숨을 구한 것이다. 이후 도르프만의 아버지는 유엔 경제발전위원회의 부책임자로서 미국에서 매우 안정적인 삶을 살지만, 다시 한번 위기에 직면하게 되는데, 이번엔 1950년대 미국에 불어닥친 매카시즘이 원인이었다. 전후 냉전체제 속에서 일종의 사상검열 기제로 기능한 매카시즘은 외재적이고 이국적인 모든 것에 대한 전쟁을 선포했는데, 젊은시절 맑스주의를 수용했던 아버지의 사상적 궤적은 유엔이라는 중립적인 기구에서도 보호를 받지 못했다. 그리하여 그의 아버지는 다시 라틴아메리카로 돌아갔는데, 이번에는 아르헨띠나가 아닌 칠레였다.

부모의 이런 삶의 궤적은 도르프만에게 미국적 정체성과 라틴아메리카적 정체성의 갈등과 대립을 경험하게 했고, 이

*아리엘 도르프만 지음, 한기욱 강미숙 옮김, 『남을 향하며 북을 바라보다』, 창비 2003, 39면.

것이 그의 문학과 사상의 토대를 이루었다. 도르프만이 부모를 따라 지내던 시절의 미국은 2차대전의 승리 후 한껏 번영을 누리며 자신만만하던 시기였다. 도르프만의 표현을 빌리면, "미국은 가장 팽창적이고 낙관적인 전후 시기의 안락과 안전과 권력을 보여줌으로써"* 그를 미국의 아이로 만들었다. 그는 유엔 직원들이 모여 살던 뉴욕의 퀸즈 지역에서, 인터넷이나 월드 와이드 웹이라는 말이 나오기 40년 전 쯤에 이미 초국가적 공간, 공용어로서의 영어, 세계의 다양한 국가 출신 사람들과의 교류를 경험했다. 그의 이 미국적 정체성은 냉전이데올로기의 직접적인 위력으로 인해 강제로 칠레로 돌아간 이후에도 계속 유지되었다. 그는 영어를 주로 쓰는 국제학교를 다니며 칠레의 대다수 사람들의 현실과 격리된 특권적 삶을 살았다.

두살 반부터 열여덟살이 될 때까지 어디 출신이냐는 질문에 한결같이 미국 출신이며 미국인이라고 대답하던 그에게 정체성의 갈등과 균열을 가져온 것은 급변하던 1960년대 라틴아메리카의 현실이었다. 그가 대학생활을 시작한 1960년대의 라틴아메리카는 미국의 신식민지적 종속상태에서 벗어나기 위해 매우 열띤 투쟁을 전개하고 있었다. 그가 오랫동안 은밀하게 사랑해온 미국의 재즈와 영화, 세계를 이해하기 위한 도구로 그가 늘 구사해온 영어는 라틴아메리카의 현

---

*같은 책 232~33면.

실과 민중의 삶을 새로이 발견하면서 서서히 그의 삶에서 떨어져나갔다. 부에노스아이레스에서 태어나 뉴욕에서 자라난 '미국' 청년이던 그가 칠레의 현실을 자신의 유일한 현실로, 칠레인의 정체성을 자신의 유일한 정체성으로 받아들이며 칠레 현실의 변혁에 투신하게 된 것이다. 그는 라틴아메리카적 자아에 등을 돌렸던 세월과 그 세월에 바친 에너지를 보상이라도 하려는 듯이, 더욱 열광적으로 칠레의 현실과 칠레 민중의 삶을 탐구했으며 칠레 최초의 사회주의 연합정부인 아옌데 정부 수립을 도우고 정책에 관여했다.

그러나 그가 그렇게도 열정적으로 투신했던 정치적, 사회적 변혁은 미국의 지원을 받은 삐노체뜨 군부세력의 쿠데타로 인해 3년 만에 실패로 돌아갔으며, 이 실패는 엄청난 비극을 가져왔다. 군부독재가 지배한 17년의 세월 동안 아옌데 대통령을 비롯하여 도르프만의 여러 동료들과 친지들, 그리고 무수히 많은 무고한 칠레인들의 삶이 폭력적으로 파괴되었다.

이런 죽음의 운명으로부터 그가 벗어날 수 있었던 것은 그의 재능 덕분이었다. 1971년에 이미 그는 아르망 마뗄라르(Armand Mattelart)라는 사회학자와 더불어 제3세계의 관점에서 디즈니 만화 수백편을 꼼꼼히 분석한 『도널드 덕 어떻게 읽어야 하나』(*How to Read Donald Duck: Imperialist Ideology in the Disney Comic*)라는 책을 펴내어 다수 좌파의 열광적인 환호를 받은 상태였다. 또 삐노체뜨의 쿠데타가 일어난 해인 1973년에 아르헨띠나에서 출간된 그의 첫 장편 『경계를 늦추지 말라』(*Moros en la Costa*)는 출간 즉시 주목을 받아 유명한 문학상의 수상작으로 뽑혀 그를 아끼던 사람들로 하여금 그의 망명을 돕게 했다.

미국에서 정착해 사는 동안 그는 칠레의 어두운 현실, 칠레 사람들의 고통받는 삶을 형상화한 작품들을 지속적으로 발표하는 한편, 미국의 제국주의적 성격을 치밀하게 탐구하고 분석한 글들을 발표하였다. 우리나라에도 번역 출간된 소설집 『우리 집에 불났어』(*My House is on Fire*, 1991), 희곡 『죽음과 소녀』(*Death and the Maiden*, 1992), 자전적 산문 『남을 향하며 북을 바라보다』(*Heading South, Looking North*, 1999)는 그의 이런 작품 경향과 사상의 궤적을 잘 보여주는 대표적인 작품들이다.

이번에 번역 소개하는 도르프만의 근작 『블레이크 씨의 특별한 심리치료법』은 칠레의 현실이 아니라 미국을 배경으로 최고경영자의 삶에 초점을 맞춘 작품이다. 1997년 아시아에서 시작되어 러시아, 아르헨띠나, 브라질 등의 국가들이 한차례씩 휘청이며 겪은 경제위기가 최근에는 유럽과 미국 같은 소위 중심부 국가들도 강타하고 있음을 볼 때, 더이상 세상의 안전지대는 없는 듯하다. 벼랑 끝의 삶은 취약한 노동자계층뿐 아니라 그들을 통제할 규칙을 만들고 명령을 내리는 데 익숙한 자본가들에게도 찾아온다. 이 소설의 주인공 블레이크는 부모로부터 물려받은 비누, 약초 공장을 과학

기술 및 경영기술이 탁월한 아내 제씨카의 도움으로 일종의 제국과도 같이 크게 성장시킨 인물이다. 그는 단순히 기업의 이익만 추구하는 탐욕스러운 자본가가 아니라, 지구의 환경 보전, 에너지 절약 등에도 관심을 기울이는 윤리적인 경영가이기도 하다. 그는 현재 아내와 이혼한 상태이지만, 이 변전하는 세계에서 이혼은 특별할 것도 없는 일상적인 일이라, 그의 심리에 별다른 상처를 남기지도 않는다. 그는 이혼을 합리적으로 잘 해결하고, 연인 나타샤와 함께 만족스러운 삶을 꾸려가고 있다.

그런 그에게 큰 위기가 찾아오는데, 그의 회사가 처한 경제적 위기가 그 직접적인 원인이다. 경쟁사와의 살인적인 경쟁이 낳은 과잉팽창, 아시아 지역에서의 급격한 수요 감퇴, 라틴아메리카에서의 파산, 유럽 판로의 수입 감소, 대출금 상환 자금의 급작스런 고갈 등으로 인해 그의 회사는 결정적인 위기상황에 놓여 급기야 인수합병이 논의될 지경이다. IMF를 겪은 우리에게는 극히 익숙한 구조조정을 해야만 하는 상황에 놓이게 된 것이다.

도르프만은 주인공 블레이크가 처한 이런 상황, 그의 심리적 현실과 복잡한 인간관계들을 전통적인 소설형식으로 서술하기보다는 한 편의 연극처럼 행위와 대화와 독백을 통해 극화하여 보여준다. 그리고 그의 이 소설은 분명히 21세기 미국을 배경으로 초국적기업을 운영하는 자본가와 이민노동자들의 삶을 사실적으로 보여주면서도, 허구와 진실의 경계가 모호하고, 자신이 의도하고 선택하는 계획과 행동이 언제나 어긋나는 세계, 자신이 자기 삶의 씨나리오를 쓰는 사람이 되려고 하지만 배후의 알 수 없는 강력한 존재로 인해 좌절되는 부조리극의 세계, 오웰이 『1984』에서 예견한 디스토피아를 떠올리게 하는 세계, 즉 사적 욕망과 꿈, 심지어 개인의 가장 은밀한 장소인 욕실과 침실까지도 카메라의 냉혹한 관찰의 시선을 피해갈 수 없는 세계가 같이 펼쳐진다. 그렇기 때문에 일견 단순해 보일 수 있는 이 소설은 매우 다층적인 의미를 갖고 풍부한 이야기가 펼쳐진다. 사실 도르프만은 이 소설을 통해 단떼의 『신곡』에 묘사되는 지옥만큼이나 끔찍한 오늘날의 세계를 보여주면서 우리로 하여금 미망에서 깨어날 것을 촉구하고 있으며, 결국 그 특유의 낙관과 희망으로 끝을 맺는다. 작가 자신이 "많은 나라와 많은 언어를 거친 후 긴 여정" 끝에 자신에게 도달했다는 결론, 즉 "희망이 존재함을 믿지 않고서는 이 세상에서 살 수 없는 한 인간"*이야말로 자기 "정체성의 밑바탕"이라는 인식이 이 소설에도 그대로 적용된다. 폭풍우처럼 거세게 몰아닥치는 위기의 세계 속에서도 마음의 평정과 타인에 대한 배려를 잃지 않는 삶, 삶의 속도가 오직 경제적 효율만을 위해 통제되고 관리되고 변형되는 세계 속에서도 자신의 리듬을 잃지 않는 삶, 인간을 대체하는 씨스템 속에서도 인간성과 자기 내면의

---

*같은 책 369면.

고유한 공간과 비밀을 유지하는 삶에 대한 찬사가 바로 이 소설의 메씨지이다.

이 소설의 번역 기회는 우연히 내게로 왔으나, 이 우연의 배후에, 그동안 내가 지향해온 삶의 방식과 연결되는 측면이 있지 않은가 하는 생각을 해본다. 이 소설 번역을 통해 사유와 삶의 폭이 광대한 작가를 알게 되어 기쁘다. 으레 있기 마련인 사회적 생존과 관련한 이런저런 일감으로 일정이 지체되었음에도 불구하고 기다려주신 창비와 나중에 얼굴 붉힐 일 적어지게 오역을 잡고 깔끔하게 문장을 다듬어주신 안병률 씨께 감사드린다.

2010년 7월

김영미

블레이크 씨의 특별한 심리치료법

초판 1쇄 발행 • 2010년 8월 10일

지은이/아리엘 도르프만
옮긴이/김영미
펴낸이/고세현
책임편집/김정혜 전성이 안병률
펴낸곳/(주)창비
등록/1986년 8월 5일 제85호
주소/413-756 경기도 파주시 교하읍 문발리 513-11
전화/031-955-3333
팩시밀리/영업 031-955-3399 · 편집 031-955-3400
홈페이지/www.changbi.com
전자우편/literat@changbi.com
인쇄/상지사P&B

ISBN 978-89-364-7191-0 03840

* 책값은 뒤표지에 표시되어 있습니다.